The Stolen Girls

被偷走的女孩

〔爱尔兰〕帕特里夏·吉布尼（Patricia Gibney） 著
吴建 张韵菲 译

中国出版集团 现代出版社

图书在版编目(CIP)数据

被偷走的女孩 /(爱尔兰)帕特里夏·吉布尼(Patricia Gibney)著;吴建,张韵菲译. -- 北京:现代出版社,2020.2
ISBN 978-7-5143-8302-7

Ⅰ.①被… Ⅱ.①帕… ②吴… ③张… Ⅲ.①长篇小说—爱尔兰—现代 Ⅳ.①I562.45

中国版本图书馆CIP数据核字(2019)第265716号

版权登记号:01-2018-9112
Published by arrangement with Rights People, London, through The Grayhawk Agency.

被偷走的女孩

作　　者:〔爱尔兰〕帕特里夏·吉布尼(Patricia Gibney)著
译　　者:吴　建　张韵菲
选题策划:杨　静
责任编辑:杨　静
出版发行:现代出版社
通信地址:北京市安定门外安华里504号
邮政编码:100011
电　　话:010-64267325　64245264(传真)
网　　址:www.1980xd.com
电子邮箱:xiandai@vip.sina.com
印　　刷:三河市宏盛印务有限公司

开　　本:880mm×1230mm　1/32
印　　张:14.75　　字　　数:320千字
版　　次:2020年2月第1版　　印　　次:2020年2月第1次印刷
书　　号:ISBN 978-7-5143-8302-7
定　　价:55.00元

给艾丝琳、奥拉和卡舍尔，

我的生命，我的一切。

目 录

序言

科索沃 1999 年

男孩喜欢这条宁静的小溪。小溪位于他家和奶奶家的正中间。虽然山上有泉水轰鸣而下，但今天却很安静。没有枪声，也没有炮声。他一边把水桶沉入泉中打水，一边环顾四周，确保没有别人。蜿蜒的山路上突然腾起灰尘，有人来了。他赶紧拖起水桶，水洒了一地。他听到尖锐的刹车声、喧闹的人声，拔腿就跑。

快到家时，他扔下水桶，趴倒在地，光溜溜的身子蹭在沙砾上。他的上衣还在一个从混凝土块里伸出来的钉子上挂着。那是他奶奶家的房子，他和爸爸忙活着修被炮弹炸毁的地方。男孩知道修了也白搭，但爸爸坚持要修。他已经十三岁了，知道跟爸爸吵没有用。不过，他也乐得跟爸爸混上一天，省得听妈妈和妹妹聒噪。

他手脚并用，爬过覆满尘土的路面，钻进路边丛生的杂草里。这里离家门口只有区区几码，他却觉得足足隔着一里地。

他竖着耳朵听。有人放声大笑，接着便有尖叫声。妈妈？蕾亚？不要！他仰头去祈求清澈的天空上高挂的太阳，回应他的却只是烤在他光膀子上的灼热的光。

又一阵粗野的笑声。这是一伙当兵的？

他又慢慢往前挪。有男人在大喊大叫。他该怎么办？爸爸这会儿是不是离得太远，帮不上忙？他带了枪吗？

男孩继续悄悄爬，挪到栅栏边，分开长长的枯草，脑袋探在两根木头间。

他看见一辆绿色吉普车，打开的车门上印着一个红十字。有四个男人，穿着军服，枪随意地挎在背上，裤子褪到脚上，光着屁股，一拱一拱的。他知道他们在干什么。这些人强奸了山脚下他一个朋友的妹妹，完事后又杀了那女孩。

他强忍住无用的泪水，就这么睁眼盯着。妈妈和蕾亚尖声嘶叫。两个兵站起身来，整理衣服，另两个代替了他们的位置。

男孩狠狠地咬着攥得紧紧的拳头，强把呜咽往肚里咽。他的牧羊犬谢普高声吠叫着，发了狂地围着兵转。那狗停下身子蓄势，猛地一扑，利齿咬住敌人的骨头，随即只听一声枪响。枪声被高高的山脉拦住，又扔了回来。忠犬发出一声呜呜。群鸟从稀疏的树上跃起，四散逃去。谢普一动不动地躺在简陋的秋千下。秋千是爸爸在他们很小的时候用一只轮胎挂在树枝上做成的。他们虽然仍旧是孩子，却已再也不在秋千上玩耍了。自从战争爆发以后。

当兵的为了什么事争吵了起来。男孩想听明白他们在说什么，目光却被死死钉在沾满灰尘的两个裸露的身体上。她们都还活着，刚才的尖叫变成了低声的抽泣。爸爸到底在哪儿？

男孩见那几个人戴上了手术用的手套。他呆呆地看，着了魔怔一般。最高的那个从屁股上挂着的老式刀鞘里抽出一把钢刀。另一个人也抽出一把。男孩惊悚至极，动弹不得。那人蹲下身子，把他妈妈拽起来，用胸口顶住她的背。另一个也拽起了十一岁的蕾亚，她的腿间还在流血。他很想找件衣服冲上去盖在她身上。他默默地流着泪，他的无助与绝望深不见底。

一个人举起刀，那刀在太阳下闪耀着光芒。他们剖开了妈妈和蕾亚的身体，掏走了她们的器官。母女二人的躯体被扔在地上。

男孩子圆睁着双眼，惊恐万分。一个士兵眼睛直直地朝着男孩的藏身处看过来。

他屏住呼吸，眼睛死盯着那士兵不放。他内心已然没有了恐惧。他做好了一死的准备，身子已起了一半，但那人又转身走回同伴的身边。几个人跳进车。一阵石子与灰尘腾空而起，那车子驶回了山路上。

他不晓得自己趴了多久，只觉得有一只手抓住他的肩膀，把他拽起来，抱在怀里。他抬头看见一双伤心欲绝的眼睛。他并没有听见父亲发疯的狂奔和嘶喊。

爸爸拖着他走到妈妈和蕾亚身边。他盯着母亲的眼睛看，那双眼睛似乎在死亡中哀求。爸爸掏出手枪，扭过妻子的脸，朝向火热的尘土，照着后脑勺开了一枪。那躯体一震，复归静止。

爸爸沉默的脸上滚下大颗泪珠，他又爬到蕾亚身边，照样开了一枪。男孩知道妹妹已经死了，那一枪是多余的。他冲着爸爸喊，声音却淹没在嘈杂中。

“我不得已这么做！”爸爸哭喊道，“那是为了拯救她们的灵魂啊。”他说着把母女二人的尸体拖进了屋子，又回过头把谢普拖了进去，脚下匆忙而决绝。他把一罐汽油倒在屋里，燃起一个枯草火把，丢进油中。他捡起枪，对准男孩。

男孩没有叫喊，脚下定住了似的，直到他看见爸爸满是污渍的手指哆哆嗦嗦地搭上扳机。在本能的驱赶下，他拔腿便跑。

爸爸喊道：“逃命吧，孩子，快跑！别停下来！”

他一边跑一边回头看。爸爸把枪口对准他自己那堆满皱纹的额头，扣动扳机，倒在火焰中。木质的房梁门窗在火中坍塌，沙沙作响。

男孩从栅栏外往里看着自己熟悉的一切在冲天的火光中烟消云散。没有人来帮忙。在战争逼迫下，人们只求自保，沿路其他房子里的人们躲在惊惧之中，不知道自己的命运如何。他不怪邻居们，他们也无能为力。

太阳沉了下去，夜星无辜地闪烁着光芒。他光着上半身，孤独地一路往山下走，走了很久，很久。

他不晓得要去哪里。

他无处可去。

他不在乎。

他就这样慢慢往前走，迈出了一步又一步，沙石刺穿了他凉鞋的橡胶鞋底。他不停地走，走到脚开始流血。他不停地走，走到凉鞋支离破碎，如同他那颗幼小的心。他不停地走，他要去一个他永不会再感到伤痛的地方。

2015 年 5 月 8 日，星期五晚上

拉格穆林

第一章

她最怕的就是这黑暗。什么都看不见，还有古怪的声响。不时有什么东西轻轻掠过，之后又归于寂静。

她侧过身，想撑起来坐着，起不来，只得放弃。她听见一阵窸窸窣窣的动静，又一阵吱吱的声响，吓得一声尖叫，那声音却被弹了回来。她开始啜泣，双臂紧紧抱着身体，单薄的棉衬衫和牛仔裤被冷汗浸了个透。

四周一片沉沉的黑暗。

她曾在自己的卧室里度过无数这样的夜晚，听着母亲在楼下和别人的谈笑声。现在那些夜晚却成了奢侈的记忆。那些夜晚没有黑得这么吓人，街灯和月光射穿薄如纸片的窗帘，将影子送进来，赋予墙纸生命。屋子里古旧的家具，如同昏暗墓地上立着的雕像。她的衣服堆放在墙角的椅子上，路过的车灯照进来时，显出起起伏伏的样子。

她多希望手机还在身边啊。手机上有她的一切。上面有她脸书和推特上的朋友呢。网友们或许能帮到她。要是有手机就好了。

门开了。过道的灯光闪了进来，逼得她一时睁不开眼。远处传来教堂的钟声。她在哪儿呢？在家附近吗？钟声消失了。一阵尖锐的大笑后，灯光啪地亮起来。一盏裸着的灯泡在闯进来的气流中摇晃起来。她看到一个男人的身影。

她光着脚蹭着地板往后退，靠着潮湿的墙壁。她突然感到头发被一把扯住，一阵疼痛刺穿头皮上的每一个毛囊。但她能忍受。只要能活着回家，哪怕头发被扯光了也无所谓。

“求，求求你了！”

她觉得那声音有些奇怪，调门那么高，哆哆嗦嗦，不像是自己的，平常的大大咧咧荡然无存。

一只粗壮的手把她往上扯，头发缠在那人指间。她斜眼看他，想在脑海中描出一幅肖像。他个头比她高，头上套一顶灰色针织帽，撕开两条缝，露出一双凶恶的眼睛。她得记住这双眼。来日方长。她总会逃出去。想到这里，一股毅然决然的勇气注入心间。她挺直身子，直面对方。

“怎么着？”他恶声道。

那人口气恶臭，熏得她直反胃。他身上的衣服也很难闻，像帕特里克街上肯尼迪肉铺后面那家屠宰场的气味。每年春天，都会有很多小羊羔难逃枪子、屠刀，或别的屠宰工具。恶心至极的气味。死亡的气息。她的校服从早到晚都沾着那股腻烦的气味。

那人把脸凑过来，她浑身一阵颤抖。现在除了黑暗，她又多了一样恐惧的对象。她生平头一次思念母亲。

“放我走，”她哭叫起来，“回家。我想回家。求求你了。”

“小姑娘，你真逗。”

他又靠近一些，两个人的鼻子隔着帽子上的羊毛触碰着，令人作呕的口臭从毛线后钻了出来。

她想往后退，但却无处可退。她屏住呼吸，拼命忍着不吐。那人抓住她的肩膀，把她往门口推。

“您本次旅程第二站现在开始。”他边说边自顾自放声大笑起来。

她整个身心被一股寒意紧紧攥住，踹跚着被推进了走廊。高高的天花板，剥落的油漆。她跌跌撞撞地走在巨大生铁暖气片的影子里。一扇高高的木门挡住了去路。那人用手搂住她的腰，把她往自己身上拽。她浑身都僵住了。那人身子往前凑，把门推开。

她被推搡着进了一间屋子，地板潮湿，她脚一滑，跪倒在地。

“不要，不要……”她身子疯狂地往回旋。到底是怎么回事？这是什么地方？窗户套了一层有机玻璃，把天光阻挡在外。地板上罩了一层潮湿的耐用塑料，墙上显出一条一条的不明纹路，她觉得像干了的血渍。眼前的一切都在嘶吼着危险的信号，叫她快快逃命。她却只能手脚并用在地上爬。她眼前只看到那人的靴子，上面沾满了泥巴或血迹，或二者兼有。那人把她拽起来，顶着她往前走。她转过身来，看着他。

他把套头的帽子扯了下来。先前躲在缝隙后的眼睛，现在连上了一张薄薄的嘴，粉红的嘴唇。她盯着看。那脸就像一张空白的画布，等着涂抹恐怖的颜色。“再说一遍你叫什么名字来着？”他问道。

“你，你什么意思？”

“我要听你说出来！”他吼道。

她一眼瞥到他手里的刀子，脚下一个踉跄，滑倒在沾满血渍的塑料地板上，直直地躺在那人脚下。眼前一片金星，接下来是一片黑暗，她反倒觉得一丝安慰。她嘴里嗫嚅出两个字：“梅芙。”

第一天

2015 年 5 月 11 日，星期一

第二章

鸟儿们又开始闹腾，嘹亮而欢快。八哥和斑鸠，一个中音，一个高音，一个赛一个响。一坨鸟屎从敞开的窗前飞流直下，差点砸在玻璃上。

洛蒂·帕克关上窗子，屋里更热，更闷了。但还是能听见鸟叫。她扑通一下倒在羽绒被上。昨晚又是盗汗。下个月她就四十四岁了，还有六年才五十岁哪，不可能是更年期症状啊。所以只能是天气太热的缘故。

觉没睡好，她眼睛干涩。这时，手机开始振动。

又得开工了。洛蒂·帕克不知道自己今天状态会怎样。

“我的钥匙呢？”半小时后，她冲着楼梯喊。

没有回答。

大教堂的钟声敲了八下。教堂位于拉格穆林中心，离她家半英里。要迟到了。她把包里的东西一股脑倒在厨房的桌子上。太阳镜，得带着；钱包，空的；收据，很多；银行卡，一言难尽；手机，随时都会响；安眠药……就是没钥匙。救命啊！

虽然她向自己保证过不能犯老毛病，但还是打开一个吸塑包装，吞下一粒药。管他呢，一晚上都没合眼，总得来点提神的。她已经好几个月没碰酒瓶子了，来点药片也不错，甚至更好。她倒了杯水。

楼梯咯吱咯吱响了起来。几秒钟后，小女儿克洛伊冲进了厨房。

“母亲，我们得好好谈谈了。”

她故意称呼洛蒂母亲，就是想气她。

“是要谈，但现在不方便，”洛蒂说，“我得去上班，钥匙都还没找着。”

她在桌上的杂物里摸索了个遍。身份证、梳子、防晒霜，一枚两欧元的硬币，还是没钥匙。

“就这两句就打发了？”

“我的天！克洛伊，能不能歇歇，拜托。”

“不，母亲。我就不。肖恩天天跟个僵尸似的，凯蒂……魂不守舍的，我自己也是一团糟，你呢，一回去上班就跟发了疯似的。”

洛蒂无助地盯着女儿，紧闭着嘴巴，生怕一开口就说错话。这些天，她嘴里蹦出的每句话，都会惹恼她这位十六岁的姑娘。克洛伊还没说完呢。

“你得有点啥行动啊。这个家都快散架了，你这个大探长在干啥呢？竟然还要回去上班。”

克洛伊拢了拢一头乱糟糟的金发，盘上头顶，用发圈扎起来。有几绺没扎牢，散落在脸庞两侧。洛蒂走过去，想帮女儿理一理，可克洛伊闪开了。

“我也在努力呢。”洛蒂说着，重重地跌坐在一把椅子上。她忙上一个案子时，家中遭遇不幸。最近这几个月，她都在想方设法让这个家重回正轨。她还以为情况好了很多呢。“我也在家待了好几个月了。外婆下午会过来做晚饭，你和肖恩放学回家就有现成的饭吃。她也会照看凯蒂。我还能怎么样呢？我得上班啊，没钱不成啊。”

“我们要的是你。”

这下她还能说啥？亚当要是还在，会知道怎么说的，她想。她回忆起丈夫的生前来，他跟孩子们谈天，言语用词总那么稳妥恰当。但他是永远不会再回来了。到七月就整四年了，可她还是无法独挑大梁。

克洛伊捡起书包：“我恨这个狗屁镇子。我什么时候能逃出去啊？”她咣当一声关上门，恨恨地出去了。

“要我送你吗？”洛蒂朝着女儿的背影吼了一嗓子。

忘了没钥匙这茬儿了。她得走路去上班了。她伸手往桌上扫了一把，包里的东西全落在地上。

门铃响了。她跳起来，冲进门厅。“落下什么了？”她边问边打开门。

门口站着的不是克洛伊。

第三章

早晨有些热，女孩却穿着一件藏青色毛衣。

那人跟在女孩身后，距她十五大步，欣赏那双纤长的美腿。一头金发随手盘成了一个圆发髻，越发使身材显得高挑。女孩虽然还是少女，胸部却已很丰满，藏在松松垮垮的校服里。之前一个周末，他在丹尼酒吧见过她穿紧身长袖T恤衫的样子。当时啤酒花园里人员嘈杂，人们忙着喝酒聊天，他乘机从背后在女孩腰上揩了一把。虽然他很快缩了手，但多么渴望手能多流连一会儿，感受那棉质衣料后的身体，或再往下探一探。那天晚上，女孩一头又长又厚的金发散披在肩上，几簇头发栖息在曼妙的乳沟处。他把每一个细节都牢牢地印在脑海中，留待以后慢慢回味。

女孩走得慢，他也跟得很谨慎。女孩信步走上监狱街，又拐上缅因街。从这里到学校还有十分钟路程。

他强迫自己继续想象。这女孩需要拯救。他知道她为什么穿长袖。很快她就会无助地看着他的眼睛，求他把她从痛苦中拯救出来。

他满足地笑了，继续往下跟，望着她肩上的书包晃来晃去。她现在肯定很热。他自顾自地想心事，差点没看见女孩已经拐了弯。

他低着头，从女孩身边超了过去。

他脚步不敢停，装出自然随意的样子。她注意到他了吗？她突然停了下来，他回头瞧了瞧。或许她感觉到了什么。在她眼里，他会是危险的魔鬼，还是守望的天使？他很快就会知道。

他在老港口处穿过马路，躲开学校门口几个叽叽喳喳的女孩。他走在运河岸上，闲看盘旋在静水上的一窝苍蝇。水下潜伏着一个矫健的黑影，是什么凶猛的鱼在搜捕猎物吗？他知道这河里有梭子鱼，张着大嘴，露出利齿，捕食鳟鱼和鳊鱼。

第四章

洛蒂打开门，往后退了一步。

她不认识站在台阶上的少妇。来人头上裹着一条白丝披巾，瘦削的脸嵌在头巾里。一个小男孩紧抓着她的手，男孩一双褐色的眼睛惊惧地打量着洛蒂。少妇身上穿着一件棉上衣，外面套着开了裂的米色塑料外套，下身是牛仔裤，却掩饰不住她那瘦弱的身子。洛蒂见她不顾天气炎热，脚下还穿着一双厚厚的靴子。

“你有事吗？”洛蒂疲倦地问。

“Zonje.”

“Sonja？”

少妇摇摇头，“Zonje……女士……”她边说边耸耸肩。

“哦，Zonje 意思是女士。明白了。”洛蒂往前上了一步，随手带上门，“那什么，我现在赶时间，要去上班。”

少妇没有要让开的意思。洛蒂叹了口气，这下好了，等下科里根警司就会打电话来催她滚去上班了。这女的是要饭的吗？她想起刚才从包里倒出来的几枚硬币。给她点钱试试？

“Ju lutem……求求你。”少妇恳切地看着她，结巴的英语软绵绵的，带着口音。

“我没钱。”洛蒂说。这话倒不算假。“以后再来吧。”这句却是哄人的。少妇摇摇头，把小男孩抱了起来。“求求你，”她说，“帮忙。”

洛蒂叹了口气说：“请稍等。”

洛蒂转身进屋，从地板上捡起一枚硬币。她一转身，发现那妇人已立在身后，她跟进了厨房。

“天啊！你这算什么？”洛蒂举起两欧元的硬币。“来，这个给你。”她说着，把手往门口挥了挥。

少妇没有接钱，却从牛仔裤口袋里拽出一个皱巴巴的信封，递给洛蒂。洛蒂摇摇头，也没接。

“这是什么？”洛蒂问。今天早晨诸事不顺啊。

那女人耸耸肩，小男孩呜呜咽咽哭了起来。

直觉告诉洛蒂这事不简单。她拖出一把椅子，示意对方坐下来。男孩爬上妈妈的膝盖，脑袋埋在围巾里。

“你想要什么？”洛蒂从地上把东西捡起来，统统塞进包里，又赶紧发了一条短信给博伊德探长，告诉他自己会迟到一会儿，叫他打个掩护。她内心隐约有些内疚。自己女儿她都没时间理会，这会儿却在招待一个陌生人。但她冥冥中觉得需要听听她说什么。

少妇开口说话，语速飞快，也不知道是什么语言，洛蒂一句也没听懂。

“慢点，慢点。”她说，“你叫什么名字？”

少妇摇摇头，耸耸肩。洛蒂想起克洛伊来。

这女人多大年纪？洛蒂仔细打量她，摸不太准，觉得十六岁朝上，二十五以下。也就是个小姑娘。

“我叫洛蒂。你呢？”

那双深褐色的眼眸盯着洛蒂看了一会儿，忽地明亮起来，脸上也有了光芒。

“米默莎。”姑娘笑了，一口洁白的牙齿在破窗而入的晨曦中闪烁。

终于有点头绪了，洛蒂心里说。

“米洛。”她又指着男孩说。

“明白了，一个叫米默莎，一个叫米洛。”洛蒂说。“你想要什么？”或许该给人家弄杯茶喝。不行，得赶紧打发他们走。她电话嘀了一声，是博伊德。她瞥了一眼短信：你迟到这么久，科里根会发飙的。

洛蒂十四岁的儿子肖恩晃晃悠悠进了厨房。“这是谁的？”他捡起一个破毛绒玩具兔，长耳朵被咬得不成形了。

米洛伸手夺过玩具。

肖恩在小男孩头上揉了一把。“怎么了，伙计？”他蹲下身子，“怎么哭了？”

小男孩缩进妈妈的怀里，委屈地噘起嘴唇，小手不停地摩挲着兔子身上的破标签。

“你先带他玩一会儿再去上学好吗？克洛伊已经走了。”洛蒂说。

肖恩点点头，两手来回倒腾一个曲棍球：“想玩球吗？”

米洛看了看妈妈，见妈妈点了点头，便从她膝上滑下来，跟着肖恩从后门进了花园。洛蒂看着两个人，心里直嘀咕，她儿子一个月说的话也没刚才说的多。她隔着桌子冲女孩笑了笑。

“儿子？”米默莎问。

“是的。”洛蒂答。

“米洛，我儿子。”米默莎说。

她这么年轻，竟然就有了孩子，洛蒂感叹。

“我英语，懂一点点。解释给你，难。用我自己语言写下来，容易。”她又把信封递过来。

洛蒂低头看，信封是密封的，上面写着外国字。

“我怎么知道写的是什么意思啊？”

女孩说：“找卡崔娜。帮我和米洛逃走。求求你，你帮忙？”

“卡崔娜？谁？逃什么？”

“我说不上来。写了下来。你读？”

“当然。有人威胁你吗？你住哪里？卡崔娜怎么了？”

女孩指了指信封：“都在这里。对不起，不是英语。”

“你怎么知道我是谁？怎么不直接去警局？”

女孩耸了耸肩：“不安全。你帮忙？”

洛蒂叹了口气：“我看看能不能找人帮忙翻译一下。目前就只能做这么多了。”她看了看钟。休假四个月后，第一天上班就迟到这么久。

女孩看了看洛蒂的眼睛，迅速站起身，喊小男孩。肖恩把米洛带回厨房。小家伙脸颊红扑扑的。米默莎冲肖恩笑了笑，抓起孩子的手，便往外走。门咔嗒一声，轻轻关上了。

“你有问出什么吗？”洛蒂问。

肖恩耸耸肩：“这小孩曲棍球玩得挺好。”说完便上楼去了，又躲回那个与世隔绝的房间。

“快点，肖恩。你上学快迟到了。还有，别吵醒凯蒂。”

洛蒂拿起包，丧气地摇摇头，把米默莎的信封塞进包里，然后一眼便看见她的钥匙就挂在门上的挂钩上。她一把拽下钥匙，踏入清晨的阳光中。

洛蒂在把车子倒出车道的当口，看见米默莎和她儿子在路上走，到尽头拐弯时，一个身形小一些的女孩迎了上来，挽住米默莎的胳膊。

她驾车上了主路，又回头望了一眼，见一辆黑色轿车打马路边迅速驶离，先是沿着车流外侧跑，然后伺机挤了进去，消失其中。有人一直在等她们吗？

洛蒂瞧见车流出现空当，也插了进去，加入清早上班族的大军。她还在想着米默莎和她的儿子。后来出现的女孩是怎么回事？或许信里有说。

第五章

这种天穿套衫很热，但克洛伊最近生活状态一团糟，找不着长袖衬衫校服，便任由羊毛外套把自己捂出一身汗。

她在邓恩商店停车场对面停了下来，擦了擦额头上冒出的汗，心里挣扎着要不要逃学。一个男人擦身而过，她注意到那人侧眼瞄了一下自己，但也没太在意对方的模样。她心中的焦虑越发郁结，简直无法忍受。她做了几下深呼吸，继续往山上走，一路上强挤着笑脸，和遇见的女同学打招呼。

她站在老港口的桥上，漫不经心地看着墨绿色的河水，觉得自己无法面对学校。还有一个月就考试了，她也知道要抓紧学习，可就是下不了决心，至少今天不行。

她沿着纤道往前疾走，一心远离学校门口的喧哗，心中的郁结也慢慢松快了些。她目不斜视，一路往前奔，来到运河和水源接合处的一座小桥上。她爸爸生前曾告诉过她，这条河之所以被称为水源，是因为卡莲湖的淡水经由这条河汇入运河。她真的很想念爸爸。

她往左拐，沿着河岸走了一会儿便坐了下来，把自己埋没在又长又密的芦苇丛中。她打开背包，从笔袋中拿出一把用纸巾包着的刀片。

她小小年纪已经尝到了生活的残忍。先是没了父亲，几个月前，弟弟肖恩也差点横死。自那以后，肖恩跟变了个人似的。他和凯蒂的男友杰森在小教堂的经历是一段永难磨灭的记忆。凯蒂也饱受创伤，虽然她装出一副没事的样子，但克洛伊知道她只是把伤疤藏得很深。

凯蒂怪罪她母亲吗？克洛伊希望不是，但她自己心里也犯嘀咕，母亲是不是难逃其咎，因为她没能及时营救，杰森因此丧了命。

克洛伊本是个有主见的姑娘，但如今也很无助。她挽救不了这个家，挽救不了自己，什么都挽救不了。她把刀片在手里反复把玩着。

她仰起脸，向着太阳，任凭毒辣的阳光烤打娇嫩的面颊，然后卷起衣袖。她拿起锋利的刀片，在胳膊上找到一块没有伤疤的地方，划了下去。缓缓的一下，不深，也不浅。

看着鲜红的血液汩汩流出，在苍白的皮肤上蔓延开来，她内心感到一阵抚慰。刀片陷得更深一些，她感到疼痛，忍住眼泪，仰面躺进枯草丛中。

芦苇哗地一阵响动。她坐起身来，四面察看，却是一片静寂。她觉得好像有人在监视她，却又看不见有人。她拉下袖子，捡起东西，塞进包里。是她在胡思乱想吗？刚才的噪声只是河鼠在草丛里觅食？咳！她身子哆嗦了一下，沿着石子路往前走，不晓得这一整天要在哪里躲着。

她掏出手机，往一个叫“#生命之割”的推特账号发了一个帖子。她还是觉得有人在监视她。她把背包往肩上一甩，脚下开始奔跑起来。

第六章

路很窄，所以干起活儿来比较困难，但至少这条街是单向道。右手边的三层公寓楼投下薄薄的影子，挡住了早晨的太阳。

他上班迟到了，所以趁老板没来之前抓紧补活儿。周五已经铺好了新水管，工程沿着街道慢慢往前推，部分路面临时填了一层柏油，其他地方只是铺了一层黏土，盖上铁板。老板说要从简，从速，反正也没人看出来。他们现在又回过头去揭开之前临时铺盖的东西，往管道上浇上永久填充物，然后再往路面上铺柏油。

他手提电钻，在黏土里作业，在机器掀起的热浪中，奋力赶工。阵阵尘土扬起，又落下，他突然瞥见前方沟里有什么绿色的东西晃了一下。他停下来，擦了擦护目镜里的一颗汗珠。他干脆把电钻关了，扔到一边，掀起护目镜，瞪着眼睛看。是什么动物吗？他可耽误不起时间啊。

忽然间他又瞥到一块苍白的皮肤，还有一簇黑发。他单膝跪在地上，脚上的安全靴牢牢地插在泥土中，用手往土里挖。一块头顶骨从黑土中露了出来。他压根没想到要为法医或警方保留证据，只顾一个劲地挖。

安德列·彼得罗夫齐不是个胆小的人，他在国内见过不少死尸，饿死的，被杀死的，烧死的，都有。这具尸体本也不该令他震惊，但那苍白如雪的皮肤，因腐烂而形成的绿斑，乌黑的头发，都让他浑身直冒冷汗，逼他想起了多年来一直努力遗忘的往事。

彼得罗夫齐把尸体头颅上的土壤清理完毕，一屁股坐进泥堆里。路上的喇叭声、叫喊声，此起彼伏，他充耳不闻。三十米外的停/行标识牌不断地切割着车流，堆积起司机们的焦虑。

愤怒的叫喊令他回过神来。

"你个蠢波兰佬！"一名男子身子探出车窗冲他喊，"滚回老家去！"

愚蠢无知的爱尔兰人。他又不是波兰人。他结实的手指紧握成拳，拍了拍自己的脑门。

他听到砰砰的关门声，以及冒泡的柏油上吧唧吧唧的脚步声。现在才五月，但已经热得够呛。气象员说是一股热浪。他习惯了炎热，见惯了尸体，也见惯了暴力。但这个女孩就这样被草草地遗弃，掩埋在繁忙的街道下，这让他想起另一个女孩，一个早已死去的女孩。而眼前的女孩却是才死不久，尽管尸身已经开始腐烂，他却觉得她如同刚从樱桃树上飘落在柏油路面上的花瓣那般鲜艳。他以为自己早就把往事抛在脑后了，但他知道死亡的触角无远弗届，像你的影子，永远跟着你。

他又低头看那女孩的脸，心想，她的眼睛是不是蓝色的？

第七章

警局里边比外面还热。洛蒂·帕克督察伸了伸纤长的腰身，整了整白色的棉料上衣。她办公室离装修好还早着呢，还得在大办公室里委屈一阵子。

她推开门，走进熟悉的场景，把包随手丢在办公桌旁的地板上，瞄了一眼钟。刚九点，迟到一个小时。开局不顺啊。不过科里根警司这会儿不在，算是好消息。

“我离开时桌子可没这么干净啊！”她瞧着整洁的桌面哼哼道。她的笔现在都装在一只新陶瓷杯里，杯面上饰着手绘的红罂粟。

她抬眼看着马克·博伊德探长，拱着嘴，无声地质问。

“你还不谢谢我？”博伊德在椅子里扭着身子说，一双褐色的眼睛表达着欢迎。他的衬衫紧裹着瘦长的身子，全身上下没有一滴汗。他的外表总是捯饬得无懈可击。

“那我怎么找我的密码？”洛蒂把手机往桌子一放，把键盘翻过来瞧，她的密码一般就写在贴纸上，贴在键盘背面。

“那你往后可得记住密码了。”

“太棒了，”她怪声怪气地说，“谢谢你，博伊德，这么帮忙。”

博伊德那头掺了些灰白的黑发比之前短了些，脸还是那么瘦削，一脸饿鬼相，耳朵稍往外凸。洛蒂打开抽屉。文件码得很整齐，还用颜色做了标记。她离开不过几个月，博伊德的洁癖就已经肆虐了整个办公室。

“欢迎归队，督察。”他假模假样敬了个礼，“我想你了。”

洛蒂砰地关上抽屉，启动电脑，绞尽脑汁想密码。她过了四分钟都不会记得，何况四个月。她决定一边聊一边回想：“你现在怎么样，自从上次——”

“伤口是恢复得很快，”博伊德打断了她，“精神上？那可是永久性创伤啊。”

“我还以为就我精神异常呢。密码？”

“在杯子底下。”

她敲入密码：“谢谢。”

“你家里的事处理得怎么样了？”

“肖恩回学校上学了。呃，大多数时候都去上学吧。要打持久战啊。他也在看心理医生。”她边说边用手指梳理新剪的头发。

“你也该看心理医生。”博伊德说。

洛蒂耸了耸肩：“有你在比什么心理医生都强，大师。”

“没错，大师就是我。”博伊德大笑起来，但表情很快又回归严肃，“讲真的，肖恩这孩子很不错，受了不少苦啊。”

“确实受了苦。但我觉得小孩子比大人更坚韧些。”她暗自希望他不要问起克洛伊和凯蒂。她不想谈孩子，不想谈她们的问题，只想埋头工作。这个假休得够长。

她希望自己不在家，肖恩和姑娘们能撑得住。她其实也没法再待下去了，过去几个月，已经把她的耐性消磨殆尽。一天到晚苦口婆心，还得做饭洗衣，她受得够够的了。至少孩子们现在不再整天吃垃圾食品，叫外卖了。今天是第一天，她想先慢慢适应一下，找回点感觉，按照自己的节奏来。

“桥街发现一具尸体。”拉里·柯比探长的脑袋抢在硕大的身子之前进了门。衬衫袖子卷到胳膊肘，汗珠从宽大的额头直往下淌。他把一头浓密的头发往后抹了抹，一眼看见洛蒂，停下脚步。

“头儿，欢迎归队啊。”他喘着气说。

“凉鞋。”洛蒂盯着白袜子包住的脚指头。

“痛风。”

“但白袜子配凉鞋也太夸张了吧？”

“我也想你了，头儿。”柯比说。

“林奇呢？”洛蒂问。玛利亚·林奇探员也是她的得力干将。

“在现场。自来水总水管的维修工挖出一具女尸。”

“第一天回来上班，就收到这么大一个礼包啊。”博伊德一边嘿嘿笑，一边跟着柯比出了门。

洛蒂叹了口气。她从抽屉里拿出一沓归置齐整的文档，往桌子上胡乱一摊，又在上面扔了几支笔，总算觉得心里踏实了。

她拿起包，把手机塞进去，一眼瞥见那个信封。那女孩的事看来得等等了。

洛蒂跟着手下的探员，大步流星出了门。就要开始干活儿了。

焦油渗出了路面。上午的烈日灼着人们赤裸的胳膊，把一张张白皙的面颊烤出雀斑。才刚度过史上最严寒的冬天，马上又要进入史上最酷热的夏天。洛蒂走出开了空调的汽车，身上立刻汗湿一片。她戴上墨镜，暗自庆幸出门前抹了防晒霜。

“抹防晒霜了吗？”她问博伊德。

“抹了。”博伊德锁上车，跟她并肩走。

她侧眼瞄他。博伊德是不是有点不高兴？他也戴了墨镜，看不见眼睛。两人之间有段历史，所以时不时开开玩笑。或许是因为她回来，他不再是代理督察，又降为一名普通探长了。

两人走到警戒线外，制服警察正在疏导交通，指挥这条单行线上的车辆往回退，全城排起了一条条大长龙，司机们脾气比烈日还大。洛蒂的上衣湿透了。她偷眼看了一眼博伊德，上身棉料 T 恤，下身海军蓝的裤子，十分淡定，连领带都没松开。他怎么能这么淡定？她直摇头，实在搞不懂。

路面收窄了。路上早就有些堵，现在又放了改道标志，逼得车子往回撤，交通更加拥挤了。即使知道是因为发现了死尸，被堵的人们也压不住火。

两人猫腰钻过警戒线。桥街是一条狭窄的支路，曲折蜿蜒，绕过足球场，越过运河，又盘过购物中心，连接主路的地方又较其他地方更窄一些。红绿灯在路的尽头一眨一眨的。左手边是巴瑞特酒吧，窗户上钉着木板，常年风吹雨打，油漆掉得差不多了，还有一条死胡同。右手边是公寓楼，当年经济繁荣时盖的，有些窗户也上了木板。经济景气那会儿她在哪儿呢？反正她是没赶上发财的好时候。洛蒂抬头看了看这栋灰蒙蒙的三层建筑，暗暗庆幸自己的日子过得还可以。不过她接下来就该头大了，因为这意味着她有无数人要询问，挨门逐户盘问至少得好几天。

她四下踅摸，看有没有监控。酒吧后门上方的墙上有一个破摄像头，耷拉着吊在电线上。

那条挖了一半的沟渠就在警戒线内的死胡同里。玛利亚·林奇探员在警戒线内忙活着，一头长长的金发，扎成马尾辫，甩来甩去。三个身穿反光背心的男人，歪歪斜斜地戴着安全帽，聚在角落里抽烟。制服警察在做笔记。洛蒂一回头，发现林奇已经走到身边。

“……年轻女性。”

“什么？”洛蒂精神不太集中。

林奇看着笔记本继续说：“我们得等犯罪现场调查员到了之后，才能把尸体全部挖出来。病理专家也通知了。”她合上笔记本，接着说，“交通这么堵，天知道她什么时候能到。”

洛蒂走向扎在沟上的临时帐篷，刚到近前就能闻到腐烂的气息。

“天这么热，死尸不能放！”她说着，小心翼翼地绕过丢在地上的工具。

“活口也受不了啊，”博伊德占据着路面上的一处有利地形，视线越过渠边往下瞅，“真他妈不能看！”

“我的鞋！”他叫起来，赶紧把一只脚从黏糊糊的焦油上拽起来，站到路面凸出来的一块大石头上。

洛蒂等不及现场调查员来，想立刻弄明白到底是什么状况。她又看了一眼角落里的几个男人。其中一个走到一边，又点上一根烟。

“那人是谁？”她问道。

林奇看了看笔记：“安德列·彼得罗夫齐，尸体就是他挖出来的，差点用手提钻又杀了一次女尸，差几英寸就钻到头了。他看见土里有什么颜色一闪才住了手。”

彼得罗夫齐发现洛蒂在看他，洛蒂避开了他的目光。她注意到此人脸上有一条长长的伤疤，从左耳垂一路爬到下嘴唇。

洛蒂又转身看了看帐篷说：“我走近一点看看。”她从包里拽出手套，大步朝帐篷走过去。她又回头看了一眼站在角落的彼得罗夫齐，心里不禁一阵战栗，那一双眼睛承受了多少痛苦啊。

洛蒂掀开帐篷的门帘，一道光乘机射了进去。林奇给她准备了防护服，洛蒂没摘手套，直接往身上套，又戴上罩口鼻的面具，还有鞋套。帐篷里放了钢板，目的是保护现场，但现场早已被污染。

为了避免碰到任何东西，洛蒂在狭促的空间蹲着身子。她先注意到受害人的脸。黑眉毛，黑发，额头光滑，没有外伤的痕迹。双眼闭着，苍白的眼皮已经开始腐烂。一只耳朵上穿着银耳钉。另一只是丢了吗？这个小细节让洛蒂最有感触。她经历过很多受害人，见过很多尸体，每次都是一些不起眼的小细节最能触动她。

“勒死的？”博伊德在她身边猫下腰问，他也穿上了防护服，“最好等病理专家来。”

“等个屁，”洛蒂说着，伸手把受害人额上的一团黑发拨开，“天啊，只是个孩子啊。”

“十八到二十四五岁之间，我猜。”博伊德严肃了起来。

身后突然有人大喝一声，两人吓得跳起来。

“从我的犯罪现场滚开！”

现场调查组组长吉姆·麦格林正站在帐篷入口，瞪着他俩。

“见到你很高兴啊。”洛蒂语带讥讽。她意识到自己只见过麦格林穿工作服的样子。

“出去，你俩。”

“我们可什么都没碰！”洛蒂辩解道。

“这点规矩你应该懂啊，督察。”他从她身边蹭了过去，开始装设备。

博伊德逃走了，洛蒂只是慢慢退到帐篷边上，腾出空间让这位技术专家干活儿。她一句话也不敢讲，怕麦格林发飙。麦格林拍完照，开始慢慢清扫受害人胸部的一层薄土，一件蓝色衣服的领子露了出来。

洛蒂听见外面传来高跟鞋的声音，便知道简·多尔来了。病理专家迅速套上防护服，脱掉四英寸的高跟鞋，换上一双软帮拖鞋，套了鞋套。洛蒂闪到一边，高高地站在简·多尔身边。简和她互相问候一番，便和麦格林一起忙活起来。

“年轻女性，没有破裂或绳索的印记。”简用手指在受害人脖颈处边摸索边说。

麦格林极细致地清理受害人身上的泥土，一具完整的尸体慢慢地浮现出来。洛蒂站得高，看得清楚，女尸身上的衣服是薄纱棉布的料子，扣子是散开的，露出没有戴胸罩的乳房，乳房上显出一根根蓝色的静脉，像一幅交通图。

胸腔下部圆鼓鼓凸着一块。洛蒂惊得张大嘴巴：“受害人死前怀着孕！”

气氛顿时变得无比压抑。洛蒂湿漉漉的皮肤上起了鸡皮疙瘩。

“或许只是尸体腐烂造成的。”简谨慎地说。

“我不觉得是，”洛蒂说。她知道简也不是真那么想。“死了有多久？”

“难说。尸体没有暴露在外，腐烂速度比较慢些。但这几天太热了，两天左右吧，或许。不过，尸体已经不僵硬了，所以我猜超过了四十八小时。具体细节得等到了太平间才知道。”

太平间隶属于塔拉莫尔医院，距拉格穆林四十公里，是病理专家做尸检的地方。

“这里是凶杀现场吗？”

“我先得确定死因，督察，”简言辞很正式，“但考虑到这里的土壤状况和地点，我怀疑另有凶杀现场。”

“查明后请及时告诉我。”

“当然。”

洛蒂出了帐篷，走进烈日，迫不及待地脱掉防护服，扔进一个褐色证据袋，喊玛利亚·林奇过来。

“安排制服警察挨户问，肯定有人看见凶手埋尸。”她又抬头看躲在阴影中的公寓楼的窗户，“一定不能有遗漏。另外，尽快把工人拉到警局问话。”

“明白，督察。”林奇说完便忙着集合警员，分配任务去了。

“看看巴瑞特酒吧的监控摄像头有没有在正常工作，”洛蒂瞧了瞧挂在电线上的破摄像头，并不抱太大希望，“还有，柯比，叫人搜搜那些带轮子的大垃圾桶。”她指了指巷子里那一排商家用的垃圾桶，散出一股臭味，和帐篷里的气味交相呼应。

柯比点点头。

“最初四十八小时很关键，”洛蒂又说，“不过，我相信现在已经超过四十八小时了。”

第八章

洛蒂和博伊德同在警局的一号问询室。问询室狭促依旧，很压抑，没有窗户，也没有空调。不知道建筑师当初是怎么想的，而且到现在也还没翻新完。

这个案子要问询的人很多，得好几天。洛蒂想先从工地上的工人开始。

安德列·彼得罗夫齐坐在固定在地板上的一张桌子前，粗大的手掌紧捏成拳头，一双褐色的眼睛往下耷拉着。是疲倦还是恐惧？

“那个，彼得罗夫齐先生，你是哪里人？”洛蒂问道。她想单刀直入。

“科索沃。”他的声音低沉，很有穿透力。

“你来爱尔兰多久了？”

“我是来工作的，”他说，“一年吧，或许久一些。”

“一直在拉格穆林？”

“是。不是。”

“你不确定？”洛蒂说。

“我来时，在都柏林，然后来拉格穆林。”

他说拉"格穆林"几个字时发音很艰难，洛蒂被他逗乐了。发音准有什么用，这个镇子她自己也搞不懂。

"为什么来拉格穆林？"

"干活儿。修水管。"

"你现在住哪里？"这么问下去得到猴年马月。

"山顶。小公寓。"

洛蒂知道那片住宅区，有一排公寓楼，绕着运河和铁路围成一个新月形。有几家商店，一个托儿所，还有一间诊室。本是低档公寓楼，却硬充高档住宅区推销，相当失败。她收回了思绪。

"你挖出的那女孩的尸体，你了解她什么情况吗？"

"不了解。"

"说说你挖的那条沟吧。活儿从什么时候开始的？"

"三天前，我们放管道，临时……怎么说呢……填了下。今天又回来修。"

"修？"

"铺路面，明白吗？"

"大概明白。"洛蒂说。

"所以，星期五之后工地就没人干活儿了？"博伊德问。

"我们去另一条街干，然后又回来。交通……管制？"

"还有别的要告诉我们吗？"

"我什么都不知道。"彼得罗夫齐垂下头。

他们又问了一些问题，没问出什么头绪。洛蒂心头涌上一股熟悉的挫败感。

"你愿意做一下 DNA 样本检测吗？只是为了排除你的嫌疑。"

做了估计也没啥用，洛蒂心里嘀咕。因为他已经污染了尸体。

他立刻面露难色："为什么？我没做错事。"

"只是走个程序而已，不用担心。"

"我不知道。过一段时间，好吗？"

"我希望你现在就做完了事，彼得罗夫齐。"

"我不太明白，不过好吧。"

洛蒂让博伊德安排口腔检测，只是用棉签简单擦拭一下，做DNA分析。博伊德点点头，把问询记录读给彼得罗夫齐听。

"你暂时没事了，可以走了，"洛蒂说，"我们有你的联络方式，也许以后还要找你。"

博伊德关了录像设备，封上光盘。彼得罗夫齐往门口走，洛蒂一直盯着看他。宽肩膀，反光背心里是紧实的肌肉。

他转过头说："土里那个……小姑娘，死太早了。"他打开门，迈步出去，顺手把门带上。

洛蒂看了看博伊德，博伊德耸了耸肩。

"我去叫下一个！"他说着，跟着彼得罗夫齐出了门。

两人问完了工地上所有的工人。这时，科里根警司探头进来："专案室。现在。"

洛蒂跟在他身后，看着他光脑门上泛着的微光，心想他是不是得天天刮脑袋才能保持这种光泽？洛蒂一走进专案室后脊梁就一阵发凉，她想起了上一个案子。同一间屋子，不同的凶案。案情板上钉了一张受害人遗容面部模型的照片，还有一块板子上挂了一张尸体发现区域的草图，以及一张大尺寸镇地图。一帮警员们有的在忙打电话，有的在忙打印问询报告。

科里根警司揉了揉脑门，把眼镜往肥厚的鼻梁上推了推："帕克督察，你是本案的高级侦查员。"他一只眼盯着她，另一只眼半闭着，有些红肿。发炎？希望不会传染。洛蒂往后退了一步，以防万一。

"谢谢您，长官。"洛蒂学乖了，当着科里根的面，能少说话尽量少说话，过去因为说错话惹下太多麻烦了。

"但所有媒体事务都得先从我这里过，"他警告道，"咱都不想再像上一次那样搞砸了，对吧？"

"我就长话短说吧，长官。玛利亚·林奇负责作业簿，博伊德负责检查我们刚做完的问询记录。"

"柯比呢？他做什么？"

"我稍后向您汇报。"我得先找到他啊，她心里说。

"你是知道我对这类案件的看法的。案子只能由拉格穆林警局负责侦查，绝对不能让上面派人下来。但鉴于你把上个案子搞得一团糟，这次我还真不敢保证能把他们挡多久。所以，得速战速决，不要捅娄子，明白？"

"当然，长官。"她忍不住琢磨他那只眼是怎么回事。被科里根太太揍的？

"别老盯着我。"

洛蒂叹了口气。本来还想着第一天能风平浪静呢。

柯比坐在桌前，翻看一沓在居民楼做的问询记录，一只脚翘在一沓文件上，凉鞋丢在一边。

"我刚才还在找你呢。"洛蒂皱着鼻子说。

"你找到了啊。"柯比赶紧把脚伸进鞋子，"我刚准备把这沓东西送去专案室呢。”

“发现尸体的那条街道拐角那家酒吧有监控吗？”

“你猜，头儿。”

“坏的？”

“对。”柯比挠了挠他那头拖把似的头发，“为什么装了监控，却不维护呢？我实在不懂。”

“公寓楼也没有？”

“没有。”

“镇政府的监控呢？”她还是抱着一丝希望，“那里有吗？”

“是因为财政缩减还是因为预算不够，我不晓得，但有一半摄像头都是摆设。而且只有主要街道上才有。”

“这下好了！”洛蒂虽然失望，但尽量不露在脸上。

一个下午，她都在看手下探员们呈给她的重点报告。博伊德也坐在桌前，一边看报告，一边手里还不时把桌上的笔排成一条直线。但报告里没有线索表明受害的女孩是什么人，或谁杀了她后又把她埋在拉格穆林的街道下面。

下午四点十五分，洛蒂的电话响了，是病理专家简·多尔。洛蒂认真地听完电话。“简的初检报告出来了。”

“她可真是个能干的小人儿精啊。”博伊德说。

“你真是狗嘴里吐不出象牙，”洛蒂摇了摇头，拿起提包，“我去一趟塔拉莫尔。”

“要不要我——”

“不用，我会开车。你就看报告，查出受害人姓名。”

“我又不会变戏法。”

“反正查清楚她是谁。”

“是，头儿。你干吗要大老远跑过去？她不能电邮发给你吗？”

“你做好你的事，我做好我的事，行不行？”

洛蒂把包挎上肩，急匆匆出了门，再不走她又要发火了。她一边往车边走，一边祈祷车里的空调还能用。但希望渺茫啊。

第九章

“你说什么？”洛蒂问。

“枪伤。”病理专家又重复一遍。

“不可能。”洛蒂泄气地摇摇头。

“现在只是初步结论。”简·多尔一如既往地简短而专业。

“现阶段初步结论就行。”洛蒂说。

洛蒂驱车四十公里赶到塔拉莫尔，一路上热得够呛，而进了太平间又觉得有点发冷。这里的景象和沿途风光简直分属两个平行世界。一路上绿树繁茂，青草浓郁，草丛里夹着盛开的金凤花，远处有一汪湖水在烈日下波光粼粼，不过上了高速公路，便只剩下疾驰的汽车，还有弥漫在空气里的汽油味。这会儿，她倒是怀念那股汽油味，太平间的气味实在难闻。

两人坐在铬合金的凳子上，受害人就躺在她们背后的不锈钢台子上，蒙着一层床单。

“子弹从背后射入，却没有弹头射出。X 光显示肋部滞留一颗子弹。我会送到实验室，弹道技术人员会做检查。”

“原来是枪杀！”洛蒂感叹道，“我都记不清上次拉格穆林发生枪杀案是什么时候了。”

“我还发现她脖颈后部有咬痕。我取了样本，准备做唾液检测，也取了印模。我会把图像发给你。”

“能分析出 DNA 吗？”

“不清楚。咬痕很干净。等着吧。”

“有没有性侵迹象？”

“阴道有撕裂，所以很可能有，但不能下定论。”

“衣服上有发现什么吗？”

“没有。我认为枪杀前她已经被脱光了。伤口很干净，所以可能被清洗过。”

“弹孔？凶手枪杀她后还清洗了弹孔？”

“弹孔处很干净，所以肯定清洗过。我也从她指甲缝里取了刮屑，可能会有点发现，但也别太指望。”

“凶手为什么先脱了她的衣服，开枪杀了她，清洗完伤口，然后又把她衣服穿上呢？”洛蒂摇摇头。到底是什么情况？

“或许凶手是个怪胎，迷侦探剧。”

“简，这女孩是什么人？”

“那是你的工作喽，洛蒂。我只能告诉你，女孩年龄在十六到二十岁之间，死亡时有身孕。考虑到近期有异常高温，还有尸体腐烂的速度，我估计是两天前遇害的，不会超过三天。”

洛蒂想起了彼得罗夫齐的证词。工人们是三天前开挖那条沟的。难道这女孩是开挖后被埋下去的？

“这么说，发现尸体的地方不是凶杀现场？”

“尸斑表明她死后被挪动过。在发现尸体的地点，凶手没有条件先脱了她的衣服，再杀她，还能干别的。她肯定是在别处被杀的。还有别的情况。”简从凳子上跳下来，领着洛蒂走到解剖台前，掀开女尸身上的床单。“看见那道伤疤了吗？”她指着受害人左侧臀上的一道弧线，从腹部一路爬到后背。

“看见了。”洛蒂不敢直视女孩裂开的腹部。病理专家已经把胎儿移出了。

“缝合得很齐整。”简说。

“什么情况？”

“被切除了一个肾。”

“为什么？”

“或许捐献给某个家庭成员了？不晓得。”

“手术是近期做的吗？”

“得做更多检测才能知道。目前看来，我猜手术顶多是一年前做的。还得再仔细检查一下。”

“怀孕情况呢？”洛蒂问，“怀孕几个月时被杀的？胎儿身上能做DNA检测吗？”她心里想，是不是有人不愿当爹，干脆杀了母亲，或者是激情杀人？直觉告诉她这两种可能都不是。大多数时候，她相信自己的直觉。

简轻盈地走到第二张台子边。洛蒂深吸一口气，跟了过去，暗暗给自己鼓气。她不是大惊小怪的人，见过的尸体也不算少，但看未出生的胎儿，她心里发虚。

“这是她的孩子。死亡时妊娠十八周。女宝宝。”

简慢慢拉上床单。洛蒂感觉有点喘不上气。这是她见过的最小的宝宝，侧身蜷缩在冰冷的钢板上。她忍住眼泪，努力平复心情，侧目瞥见简匆忙抹了一把眼睛。她认识简·多尔时间不长，这位病理专家是很少流露情感的。

“我做过尸检无数，但这次……这也太残忍了……”简的声音慢慢消散在太平间冰冷的空气中。

“我常常自认为遇到什么都会见怪不怪，”洛蒂说，“但人间惨剧真是没有止境啊。”她转身拿起报告，塞进包里。

“一定要查清楚凶手是谁。”简的声音轻柔而冷静。

洛蒂没有作声，转身离去，每一步都踏得决绝。她开着车，脑子里始终摆脱不掉那个胎儿的样子，还有那含在嘴巴里的蹼形小手指。她这辈子可能都忘不掉。

洛蒂把初检报告扔在博伊德的桌上。博伊德也是一脸憔悴。

“我们问遍了整片地方，酒吧、公寓，哪儿都问了，没人说有见过什么。”他说。

“拉格穆林人就这德行。”

她坐回自己的桌前，回想起去年十二月底一月初那件案子。当时整个镇子也是装聋作哑，几乎没人出来提供线索，好不容易有那么几个做证的，还没全说实话。

“简说了什么？”博伊德拿起报告。

“受害人确定是被枪杀的。”

“什么？枪杀？情况很不妙啊，洛蒂。”

“我知道。”拉格穆林涉枪犯罪率非常低，不像城里，黑帮犯罪基本都用枪支，“而且被杀时有身孕。”

“混账玩意儿！”

“还有，她有一个肾被切除了。”

“天啊！但愿是她自愿的。”

“现在不清楚啊。简还得完成尸检。”

“孕妇，枪杀，少一个肾。这姑娘得遭了多大罪啊！”博伊德挠着头，十分怅然。洛蒂能体会他的感受。

“受害人被脱了衣服后枪杀，然后伤口被清洗，之后又被重新穿上衣服。”

“怎么会有人干这种事？太疯狂了。”

“确实疯狂。失踪人员名单里有没有符合受害人特征的？”洛蒂偷偷打了个哈欠。她完全没想到第一天上班就能忙成这样。

“没有符合的。不过，如果她年龄超过十八岁，我估计还没来得及上名单。”

“人已经死了两三天了，而且怀孕十八周，肯定有人在找她啊，比如孩子的父亲。”

“或许她谁都没告诉呢，怀孕也可能是一夜情的结果。”

“或许，她和一个有妇之夫有染，然后出了什么状况，被那男的杀人灭口。”

“我们可以把尸检照片发布出去。”

“你见过她的脸啊，烂成那个样子，不能发给公众看。”洛蒂从博伊德手里拽回报告，一页一页翻看，“现在还不行。”

“只是一个想法。”博伊德说。

“愚蠢的想法。”

洛蒂知道博伊德想反驳，但话题太沉重，他不好造次。“简说，从女孩的骨架来看，可能是东欧人，巴尔干裔。”

“她怎么知道？”

“她研究过人类学。”

“受害人是非法入境爱尔兰的吗？”博伊德说，“那样的话，我们确认她身份的难度可又大了许多啊。”

“可能是难民，或是来寻求庇护的。”洛蒂说，“官方有记录的。”

她想起几年前司法部把废旧军营租出去，还遭到很多当地人抗议。军营被改造成避难人士的直接救济中心。她妈妈当时还说是小题大做，后来风波果然渐渐平息了。

“值得查一查。”博伊德说。

“记在明天的工作议程上。”

“好。”

“我们还得把彼得罗夫齐再找来问一次话。不过首先我得趁着大家还没走，开个小组会。”

第十章

洛蒂回到家已经晚上过八点了，屋子里没有一点动静。她的母亲罗斯·费茨帕特里克白天过来照顾孩子们，这会儿早走了。洛蒂想，她们母女俩最近互相躲避的技巧越来越娴熟了。

“有人吗？”她冲着楼上喊了一声。

没人应答。

她走进厨房一看，不由得直哼哼。水槽里杯子盘子堆成一座小山，一切又回到她休假前的常态，但至少现在孩子们有饭吃了。以前罗斯会把家里收拾得锃光瓦亮后再走，她琢磨自己是不是什么地方惹到母亲了。

“全家没人会洗杯子吗？”

还是没人应答，又是她自言自语。

这安静有点不寻常啊。她突然心生惊恐，慌忙冲上楼，闯进儿子的房间。

“怎么了？”肖恩摘下耳机问，一边迅速在键盘上敲了一下，屏幕切换成一张阳光沙滩的图片。

“我回家了。”洛蒂如释重负。

“然后呢？”

“今天学校怎么样？”

“还是一样无聊啊。”肖恩又戴上耳机，等母亲出去。

洛蒂拉上门，心里嘀咕刚才是不是应该看看他在电脑上捣鼓什么。她又把头探进大女儿的房间，凯蒂好像睡着了。她又去克洛伊的房间，这姑娘正坐在小书桌前，耳朵里塞着耳机，桌上摆着一堆课本。洛蒂走上前去，在她眼前挥了挥手。

克洛伊头也没抬：“我学习呢。”

洛蒂又下楼进了厨房，在橱柜里翻来找去，看有没有什么东西可以做点吃的。结果啥都没有。

她一屁股坐进扶手椅，瞥见掉了漆的电饭锅。这房子需要重新装饰。她垂下眼，不去看天花板下墙面上的油渍黑点。她忙了一整天，早已筋疲力尽，或许睡上一觉，便能攒起精气神去打理。她闭上眼。

克洛伊锁上房门，收起耳机和书本，从衣柜里取下头戴式减噪耳机。她开了窗户，任由夜晚的轻风从她身上拂过，手指在手机里的 Spotify 音乐软件上轻轻敲着。

她白天逃离运河后，在图书馆耗了一整天，听音乐，看着窗外发呆，四点半，才晃晃悠悠到了家。她知道外婆那会儿已经走了。

她部感焦虑，心口堵得慌，呼吸有些困难。她想告诉母亲自己内心的感受，告诉她自己多么无助，但每次想张嘴，话总出不了口。现在洛蒂回去上班了，两人更难说上话了。至于凯蒂，自从杰森被害之后，天晓得她脑子里天天在想什么。她不愿意回校上学，只是一天到晚唉声叹气。

她瞧了瞧胳膊上新添的割痕，担心她母亲若发现了会怎样。她这么一想，一阵惶恐袭上心头，她努力控制急促起来的呼吸。吸。呼。吸。呼。她离不开刀片。是的，肉体上的痛苦会让她脑子里少一些胡思乱想。

手机屏幕上闪出一条提示信息。她轻轻一点，“#生命之割”账号上有一条新帖子。她打开软件，登录论坛，顿觉一阵轻松。她今晚可以不需要刀片了。

深夜无人的街道肯定不是理想的跑步场所，尤其是当下有个杀人犯在逃。但洛蒂半夜在扶手椅中醒来时，觉得有点闷。她也需要动一动，清一清脑子里的杂念，夜里好睡得踏实一些。

她不慌不忙地跑着，心里数着步数。她的苹果手机自带一个计步软件，但她懒得设置，她听说这种软件会耗电。她把手机卡在文胸上，放缓脚步，沿着郡议会大楼一路往上跑，大口大口地喘着气。身体不行啊，她想，虽然休假这段时间每天都跑。

到了街道尽头，她往右拐，却蓦地停下脚步，一动不动。她深吸一口气，转身回头看，不禁全身颤抖，心脏怦怦直跳。没人。她又开始慢慢跑。幻觉吧，她想。

拉格穆林星期一的夜晚很宁静，平常有零零散散的人出了酒吧往夜店赶，这会儿都见不着。即便是丹尼酒吧外的出租车车站也安静得有些荒凉，只有一个司机倚在车上抽烟。

洛蒂冥冥中仍然觉得有人在跟踪她，她不敢抄近路从镇公园穿过去，只好沿着修道士街跑。两尊古代僧侣的铜像眼神刚毅地守望着街道。

跑这么一趟并没有让她内心安宁一些，街面下腐烂的女孩尸体，还有太平间不锈钢台面上的婴儿，一直盘踞在她脑海中，不肯离去。

她往左手的桥街瞄了一眼，瞧见松垮的警戒带横亘在路上。她走过空旷的街道，来到警戒带外站。

现场调查组的帐篷孤零零地守在街角，一辆警车停在公寓楼的大门口。站在车边的一名制服警察向洛蒂打招呼，洛蒂也冲他点了点头。她手扶在腰上，喘着气。

“今晚很平静啊？”洛蒂问。

他耸耸肩，意思是你觉得呢。

洛蒂知道现场调查工作彻底结束之前，要派人看守，不然现场很容易遭到破坏。凶手也可能还会回来打探。不过，洛蒂认为凶手很可能早已远走他乡了，至少她希望他别还在镇上转悠，再度伺机下手。不管凶手是谁，此刻在哪儿，她都要将他抓获。她一想起惨死腹中的女胎，便怒火中烧。她绝不允许凶手逍遥法外。

她突然又心生疑窦，觉得背后有人，转身去看。

“你刚才见着有人吗？”她问那警察。

“没啊，督察，没看见人。”

“好吧，谢谢。”

洛蒂感觉夜晚的空气有些混浊。她沿着黑灯瞎火的社区大学边上一路往家跑，一心只想回家洗个凉水澡，爬上床睡觉。

开始出现幻觉可不是什么好兆头。

第十一章

房间很狭促，却挤放了两张高低床，一个储物柜，一个衣橱，都没有门。地板破旧，油漆裂开，天花板的拐角布满灰尘，挂着蜘蛛网。

在米默莎·巴巴托维奇对面的床上，有两个女孩熟睡着，发出轻柔的鼾声。两个人一回来就脱下衣服，随手扔在狭窄的地板上，光着身子爬上床，盖上薄薄的床单，倒头便睡。

一盏没点亮的灯泡在米默莎头顶摇晃。家乡的夜晚来得更敏捷，而这里的黄昏却要久久地流连。即便夜晚降临了，也不会黑得那么透彻。

米默莎躺在下铺，身子蜷成一团，胳膊上还在流着血。胳膊肘上新添了两道月牙形伤痕。她不喜欢他咬她，每次都很疼，但这次他却吮吸她的血。她暗自希望他腐臭的唾液不会把什么病传给自己。他故意要让她受苦，惩罚她早晨擅自离开，而现在又带走了莎拉。莎拉只不过是想帮帮自己和小米洛。保安是放她出来了，但还是逃不过其他人的跟踪。他们肯定是跟踪了她，或者跟踪了莎拉。他们知道自己去了哪里吗？希望不知道。现在她和儿子米洛又被关在这里了。白天有机会的时候本该逃跑的。但去哪里呢？现在想什么也没用了。她反正什么也不说。

她希望莎拉也没交代什么。

她两腿之间还隐隐作痛。无论她事后如何拼命擦洗，总觉着还有什么脏东西没洗干净，在她体内吞咬。她尽量不去理会疼痛，还有其他令她担忧的事。

她好几天没见着卡崔娜了，没人告诉她她这个朋友去哪儿了。米默莎很清楚，这里恐怖的事情时有发生。大多数人都不敢吭声，只有卡崔娜勇敢地实话实话，但她如今却消失了。

米默莎现在只能寄希望于那个女侦探帮忙了。她仔细考虑过，去警察局太冒险，而且也不晓得如何才能让警察相信自己。所以她就心存侥幸去了那张纸上写着的地址。那张纸和徽章都是他给的。现在回想起来，似乎是很久远很久远之前的事了。

门开了，莎拉一瘸一拐地走进来。她站在屋子中央，在月光下，如同一尊黑色的雕塑。米默莎闻到了小姑娘身上散发出来的那股可恨的气味，那也是她自己身上清洗不掉的气味。莎拉因为帮她遭到了惩罚。

“别哭。”她用胳膊肘支起身子，痛得龇牙咧嘴。莎拉用胳膊紧紧抱着身子，目光呆滞地盯着窗户，泪水在脸上闪着微光。

“来，到我这儿来躺下。”米默莎伸手去拉姑娘的手。那手黏糊糊的全是汗。莎拉转过身，在她身旁躺了下来。

米默莎轻轻抱着莎拉，小心翼翼的，怕吵醒儿子。米洛曲着身子靠墙睡。她抚慰着莎拉，就像抚慰儿子一般。

莎拉一抖一抖地抽泣，终于平息了下来，只是她的身子每隔几秒钟都要颤抖一下。米默莎听着女孩断断续续的呼吸，过了许久才慢慢睡熟。

米洛动了动，嘴里嗫嚅地说话。

“嘘——”她赶紧对儿子说。

她动了动，床单发出沙沙的响声。她用手指在儿子头上摩挲着，在他耳边轻轻哼着歌。她对儿子无比怜爱，那份爱深入骨髓。儿子是她在这个世界上唯一的指望。这一路跋山涉水，儿子跟着她受了很多苦，如今简直身陷梦魇，这一切是她的错吗？若是因为她犯了过错，让儿子跟着遭了罪，那么她就决心挽回。

“这一切到底有没有个尽头？”她用母语咕哝了一句，却不晓得答案在何处。她仍然醒着，睡意全无。门却又开了，莎拉被拖到地板上。米默莎想抓住她，却被那双熟悉的手粗野地推开。莎拉被拖进走廊，尖声哭喊。

门砰地关上。米默莎安抚着哭泣的儿子，心中暗自祈祷。

“千万别让他们伤害我的米洛！”

第十二章

他用戴着手套的双手掀开铁板，将其拖到沟边，然后用铲子挖出松土。他觉得挖得够深了，便走回停在不远处的白色面包车前。

他几分钟之前在狭窄的街道两边各放了一个“工人正在施工”的牌子，确保没人干扰他。时间是凌晨四点，拉格穆林正在沉睡。缅因街上不时有车辆驶过，但他毫不在意，路上也没有行人。他左手边是几家商店的后门，右手边是一家废旧车辆回收场，再往前一点是几栋半空着的公寓楼。在死寂的夜里，一切了无生气。

他又迅速环顾四周，确保没人看见他。他打开车子后门，拖下一个窄窄的活动梯，推出一辆手推车，车上盖着一片墨绿色的帆布。

他推着车走到坑边，移开帆布，把推车一歪，尸体滚进坑里。他把她放好，便开始挖土往她身上盖。土一锹一锹地下去，女孩苍白的皮肤也一点一点黯淡下去。埋好后，他又把铁板盖了上去，尽量不发出声响，虽然他知道周边一个人影也没有。

他又环顾四周，拿起帆布，放回推车上，疾步走回面包车。他把东西放妥当，收好活动梯，又折身回去拿牌子。他回到车上，驾车离去，脸上挂着微笑。他离目标越来越近了。

完成任务。

科索沃 1999 年

他不记得自己走了多少天，也不晓得在丛林里睡了多久，但他身上的裤子肮脏不堪，他的双脚在流血。他看了看暗下来的天空，听着土路上熙来攘往的卡车。他为什么不记得了呢？为什么他的记忆里布满了黑洞？

“嘿，小伙子，你在那儿干什么？”

他刚才没听见卡车停下来的声音。他缩着身子，等着枪声响起。或许枪声一响，他的一切烦恼便随风散去了。他感到一只手抓住他的肩膀，他尖叫起来，像一条无助的狗。

“别怕，我们不会伤害你。”

起了一阵微风，他的胸膛感觉到一丝凉意。

他听得懂一点英语，在学校学过，但感觉是很久以前的事了。那人穿着军装，绿色大卡车的驾驶室里还坐着一名士兵，俯视着他们。

“孩子，你迷路了吗？”

那人叫他孩子。但他不是谁的孩子了，他的家人已全部惨死。他仰起脸看着那个士兵，觉得很惊讶。那人的脸很像爸爸。可爸爸却……战争啊。

士兵看了看他的战友：“带上他？”

“好吧，抓紧。我们从马其顿一路开到这里，我可累惨了。”

“那快点吧。”

士兵抱起男孩，驾驶员伸手把他拽进驾驶室。

男孩坐在两人中间，胳膊使劲往身体里缩，尽量不占空间。

“你饿了吗？”

他点点头。

“来，吃包薯片。爱尔兰寄过来的。”

男孩真希望士兵不再说话。他打开包装，大声咀嚼起来。他饿惨了。上次吃饭是什么时候？又是一个黑洞。

“你不怎么爱说话啊，”士兵说，“全吃完吧，我们很快会到鸡场的。”

男孩吃完了薯片。

第二天

2015 年 5 月 12 日 星期二

第十三章

鸟儿吟唱着只有它们自己才懂的旋律，黎明的晨光从窗台和百叶窗之间的狭缝流淌进来，一束阳光横在床上，如一把钢刀。

洛蒂一边拍枕头，一边竖着耳朵听，两只林鸽在花园的尽头一唱一和。这会儿要是能喝上一杯咖啡就好了，她想，但也就是想想而已。亚当在的时候，上班前会在床头放上一杯咖啡，然后轻吻一下她的额头，悄悄带上门。亚当去世已经四年了，她依然无法释怀，犹如活在一部不停倒带的无声电影里。

回忆在她脑海中翻腾，一阵难耐的寂寞又涌上心头。她是时候忘却亚当了吗？身边的人似乎都觉得她该活回正常的自己了，只是她也不晓得怎样才算是正常的自己，她只知道如今的日子如同一张照片，被时间洗成了深褐色，她在艰难地寻回色彩。

她恨恨地一拳打在羽绒被上，咬着牙，拼命忍着泪，却挡不住。她气亚当。气他为什么偏偏得了绝症，早早撒手而去，丢下自己和三个孩子；气他走得那么急，都没有交代一句，在没有他的日子里，自己该怎么过；气他在自己悲痛万分的时候，没有更坚强一些。“亚当·帕克，你个天杀的！”她大声哭喊了出来。

“坚强的洛蒂，就是我！”她对着蒙上一层雾气的镜子说。她擦干泪痕，穿上衣服，准备迎接新一天的挑战，却突然意识到，自己上班迟到了。连续第二次。

“你迟到了。”博伊德说着，砰的一声关上柜子上的一个抽屉，震得柜顶堆放的文件滑落到地板上。

“是吗？那我死定了？”洛蒂坐下，启动电脑，“你现在是我妈？”

“你妈怎么样了？”

“博伊德，别跟我提我妈的事。”她把包塞到桌子底下，端起绘有红罂粟的杯子，瞧了一眼密码，输入电脑。“有新情况吗？”

“还没查清受害人的身份。”他捡起文件，按照字母顺序整理好。

“你有完没完啊？”洛蒂说。

“什么有完没完？”

“屁大点事都要排个序。”她边说边等电脑运行起来。

“你自己邋遢，别人还非得跟你一样啊。”他把文件塞进抽屉。

“博伊德，看在老天爷的分上，你能坐下吗？”

“行，行。”

“我忘了告诉你件事。昨天早晨，有个少妇带着个小男孩来我家找我。”

“你说什么？”博伊德手里捏着一个文件。昨天太忙，洛蒂把那女孩和信的事忘了个一干二净，今天早晨才记起来。她从包里拿出信封，抽出叠好的一张纸。

“外语写的。”洛蒂说着递给博伊德。博伊德接过去：“我怎么知道写的是啥？”

“得找人翻译下。”

“为什么费这个劲？”

洛蒂没理他，往信封里瞅，发现底下还夹着什么东西。她正要取出来，科里根警司像幽灵一样出现在门口。

科里根张嘴正要说话，可还没等蹦出一个字，被洛蒂抢先一步，“是的，长官，我就来。”她又把信封塞回去。

科里根警司夹在办公桌和椅子中间，说道：“杰米·麦克纳利回来了。”

“什么？博伊德知道吗？”洛蒂直接坐了下来。她心里暗骂。几年前，博伊德的老婆杰姬离他而去，跟麦克纳利私奔了，警局掌握了麦克纳利作奸犯科的情况。洛蒂听说那对男女在西班牙呢。

“我不知道。”科里根摘下眼镜，拼命揉那只红肿的眼睛。

洛蒂也表情痛苦地看着科里根：“他会疯掉的。”

“督察，咱们都知道博伊德探长从不会发疯，他可是警局里最冷静的。”

“我要告诉他吗？”洛蒂问。要是麦克纳利回拉格穆林了，杰姬是不是也跟着回来了？博伊德该如何应付？她不愿意多想。

“谁告诉他我不管，但我们得查清楚麦克纳利为什么回来，回来干什么。”

“我马上让柯比去查，长官。”

“行。”

“他什么时候到的？”

“情报说上周三，知道这个就够了。”科里根把眼镜推回鼻梁上，手指却从镜框下伸进去继续揉。

洛蒂面露畏色。

“怎么着？”他问。

“警司，我觉得你该去看看眼睛。”

“你别惹我烦啊。我在家听我老婆叨叨就够了，不想再听你啰唆了，明白吗？”

“明白，长官。”

“赶紧派人去盯麦克纳利。”

“马上。”

洛蒂吩咐完柯比去调查麦克纳利的行踪之后，重重地坐进椅子，开始翻阅案件报告。现在该把麦克纳利的事情告诉博伊德了。或许杰姬没回来呢。该不该把麦克纳利当嫌疑凶犯？这个人有过不良记录，虽然不是谋杀，但也不是什么光彩的事。他回拉格穆林到底要干什么？

“失踪人员名单上还是没有匹配，没有符合被害女孩特征的。”博伊德恨恨地敲打着键盘。

“肯定有什么人在找她啊。”洛蒂说。她的 T 恤衫紧贴在身上，胸口汗水直往下流，文胸里的铁丝紧勒着肋骨。今早的不安感又攫住了她，令她倍感焦虑。她深呼吸几口，没有用。她使劲眨眼睛，屋中的景象在视线中闪进闪出。天啊，她暗叹道。我得坚强，我能应付。

她打开包，拉开内侧的小袋子，里边装着紧急备用药丸。她挤开泡罩，迅速吞下，抓起博伊德的水杯就喝，冲掉那股粉笔似的味道。就这最后一片，她对天发誓，一边放下水杯，一边在心里默默祈祷。

“你留着吧。”博伊德摆了摆手。

洛蒂知道他瞧见自己偷偷摸摸吃了药，故意不看他嘲弄的表情。“弹道检测那边有消息吗？”她问博伊德。她其实知道弹道检测结果可能要等好几个礼拜。

“没。”

她叹了口气，注意到博伊德把那封信又扔回她桌子上。

信封上的外国字似乎在嘲笑她。那姑娘和她儿子到底是什么来头？自己又该怎么帮他们？

“我觉得我们得找到米默莎。她说她有个朋友失踪了，所以，她有可能认识受害人。”

“你这个推理有点牵强啊。”

洛蒂拿着信冲博伊德晃了晃：“你有找到人翻译这个吗？”

“抱歉，我没找。”

“没事。”她说着开始把那些字敲进谷歌翻译。狗屁不通啊。她起身去翻博伊德桌子上那一沓纸。

“嗨，我都收好了。”他一边抗议一边护着纸。

“我只是找发现尸体的那个人的电话号码。安德列什么的。”她继续在那堆报告里翻，拆开一个个文档，把纸张弄得皱巴巴的。

“彼得罗夫齐？”

“对，就是他。”

“为什么要打电话给他？你怀疑他？我们本来今天就要找他谈的。”

“是他发现的尸体啊，没别的。啊哈，找到了。”

博伊德摇摇头："希望你不会干我猜你要干的事。"

"你真是太了解我了，博伊德。"

"我说真的，你这是——"

"职业自杀？我知道。但你得这么看，如果凶案跟他有关，这封信会唬住他，说不定就招了呢。"她犹豫了一会儿，还是在手机上摁了号码。她想探探彼得罗夫齐的反应。不管结果是好是坏，她反正要试试。

博伊德故意大声地收拾被弄乱的文件："你简直是神风突击队啊，这才第二天，第二天啊，洛蒂。别干傻事啊。"

她听到铃声响了几下，被对方挂断了。

"自杀啊。"博伊德还在咕哝。

"闭嘴。"洛蒂凶他道。她等了一会儿，又拨响那个号码。

第十四章

安德列·彼得罗夫齐跟老板杰克·德莫迪一道把货装上小面包车，开往库伦街。交管人员来晚了，车流已经塞住了，像一条鼻涕虫，在镇子里慢慢蠕动。他们花了半个小时才赶到施工现场。

分区轮流埋管本意是安抚商家，但开车的人很不领情，因为他们不知道哪一个区域会成为下一个工地。承建商就像草坪上的杂草，长在哪儿都惹人厌，彼得罗夫齐心里说。

他在检查缅因街路口的临时交通灯时，手机开始振动。号码他不认识，便摁掉了，塞回裤子口袋，抬头看时，一个小个子男人朝他冲过来。

“嗨，那谁！你干什么呢？”那人红着脸吼道，一头红发在阳光下闪闪发光。

彼得罗夫齐扭过身子，低眼看了看那人，耸了耸肩，径自从他身边挤了过去，那人头顶只够得着他肩膀。小个子男人一把抓住他的胳膊。

“有事？”彼得罗夫齐问。

“你怎么让卡车进我的院子？”那人说着，指了指废旧车辆回收场，“鲍勃·威尔，就是我，那回收场是我的。”

彼得罗夫齐把那人的胖手扫落，大步走进工地。他在卡弗蒂酒馆见过鲍勃·威尔。有一个周末，他在酒馆里静静地喝黑啤，只听鲍勃·威尔在一旁聒噪个不停，搞得他心情全无，把酒杯往吧台上一丢就出门回家了。他觉得种族主义在拉格穆林大行其道。不过，在这里大家也就是嘴巴上说说，在他家乡，人们却是用冲锋枪来表达种族歧视的。

他捡起工具，电话又振动了。他不想听威尔在路障外咆哮，宁愿接电话。

那封信就摆在安德列·彼得罗夫齐面前的绿色塑胶桌面上，旁边还有一盘薯片。洛蒂和博伊德各点了一杯黑咖啡。

洛蒂眼睛一直盯着彼得罗夫齐低垂的光头：“你知道这是什么语言吗？”

对方在电话上说就在附近见面，他才同意过来。现在是中午的饭点，街角的马略卡咖啡馆居然很安静。老板路易斯站在柜台后面盯着三个人瞅。他很可能在暗骂那些承建商，把自己的生意搅黄了。

博伊德抱着胳膊，皱着眉。洛蒂心想本该自己一个人来的，但她知道博伊德不同意她这么做，而且他今天人很轴，所以没再坚持。

“我忙，”彼得罗夫齐说，“老板，不高兴。”

“彼得罗夫齐先生，请直接告诉我信里写了什么，博伊德探长会记录下来。然后你就可以回去工作了。”洛蒂说。

他拿起信：“没名字啊。”

“没有。”她面露愠色。她可不会告诉他信是哪里来的。

彼得罗夫齐仔细看信，洛蒂仔细看他。手指壮实，指甲又脏又破，黑睫毛长长的，黑褐色的眼睛似乎在诉说着痛苦。脸颊深陷，不知道是饥饿所致，还是生来如此。还有那道伤疤。洛蒂脊梁骨一阵发寒，唇上的笑容凝固了，她有些困惑。找他看信是个错误吗？博伊德是这么想的，她希望不是。上一个案子她捅了大麻烦，这次可千万别再出纰漏了。

“是阿尔巴尼亚语。”他说。

“你认识吗？”

他耸耸肩。

“拜托。”洛蒂催他。

“写信的人说走不了，要你帮助。找失踪的朋友卡崔娜。帮逃跑。”

洛蒂身子往前倾，盯着他的眼睛：“逃跑？从哪儿逃跑？”

“我只知道信说什么。这个朋友卡崔娜，几天前不见了。”

洛蒂转身看了看博伊德。卡崔娜会不会就是那个遇害的女孩？

“还有别的吗？”她问。

彼得罗夫齐摇了摇头，“需要你帮忙。就这些。”他把信推回到洛蒂面前，“我走？”

“等等。肯定还说了别的。卡崔娜有身孕吗？”他的眼神暗了下来，“这里写的都告诉你了。”

他面如磐石，毫无表情，洛蒂看不出任何端倪，“你能告诉我你这周末去了哪里，做了什么吗？”

“逮捕我？”

“只是问你几个问题。”洛蒂感到博伊德在死盯着自己，却并不加理会。

彼得罗夫齐说：“我在家。一个人。我现在走？”

“我们还会再找你录一次正式的口供。不要去外地。”彼得罗夫齐站起身，示意博伊德不要挡住路。

彼得罗夫齐离开座位时，洛蒂注意到他比博伊德整整高出一个头。博伊德个头有六尺多，不算矮了。他走出门去，旋转门带起一阵微风，吹起他身上的反光背心。

洛蒂见博伊德在瞧自己，缓缓摇头。

“什么啊？”洛蒂没好声气地问。

“大错特错啊。大错特错。”他合起笔记本，塞进裤子口袋，“你不该在这种地方问嫌犯的话。你没权利把那封信给他看，而且你什么也没搞明白，万一这个米默莎果真身处险境呢？你想到这一点了吗？或许这个建筑工就是个祸害呢？你行事之前要三思啊。”

他说完径自走了出去，留下洛蒂一个人付账。

这难道是个错误？

“我在想，受害的女孩会不会就是卡崔娜？”洛蒂走在博伊德身后，找他说话。

她赶上了博伊德。博伊德把外套从一个肩膀甩到另一个肩膀。街上热腾腾地塞满了车子，半天不挪窝。工地上的灰尘四处飘扬，空气中充斥着重机械的噪声，人们越发觉得酷热难耐。

“那封信里没提她是否怀孕的事，所以你只是瞎猜。”博伊德又把外套甩到另一侧。

“我不是猜。”

“你却找潜在嫌疑人帮忙。”

“别总磨叽这事儿，博伊德。”

“好吧，但要是科里根知道了，我可不想惹祸上身啊。”他又走到她前头去了。

“我们怎么确定尸体是不是卡崔娜？”她又追了上去。

“目前为止，没有失踪报案，也没有绑架报案。”

“我要找米默莎了解更多情况。”

“洛蒂？”

“什么？”

“别再找这个彼得罗夫齐了。我们根本不了解他。”

“他不是把信讲给我们听了吗？”

“你根本不知道信里到底写了什么。他就算胡诌你也不知道。”

“我会找人翻译的，”她说，“翻好一点。”

“别再犯同样的错了。”

“天啊，你简直就是复读机啊。”

两人转过街角。大教堂两个高耸的塔尖如同一块挡书板兜在街道的尽头。教堂里十二月底发生的凶案已在大多数拉格穆林居民的记忆中褪了色，但洛蒂却永生难忘。她破了案子，也查清了失散多年的哥哥艾迪的谜团，还阴错阳差地几乎害得儿子丢了性命。她想想就浑身发冷。

“你还好吗？”博伊德问。

洛蒂双臂紧贴着身子，耸了耸肩，甩掉那段不堪的记忆，快步往警局走。她很担心自己在对安德列·彼得罗夫齐的判断上犯了错。

第十五章

洛蒂回到办公室，在桌前坐下，开始阅读案件的各种报告。柯比艰难地走进门，怀里紧抱着一个大西瓜，热汗透过茂密的长发顺着脸颊流淌。

“下雨了？”博伊德问。

“你今天很幽默嘛！”柯比讥讽他道。他把大西瓜啪的一声放到桌上，瓜开始滚起来，他赶忙一把抓住。

“买西瓜干什么？”洛蒂问。

“难道是当足球踢啊。几位天才谁知道怎么切这玩意儿吗？”

“上谷歌搜下。”洛蒂和博伊德异口同声地说。

“都是二货啊。”柯比说。

柯比出去找刀子。洛蒂说：“等我们找到米默莎，把遇害女孩照片给她看。”

博伊德没搭理她，把一堆问话记录拍在桌上。

“我就这么一想啊，头儿。受害人或许也是避难人士，”柯比已经从餐厅回来，手里挥舞着一把面包刀，“避难人士都躲在军营里，所以失踪到现在也没人报案。”他说着又弯腰低声对洛蒂说，“没找着麦克纳利。”

洛蒂点头表示感谢：“我们昨天晚上也想到这个了。你为什么觉得她生前可能住那儿？”

“她失踪到现在也没人报案，是吧？”柯比动手切西瓜。

“对，”洛蒂说，“所以不是当地人，我们也查了全国失踪人员名单。”

“几个月前，收留避难人士住军营的事情，媒体上吵得沸沸扬扬，”柯比说，“说人太多太挤什么的。”西瓜汁四处飞溅，“自从军营关了之后，大家都还担心说会不会有很多流浪汉跑进去，”他接着说，西瓜籽沾在胡子上，“但司法部在那儿设了‘集中营’，又有很多人反对。”

“集中营？柯比，你也太夸张了。”

“你知道我的意思。”柯比边说边吸西瓜汁。

“我们没证据表明受害人原先住在这个……叫什么来着？”洛蒂说。

“直接救济中心。我不晓得她到底是从哪儿来的。”柯比递一片西瓜给博伊德，博伊德摇摇头拒绝了。

洛蒂在电脑里敲了几个单词：“司法部网站上说直接救济中心的负责人叫丹·罗素，以前是军官。还有件有意思的事，这地方是镇政府最近的外包工程之一。”

“试验性质的，”博伊德说，“天知道是什么样子。”

“像集中营啊，我听说的。”柯比嘴巴吧唧吧唧响，肥厚的嘴唇两侧挂着两条小溪，“都是女人和小孩。男人安排在别的地方，长津或者阿斯隆，骨肉分离啊。”

洛蒂不理会他的浑话，“我们去拜访一下这位罗素先生吧。”她对博伊德说。她实在不愿意继续观摩柯比的吃相了。

“罗素兴许认识亚当。”博伊德说。

第十六章

拉格穆林军营是1817年建的，历经两百年风雨，屹立不倒，几无变化。洛蒂和博伊德从正门旁边的一道边门进去，向保安出示了证件。老旧的保安室和牢房都是空空的。内战时期，共和军领袖麦考恩将军曾被关在这里。保安指了指方向，两人沿着石子路，进入标着字母A的一幢楼，楼旁紧邻着一座小教堂。

两人爬上木质楼梯，往罗素的办公室走。博伊德问："你来这里没事吧，洛蒂？"

"感觉有点怪，但还行。"

洛蒂敲了敲门。狭窄的过道让她觉得压抑。

"进来。"屋里的人发出指令。

寒暄过后，三人落座。洛蒂仔细打量丹·罗素。此人是个典型的退役军人，一身蓝灰色西服笔挺如军装，黑领带，整洁的白衬衫。洛蒂直接把受害女孩的尸检照片摆在桌子上。

对方低头看了看。"我不认识她。"他的声音干脆利落，一如外表。他又抬头看洛蒂。他长着一双蓝眼睛，年纪比洛蒂想象的大些，估计有五十多岁，薄薄的嘴唇上蓄着胡子。"督察，我非常忙，"

他说，“我今天是特意调整了日程安排见你的。”

“我知道，谢谢你。非常感谢！”洛蒂有些不高兴。你只要告诉我你认不认识照片里的女孩，我马上走人，谁也不稀罕看你那头油光铮亮的黑发，她心里抱怨道。

“你这属于瞎撞运气啊。”对方嘴角挂出微笑。

“什么意思？”

“你为什么会认为这个人住这里呢？”

洛蒂默默数了数罗素身后墙上挂着的照片。她一有压力，就忍不住要数东西，借此调整呼吸。她小时候受过创伤，靠数数来自我疗伤。

“你认识受害的女孩吗？我只是要问这个。”她说。

“她死了？”罗素的嘴唇垂了下来。震惊？他肯定知道这是尸检照片啊。

“是的，死了，”洛蒂说，“凶杀。”

“你们第一站就到我这里来了？”罗素眯起了眼睛。

“我认为她不是本地人，可能是难民，或者避难人士，因为到现在也没人报案说她失踪了。我们以为她可能以前在这里待过，所以你可能会认识——”

“我得打住你，督察。”他举起手，似乎对方是个低等兵，“请容我解释一下。我们这个中心接纳的都是本国发生战乱出来逃命的人，叙利亚、非洲、阿富汗，等等，都是兵荒马乱的地方。他们在这里待着等审批，其间我们提供食物和住所，直到有了妥善安置。”他深吸一口气，又呼出，“我不想干扰你破案，但坦白讲，你竟然这么武断地认为被害的女孩是关在这里的人，我很震惊。”

洛蒂一边听他嚷嚷，一边侧眼瞧博伊德。博伊德扬起眉，感到好笑。关在这里的？

“这里是监狱吗？”洛蒂问。

“不，这里是直接救济中心。我不是解释过了吗？是政府的项目，由我公司经营。”

“私人公司？”洛蒂问。

“伍德莱克设施管理公司。自己查下。”

洛蒂怒火中烧：“我只是想确认你是否认识受害人。”

“我不认识她。抱歉。”他把照片推了回来。

“我能在这里到处问问人吗？”洛蒂侥幸地问，“或许有人认识她。”

“没这个必要。”罗素说。他又把照片拿了过去：“照片我留着，要是发现什么，会有人联系你的。”

“谢谢。还有件事，你认识一个叫卡崔娜的人吗？”

他眼睛微微一闪：“不认识。有事？”

“随便一问。”

洛蒂虽然觉得罗素只是在敷衍，但还是递过去一张名片。屋子里只有一个老旧的电风扇，热气逼人，但气氛突然间却有些冰冷。

罗素站起身来。洛蒂也站了起来。

博伊德咬着嘴唇，屁股没有要动的意思。“那米默莎呢？听过这个名字吗？”

洛蒂踢了他一脚，但为时已晚。她捕捉到罗素脸上那一瞬间的表情，像飞窜的老鼠的尾巴一闪而过。他张嘴说话，露出一排白如珍珠的牙齿。

“我这里关了很多人，很杂乱，我的工作只是监管，很少和他们有直接接触。”

他又用了那个词。洛蒂现在明白，罗素知道米默莎这个名字。

洛蒂正要发问，罗素又接着说：“他们虽然来自五湖四海，但可惜，在我眼里长得都差不多，所以我也不知道你到底说的是谁。抱歉。”

“那我们需要找了解人员情况的人聊一聊。”洛蒂口气坚定。

“不，督察。”他眼神犀利地看着洛蒂，“我会代你问一问。”洛蒂没有办法，只好作罢。但只是暂时作罢，她会自己想办法搞到名单，肯定存在什么数据库里。她冲博伊德打了个手势，便跟在他身后快步下了木楼梯。屋外烈日当头。

两人来到大门外。洛蒂奇怪为什么没见着军营里有人活动。

“安静得有些怪异啊，”她说，“是不是人都被锁在屋子里？”

“我觉得不是，”博伊德说，“但罗素这个人手腕很硬。”

“如果能找到任何证据表明受害女孩可能是这里的人，我们就拿搜查令来搜。”

两人穿过格林绿地。这里原来是忙碌的牛羊集市，现在成了前往镇中心的临时捷径。这片草地四周绕着几排十五年代建的房子，花园极小，围着生锈的铁栅栏，倒也整洁，只是不见人影。天气太热，上了年纪的居民不敢贸然出门。洛蒂深表理解。

“我真希望罗素屁股不干净。”洛蒂说。两人穿过绿地边缘的马路，上了运河步行桥。

“为什么？”

“他竟然说他那里关着人。他是把自己当狱长了吧。”

“他知道米默莎这个名字，绝对的。”

“对，博伊德。不过我希望，如果米默莎真在里边的话，不会因此惹上什么麻烦。”

“他要是认识米默莎，为什么不承认？”

“他肯定有什么事瞒着我们。我能感觉到。”

博伊德靠桥立着，点上一根烟：“你想来一根吗？”

“想啊，但我戒了。”

“又戒了？”

“闭嘴，赶紧给我点上。”

洛蒂吸了一口，端详着桥下混浊的绿水。夹在两排樱花树间的纤道上走来一个男人，长长的脑袋上顶着一条哈士奇。男人向洛蒂挥挥手，洛蒂也向他挥挥手。

“那人是谁？”博伊德问。

“不知道。”

两人默默地吸烟。

“你怎么没问罗素认不认识亚当？”博伊德还是没忍住。

“我才不想让他得意，那个浑蛋。”她长长地吸了一口，“我得让林奇把这个罗素好好查一查。”

等两位侦探出了大门走远了，丹·罗素打了一个电话。

三分钟后，一个嘴歪牙裂的男人来到他的办公室。

罗素说：“法洪，刚有当地警察找上门来了，说发现一具女孩尸体。这事跟你有关吗？”

“我啥也不知道啊。”

“好。去查查米默莎这个小婊子最近干了什么，让她那张大嘴不要乱讲话。”

法洪说：“她昨天早晨跑出去了。用她那小屁股买通了一个守卫。”他说完大笑起来。罗素直瞪着他。

“你找到她了？她去哪儿了？有跟谁说过什么吗？”

“找到了，这女的在镇那头瞎晃悠。我跟她说了，吓唬她说要把她儿子带走。”

“我本来要低调行事，现在可倒好。”罗素突然站起身来，在木地板上来回踱步，“他妈的阿拉伯佬！”

“她们不是阿拉伯人。”

“都是白痴，白痴。”罗素继续大步流星地来回走。他的脑袋差一点就能碰上电风扇。

“老板，怎么说？”

“再去拷问拷问她。有个侦探提到她名字了，她肯定干了什么事，或说了什么话。她要是不说，就把她送去安娅那儿，找一身疹子的本地猛汉折腾她几天，她就会开口说话了。”

“不是说要我们留着她——”

“别跟我废话！”罗素在那人面前停下脚步，两人几乎要鼻子碰鼻子。“我谁也不信任。”他鼻孔大张着，“连你也是。”

法洪不吭声。

“我要看到成效。”罗素说。

“是，老板。”法洪转身要走。

“今天就去办。”

“老板，那小男孩呢？要怎么——”

罗素脚上的尖头皮鞋一旋，转过身子去：“你怎么处理，我不管，但要让他安静。还要安全。这是命令。别再出什么纰漏了。”

法洪走了。罗素抹了抹胡子，拿起受害女孩的照片，撕成两半，塞进桌子下面的碎纸机。

他的呼吸慢慢平复下来，又拿起名片看。帕克督察。他得阻止这个爱管闲事的女人，如果事情被她搞砸了，损失可就大了。他一边用手指摩挲着名片，一边琢磨上面的名字。帕克。难不成和亚当·帕克中士有什么关系？

第十七章

“这次又踩了谁的脚指头了，帕克督察？”

洛蒂立在科里根警司面前：“长官，什么事？”

“司法部的接融办给我打了个电话。”

“啥办？”

“别跟我装，督察。接待与融合办公室。说你冒犯了他们驻拉格穆林的协调员，一个叫丹·罗素的。”

“是吗？我觉得我很礼貌的啊，长官。”

“你要干什么？”

“我每次踩了谁的脚指头，越是抱着脚拼命叫唤的，就似乎越有鬼啊。”

“你去找他干什么？”

洛蒂深吸一口气：“罗素先生没理由找司法部，找这个什么办诉苦啊。这个中心是他的私人企业，他跟我说是什么政府新政。”

“你到底干了什么，督察？”

“我把受害人照片给他看了。我想知道这女孩是不是他那个机构里的人。他自称那地方为机构。”

“你到底凭什么认为她是那里的人呢？”

“到现在也没人报案说这个女孩失踪了，也没有绑架报案。没有人见过她。什么都没有。我的直觉告诉我，如果她不是本地人，说不定是非法入境的，或是避难人士。如果是后者，那去直接救济中心问，不是顺理成章的吗？”

洛蒂在想要不要告诉科里根米默莎来找过自己的事情，但觉得科里根已经很火大了，所以不敢冒险。

“直觉？你直觉很多啊。上次就是你的直觉捅的大娄子。要谨慎，督察，一定要谨慎。我保住了你一回工作，能不能保住第二回，可就难说了。不要意气用事。”

科里根是个好人。但洛蒂也知道，好人眼里也不能总揉沙子，何况他已经被她揉了不少了。

“麦克纳利的下落有消息了吗？”他问。

柯比还没告诉她最新进展：“还没有。会查到的。”

“行。现在抓紧破凶杀案吧。”

洛蒂暂时算是脱了钩。她决定把罗素的底细查个底朝天。他既然投诉了自己，那就更要盯好他的梢儿了。

洛蒂回到办公桌旁，开始写丹·罗素的问询报告。她很讨厌文书工作，但这偏偏是她工作内容的重要组成部分。

“这家伙算是把我惹毛了。”她嘴里咕哝着，心思烦躁。

玛利亚·林奇的脑袋从电脑上方探出来：“谁？科里根警司？”

“他也是。不过我说的是丹·罗素。老军营里的直接救济中心就是他经营的。”复印机声音很大，几乎盖住了洛蒂的声音。这地方就没有个安静的时候。

“我听过那地方的一些传闻。”林奇一边说一边放下马尾辫，手指在头发里忙活。

“什么传闻？”洛蒂起了兴致。她对拉格穆林难民以及避难人士的情况不太了解。

“我老公，本，他在阿斯隆学院教语言，你知道吧？”

“我当然知道。”洛蒂说。

“他们学院有些研究生时不时去教这些难民和避难人士英语。他们跟本说，那里简直就是一座监狱。”她又把头发用蝴蝶发卡扎了起来。

“看起来丹·罗素是在玩火啊。查一查他的背景。”洛蒂站起身，走到林奇桌边说。

“好的。”

“能不能帮个忙？”洛蒂把米默莎那封信的复印件递过去，“我需要把这个翻译一下。”

“这是什么？”

“昨天有个很惶恐的年轻妇女来我家找我，她基本不会说英语。我也不知道安德列·彼得罗夫齐翻译得准不准。”

“你给彼得罗夫齐看了？”

“对。”

“你觉得这样合适吗？”

你也跟着凑热闹，洛蒂心里嘀咕：“不管合不合适，我已经做了。”

“希望科里根警司不会发现你找了一个嫌疑人做跟案子有关的事。”

“大家都别多嘴，他就不会知道。”洛蒂直直地盯着林奇自信满满的小脸。你要是告诉了他，我便会知道是你，洛蒂心里说。因为博伊德不会打她小报告。她把信交给林奇，便去找柯比了。

第十八章

不远处，大教堂的钟声响了四下。

米默莎把米洛拽到身后，穿过院子，往户外厨房走。门口的警卫冲她挥手打招呼，嘿嘿直笑。她觉得恶心。有时候，你只能把灵魂出卖给魔鬼，只希望他还能再租还给你。她努力不去多想，推开门，逃了进去。

厨房里苍蝇嗡嗡响。太阳透过玻璃照进来，毫无遮拦地打在围木桌而坐的妇女们身上。陶瓷碗碟发出沉闷的撞击声，人们压着嗓门说话。米默莎瞧见莎拉一个人坐着，便走了过去。

“你吃什么呢？”她一边问，一边把米洛拽到膝上。现在是下午四点，远没到晚餐时间，但你若不趁现在吃，就得一直饿到第二天早晨。她已经饿了。

莎拉用叉子在一摊稀稀拉拉的意大利面里绕，瘦削的肩膀跟着晃来晃去。一张黝黑的小脸上镶着两只大眼睛，头发蓬乱地扎成辫子，缠在细瘦的脖颈上。她用力将细长的面条吸进嘴里。米默莎突然不觉得饿了。

餐厅里的人声忽然降了下来，转而落入一片沉寂。玻璃门被推开，两个保安朝米默莎的桌子走来。她浑身颤抖，双臂紧抱着米洛，把他贴在怀里。

保安停下来，其中一人攫住她的肩膀，把她拖起来，但她仍紧抱着男孩。她惊恐得无法呼吸。那人手下越发用力，狠狠捏住她的肩胛骨。米默莎不寒而栗，但心中却燃着熊熊怒火。那人只一下便掰开她死抱着孩子的手，不由分说将她拖走。

米洛号啕大哭，另一个保安把他往莎拉身上一推。米默莎回过头哭喊："莎拉！照顾好我的孩子。"她见着儿子发狂地乱踢乱蹬，拼命要跟来。保安抓住他的胳膊往后拉，将他结结实实地塞到莎拉的膝上。

米默莎被拽着穿过院子，随后被扔进一间四面水泥墙、没有窗子的屋子里，过了许久，儿子的哭喊还在她耳边回荡。

她躺在黑暗中，忍着眼泪，努力琢磨到底发生了什么事。儿子不在身边，她感觉犹如裸着身子。她什么也看不见，只能听。有脚步声由远及近，门下缝隙漏进来的一束光线消失了，一会儿脚步声又远去了。她努着耳朵听。没有汽车声，没有鸟叫，死一般的寂静。坚固的四壁把世界结结实实地挡在了外面。

她躺在地上，只有她的心跳与她做伴。

歪牙男在桌子上重重捶了一拳。

"我只让你们办一件事，你们就给我搞砸了。"他对面前站着的两个人说。

"是你说把那个狐狸精米默莎带来审问啊。"

"我是说了啊，但不是当着一食堂人的面啊，还有个鬼哭狼嚎的孩子。现在他们全看见了，我怎么让她消失啊？那么多目击证人。两个蠢货！”

两个保安嘴巴紧闭，一言不发。

“把她带到审讯室来，别再搞出事了。”

“是，老大。”

法洪在屋里踱来踱去，又在两人面前停下。

“去处理下那个小孩。我在这儿都能听见他叫唤。”

两人迅速离去。

米默莎这个小婊子昨天去哪儿了呢？跟谁说上话了吗？他需要知道，而且得尽快知道。他们的大计划不能在这个时候出事，不能栽在一个哭哭啼啼的婊子还有她那个鼻涕横流的狗崽子手上。不能再出任何差池。但已经出的事，肯定得有人挨整。他太了解他的老板了。

法洪看着窗玻璃上那口错乱的牙齿，心里直犯嘀咕。他得确保自己不挨刀子。

米默莎听见脚步声又回来了。门开了，琥珀色的灯光趁机跟了进来。她被粗暴地拽起来，推出门去。

她被搡着上了水泥楼梯，走过两面是光秃秃砖墙的过道，几盏灯泡在前面一路领着。她一共经过五扇门，在第六扇门口停了下来。保安把她推了进去，和之前的那间很像。一张红面桌子，两把椅子，让她想起母亲的简陋厨房，恍如隔世。她努力抵挡那些柔软的记忆，她要坚强，为了米洛。她绷直身子立着，尽量显出勇敢的样子。

歪牙男站在屋子中央。“你昨天早晨去了哪里？”他贴着她转着圈子，身上的麝香攀附上了她的肌肤。

“我带米洛去镇上。冰激凌，他要冰激凌。”米默莎眼神乱飞，拼命控制内心的慌乱。

“早晨七点？啊？”那人吼道，一颗歪牙射出光来，“讲实话！”

“是实话。”

男人把她推坐到椅子上，用桌上的台灯往她脸上照。“看着我。”他一拳捶在桌上，震得台灯一晃，米默莎的身子也摇了摇。

“我看，看不见你。”她被刺得睁不开眼，汗水顺着鼻子往下流。一定要坚强，她默默地央求自己。

桌子另一侧还坐着一个男人。她之前没听见他进来，也看不清他。那人的手扶在桌上。她好像认得那双手？熟悉？灯光刺在眼里，她无法思考。那人晃了晃脑袋，胡子拉碴的下巴朝她噘着。

那人一直盯着她看。“你是谁？”米默莎问。

“我是谁不关你的事。”他说的竟然是她的母语。

“我说了我去了哪里。”她说。

他的声音，她好像也认得。但是在哪里听到过呢？那人站起身，走到她身后，米默莎的身子直往硬邦邦的椅子里缩。他提了一把椅子，在旁边重重一放，坐了下来。那人穿着粗帆布料的裤子，双腿离她的膝盖只有几英寸，伸出一根手指，在她的脸颊上摩挲，她不禁往后一躲。他的触碰令她血脉喷涌，心脏简直要跳将出来。那人的手又绕到她脖颈后，将她的头发旋成一个结，猛地用力一揪，将她的脸拽到面前。米默莎的脑袋疼痛难当。那人口中满是酸腐的气息，一股胆汁从米默莎胃里升起，直逼喉咙。她还是看不清那人的脸。

“我不喜欢别人惹我。”他的吐沫溅到她脸上，也溅到她唇上。

她强睁着眼睛，拼命压住胃里的呕吐物。“我不喜欢撒谎的人。”他猛地一推，松开手，米默莎摔倒在椅子上。“我不喜欢你。”

她忍不住，一口喷出，正中那人的衬衫。

那人一巴掌甩在她脸上，又一拳打在她额头上，米默莎重重摔在地上，刺鼻的液体从她口中流出。但她并不在意。

“你就是个婊子，”那人说，“我会让你受苦，让你儿子受苦。”

“不，求求你，不要。”她体内涌起一股热火，“放过米洛。不要碰米洛。”

三双黑靴子交会在她眼前的水泥地上，抬起，照着她的肚子踩下去。

如果她受些肌肤之痛便能救了儿子，那倒不算什么。她眼前冒出星星，闪来耀去，似乎是要遮挡住那张她似曾相识的脸。

米默莎眼前终于一片黑暗，对她反而是一种解脱。

第十九章

洛蒂脑袋探过电脑，冲着博伊德笑。博伊德歪着头，洛蒂注意到他嘴唇微微上扬，像是有问题要问。

“博伊德，你是不是在蓄胡子？”她问。他下巴上长出柔软的一茬，黑中夹杂着灰白，跟他一头短发倒是挺配。

“我养胡子不犯法吧？”他继续干活儿，褐色的眼睛躲开洛蒂的目光。

洛蒂穷追猛打：“有人告诉你你适合留胡子吗？”她见博伊德脸有点红。这家伙在跟什么女人交往？她倒是没料到呢。

“你嫉妒了吧，帕克督察。”

博伊德站起身，走到洛蒂桌边。洛蒂往后一靠，仔细端详他。阳光在博伊德脸上抹了一道光亮。

“我有什么可嫉妒的？”她撒了个谎，转身面对电脑，响亮地敲打键盘。

“会敲坏的。”

“滚开，博伊德。”

“你嫉妒了。”博伊德说着，把她的椅子转过来，对着自己。

“我就算嫉妒，也得先知道有什么事值得嫉妒吧。问题是，我什么都不知道，从何嫉妒起啊？”

“拉格穆林的神秘女王啊。”博伊德大笑，将她的椅子用力一转。

洛蒂双脚踩地，将椅子停下，站起身来，“那我猜对了咯？是不是有哪个女人叫你蓄胡子啊？”

洛蒂看见博伊德眼中闪过一丝忧伤，但他随即一耸肩，回到桌旁，又开始整理他的文档了。那些文档早就摆得整整齐齐了。

“你真是伤透了我的心啊，洛蒂·帕克。你对我没兴趣，除非……”

“除非什么？”办公室突然变得很燥热。“除非我喝得酩酊大醉？”她追问道，怒气染红了双颊。

“抱歉，我不是那个意思。我知道我在你心中是什么地位。”

“我刚说了……”

“什么？”

“滚开，博伊德。”

“没问题。”他把文件重重地丢进抽屉，跺着脚出去了。洛蒂环顾空荡荡的办公室，心里想，她是在嫉妒吗？嫉妒什么呢？嫉妒谁呢？博伊德什么也没承认。他凭什么要承认呢？他又不欠她的。我要疯掉了，她想。要彻底疯掉了。

博伊德从门后探出脑袋。

“刚接到一个电话。”他冲她点点头。

“什么？”洛蒂没挪窝。

“或许找到了凶杀现场。”

洛蒂在键盘上狠狠敲了最后一下，赶紧跟着出了门。

胡子不胡子的先不说，她离不开博伊德。无论如何，她也需要这个朋友。

洛蒂和博伊德穿过窄街上的自来水管道，走进废旧汽车回收场的大门。回收场的老板鲍勃·威尔迎了上来，几个人沿着一条石子路往前走，路两边高高地堆满了废旧车辆，那些破铜烂铁在太阳下闪闪发光。

傍晚的空气夹杂着汽油和橡胶的气味。洛蒂把T恤衫从牛仔裤里拽出来，往黏糊糊的皮肤上扇着风。

“这边来。”威尔说着，钻进一个载着废车零件的平台下面。

洛蒂在想是不是要戴安全帽，但没人给他们。洛蒂和博伊德得弯着腰才能钻进去。

“那边。”威尔说着，指着院子最远端的一角。墙外一列火车正在加速离站，驶向斯来哥，整个院子都在晃动。洛蒂顺着威尔的胖手指，一路寻找，终于瞧见一汪已经凝固的黑色液体。她举起手，示意威尔不要上前。

“议会不让我拆。”他说。

洛蒂疑惑地看着他。

“那堵墙。我想建一面像样点的墙。这墙太老了，好多地方都倒了，四分八裂的，很危险。一个傻蛋规划师却说是什么狗屁遗产，害得我花了不少钱加固，但还是有不少洞啊缺口的，好多人会从这里抄近路去车站，还有那边的山顶公寓。”

她看见威尔说的那堵破墙了，开果酒派对很方便啊，当然也方便了杀人犯。洛蒂希望没白来，她走到那摊液体边查看。脚底下软趴趴的沥青渗出来，黏住嵌在她鞋底的碎石。她蹲下来，戴上手套，用手指戳了一下，仔细瞅了瞅那铁锈一般的颜色，伸手招呼博伊德过来。

“是血。”他说。这话是多余的。

“可能是动物的血。”洛蒂把手指凑到鼻子跟前闻了闻，一股金属味。

“我前几个礼拜刚做过害虫防治。”威尔红着脸说，他不同意洛蒂的结论。

洛蒂站起身子，小心地从那摊液体上跨过去，眼睛从头到尾打量那堵墙，一堆破落的石头，很容易攀爬。

“我说得对吧？”威尔胜利地咧嘴笑。

“对，”洛蒂转身看他，“感谢你提供线索。”

“嗨，人人有责嘛，我是因为昨天见你们发现一具女尸。”

“这条线索或许无关紧要，但我暂时会把这里当犯罪现场。”她又对博伊德说，“我们得疏散仓库人员，马上。”

“你不是在说真的吧？”威尔似乎当下就后悔了。

洛蒂说：“当然是说真的，你这地方晚上是锁起来的吗？”其实锁不锁好像都一样，她想。只要想，就能出得去进得来，翻墙即可。

“锁起来的，保安的面包车每五十分钟左右会过来转一趟。说了你或许不信，这个地方很值钱的。”威尔用油乎乎的手在脸上抹了一把。

“我不怀疑啊。”洛蒂绕过那摊血，用手指去摸那堵古旧的石墙，感叹前人精良的工艺。

“据说是十九世纪建的。”威尔说。

“博伊德？”洛蒂喊，“我看这个像是个弹孔。得叫麦格林过来瞧瞧，还有，叫制服警察来清现场。”

“我的老天啊。”威尔急得直转圈，“这是我的生意啊，你们不能这么干啊。”

“当然要这么干，”洛蒂说，“你，也得出去。”

威尔一边咕咕哝哝一边穿过院子离去。洛蒂指着墙问：“这是弹痕吗？”

博伊德看了看痕迹：“有可能。这里说不定是主要犯罪现场。”

“但子弹还在受害人体内啊。”

“说不定凶手第一枪没打中。”

“我们得让现场调查组来做个弹痕效果，再四处搜搜，看有没有遗弹。”

“你知道这可能意味着什么吗，洛蒂？”

“知道，可能还有一名受害人。”

两人一直等吉姆·麦格林带着全副武装、手提工具箱的队伍赶到。

“你们两个都出去，”麦格林命令道，“不要在这里污染犯罪现场。”

“我们不能确定这里就是犯罪现场，说不定不是。”洛蒂说完转身走开。

“你懂规矩的，督察。要不穿防护服，要不就走开。”

博伊德拽了拽她的胳膊：“走吧，反正这里也没什么事了。”

“有血，还有弹痕。那尸体在哪儿呢？”

洛蒂在咖啡间的自来水下洗手。博伊德拨开水壶开关，抱着胳膊，靠墙站着，看着洛蒂。洛蒂擦干手。

“你说呢？”

博伊德耸了耸肩：“肯定跟正躺在太平间的那个女孩有某种关联。”

“我希望有，否则就有第二个受害人了。”

“据我们目前所掌握的情况，那里没发现尸体。”

“得彻底搜查整个地方，包括每辆车，每片废铁，也许能找出更多线索。”她用勺子往两个杯子里添咖啡。

“没牛奶了啊。”博伊德摇了摇一瓶空纸盒子说。

“肯定有点什么。”

“肯定没牛奶。”

“不是说牛奶，”洛蒂说，“威尔的废车场。说是有安保，但进来出去简直轻而易举啊。”

“那又如何？”

“太适合杀人弃尸了。”

“那里可是镇中心啊，怎么能开枪呢？方圆一二里地都能听见啊。”

“找好时机啊。比如，火车进出站的时候，你就只能听见噪声。如果枪上再装个消音器呢，也就那么砰的一下。”

“弹道检测会证实是或不是。”

“我们还需要知道血型。”洛蒂看着杯子里的黑咖啡，“受害人身份还没有确定？”

“没。”

洛蒂喝着滚烫的咖啡，有博伊德在身边她安心许多，虽然他一脸严峻。洛蒂看了一眼表，决定今天收工。

“我回家了，下载点文件，回家好好看。”

“仍然心安理得地违反规定？”

“那是。”她说。

“需要帮忙？”他一脸坏笑。

“你是癞皮狗啊。”

他苦笑一声：“我会成功的，相信我，洛蒂。”

洛蒂把没喝完的咖啡倒进水槽。她信。

第二十章

家里竟然很整洁。凯蒂和肖恩已经吃过晚饭，正在网飞上看什么既闹腾又血腥的节目。克洛伊自己躲在屋子里，洛蒂懒得去跟她理论，便任她一个人待着，自己做了个鸡蛋火腿片。

吃完了，拿出电脑，插入 U 盘，打开简·多尔的尸检报告。这个无名女孩有可能是在威尔的废车场遇害的吗？她想知道弹道和 DNA 检测结果，但也知道估计要等好几天，甚至好几个礼拜。除非简能帮忙走走后门，她之前也帮过这个忙。

洛蒂浏览着报告，忽略一些技术数据，只关注重要信息。有身孕，营养不良，性行为频繁，身体器官与大脑正常。脖颈有咬痕，已经做了压痕，采了化验标本。左肾被手术摘除，刀口缝合精密，估计是专业医生，或至少受过专门的外科训练。受害人年龄在十八岁到二十五岁之间，骨架显示可能是东欧或巴尔干半岛的人。

洛蒂合上电脑，继续看她手写的笔记。这女孩有什么样的背景故事呢？为什么有人要杀她？肾是什么时候摘除的？为什么摘除？凶手知道她怀有身孕吗？孩子是凶手的吗？这些问题都极为重要。她需要了解女孩有着怎样的人生故事，这些问题才会有答案。但现在连个名字都没有，无处下手。他们或许不得不将受害人遗容面模的照片公之于众。这事儿想想就不愉快。她可不愿意跟自来熟先生打交道，就是那个电视新闻记者卡舍尔·莫罗纳。要不让科里根去对付他，安全点。

洛蒂感觉很疲倦，脑子不清楚，便放下手中的活儿，上楼睡觉。她在克洛伊门口停下，敲了敲门。

“走开。”克洛伊说。

“你不是说我们需要聊一聊嘛，现在聊吧。”洛蒂将手放在门把手上，但不敢推门进去，“你还好吗？”

“我累了，晚安。”

我也累啊，洛蒂想。“那就晚安吧，”她说，“明早再聊。”

她走进自己的房间，躺倒在床上，心里琢磨刚才是不是该进去？但转念一想，不行，那样只会吵起来。她终于睡着了。克洛伊在隔壁房间轻声地哭。

第二十一章

那人挪了挪身子。他已在枯长的草里趴了一个半小时。他把夜视镜和望远镜对准窗户，重又摆起僵硬的姿势。铁轨仅在一米开外，但他毫不担心，下一趟火车要凌晨六点才来。

星星远远地在天上闪烁，街灯往夜空的底色上涂了一抹黄。他无视周围，紧盯着目标。

窗户上的百叶窗摇了上去，窗帘挂在打开的窗外，屋里的情景尽收眼底。虽然没有灯，但借助高科技设备，仍能看清卧在凌乱的羽绒被上的那副纤纤玉体。

他在脑海中描摹她的青春美貌，为她的每一丝金发倾倒，他早已把那张光洁的面容，还有起伏的胸脯，都刻在脑中，留待以后在记忆中一遍一遍地摸索。

他的欲望被唤起，他其实并不想，这不是他的初衷。他不是暴风雨，不，他是风暴之后的安宁。他会给她带来安宁，正如她也会给他带来安宁。

他不安地动了动身子，周围的草丛突然发出沙沙的响声，他凝住身子，一动不动。这会儿是凌晨四点四十八分，不会有人到运河边来，更不会沿着火车道跑这么远。他缓缓放下望远镜，转过头去，却和一只双眼明亮的狐狸撞了个对脸。他大笑一声，狐狸逃窜而去。

这算是个征兆吧，今晚该收工了。他收好设备，把袋子挂在肩上，沿铁轨而去。他知道，要真想解开这道结，真想驱走心中的魔鬼，只有一个方法。或许，他该把她往前提一提。

他对女孩的渴望越发狂热。

他今晚能睡得着了。

米默莎头上的面罩有一股呕吐物的气味，她知道自己在汽车后备箱里，但车子没走多久便停下了。她估摸还没出镇子。米洛千万要好好的，无论他们怎么对我，都不要伤害我儿子。她在黑暗中默默祈祷。恍惚中她能闻到米洛的苹果味洗发水的味道。她心中惊惧，胸口发慌。她得坚强，为了米洛。

她被拖出车子，又被推着上了一段阶梯，进了一扇开着的门。面罩摘掉了，她才知道刚才的呕吐气味是自己身上的。那些东西沿着下巴一路滴到胸口，已经干硬。她努力平息紧促的呼吸。

一个高个子女人居高临下地立在她面前，抱着胳膊，脚下踩着一双细高跟的鞋子，两腿叉得很开。女人一头黑发的正中央夹着一条白发，模样吓人。一身肉褶子上套了一条红裙子，乳头在衣服里突兀着。

“起来！”那女人用米默莎的家乡话说。

“洗？”米默莎站起身来。

“没让你说话时，别说话。”女人一巴掌扇在她眼睛下方。米默莎往后一个趔趄，一双粗手抓住了她。是那个歪牙的男人。他飞快地说了几句，便转身离去。

米默莎马上便意识到她现在身处何地，要干什么事。她以前就被迫干过这样的事。她跟着刚才的女人，穿过贴着图案墙纸的走廊，走上没铺地毯的楼梯。上了楼梯，有四扇门，其中三扇门的把手上挂着仿珍珠手镯。女人打开其中那扇光着门把手的门，领着米默莎进了一间小小的卫生间，天花板上有音乐缓缓泻下。

“尿尿，两分钟。”

“洗？”

又一巴掌掴在脑袋侧面。

“再多嘴，就罚你。两分钟。”

女人走了，带上了门。

米默莎听见钥匙在锁孔转动，脱掉脏衣服，坐上马桶，尿混着血从下体流出，疼痛难当，让她想起歪牙男带她来这里之前，如何粗暴地侵犯自己。

但她心里想的，只有和自己天各一方的儿子。

“唉，米洛，”她大声说道，“我对不起你！”

科索沃 1999 年

蚊子一直往身上扑，他这辈子饱受蚊虫之苦。他把蚊帐往脑袋上拽得更紧，手在空中乱舞。没用，睡不着觉。他躺在士兵营房里的一张铺上，当兵的对他不错，让他跟着，条件是，他暂时不能声张，等他们找时机向长官汇报。

他感觉这会儿大约凌晨三点，但不确定。他听见身边好多老鼠窸窸窣窣的，恨死了，希望老鼠不会咬破幔子。他怕害虫甚过怕死。他要是想靠自己养活自己，那就得学点新技能。读书、写字、打水什么的一点用没有。他的未来会如何呢？肯定不咋样，他想。

门开了，那个给他薯片的士兵走了进来。

“你睡不着是吗？”

男孩摇摇头。

“明天早晨会有医生看看你。你本来是要去哪里？”

男孩耸了耸肩。他答不上来，因为他确实不知道自己要去哪里。他长这么大没出过村子。或许他可以说他要去普里什蒂纳，在那儿说不定能找到活儿干。他个头高，所以能假装是大孩子。他抬头看那个士兵。士兵有双善良的蓝眼睛，额上盖着金发。

男孩便说：“普里什蒂纳。”

士兵说：“你叫什么名字。”

男孩子不说话。

“这里有瓶水，喝完就睡吧。我明天早上得去找上尉说你的事儿，由他来定夺。”

男孩抿了几口水，合上眼。宁静的黑暗四下合拢起来，在饥饿的老鼠发出的窸窸窣窣和蚊子的嗡嗡声中，他终于睡去。

第三天

2015 年 5 月 13 日 星期三

第二十二章

洛蒂用凯蒂的口红往嘴唇上抹了一道，感觉不错。她自己的口红早已用得缩在管子里，不成样子了。她喜欢重回警局上班，感觉人又鲜活了起来，只是心里有些内疚。她就这样把孩子们扔下，独自逃走，不算是个好妈妈吧？但她实在待不下去了。她还得和克洛伊好好谈谈。她把口红塞进包里，转身见肖恩进了厨房。

“有吃的吗？”他眼睛往冰箱里瞄。

“今天起得早嘛，”洛蒂说，“橱柜里有麦片。”

肖恩拿出一个牛奶盒捏了捏，又晃了晃：“说不定够了。”他说着去取碗和麦片。

“你今天很帅气。”

她现在跟儿子说话总觉得拧巴。肖恩在看心理医生，希望能打开心扉。一月留下的创伤不是说过得去就能过得去的，洛蒂知道儿子需要时间，但她不晓得大女儿也如此脆弱，凯蒂成天缩在自己的世界里，很低落。洛蒂算是过来人，但却不知道如何去安慰女儿。

“不还是那套烂校服嘛，”他一边咀嚼一边说，“早上冲了个澡。”

“肯定是为哪个女孩。”

“妈，真讨厌。”

洛蒂笑着看儿子一勺一勺往嘴里送玉米片，啧啧地喝牛奶，跟个三岁孩子似的。金黄的刘海扫在蓝眼睛上，那双眼睛曾经多么明亮闪烁，多么鲜活，如今却了无生气，神色紧张。洛蒂很想替儿子把头发拨上去，却只是摸了摸他的胳膊。

“晚上见，上学愉快。”

“妈，谁上学会愉快啊？”

上班路上，她一边开车一边想案情。她干这份工作，根本无法预计会碰到什么案子。当下有一个女孩被害，而且还有个胎儿死在腹中，她的工作就是要将凶手绳之以法。只有等破了案之后，她才能全身心地关爱自己的孩子。

洛蒂一走进办公室，林奇就跳了起来，手里挥舞着一张纸。

“我找了一个懂好几门外语的技术人员看了这封信。”

洛蒂坐下，好心情不翼而飞：“跟彼得罗夫齐说的不一样吗？”她问。

“基本差不多。信上说卡崔娜失踪了，还有写信的人需要你帮她逃跑。”

“但是从哪里逃跑？”

“你知道我是怎么想的吗？”林奇撩开脸上的头发。

“卡崔娜可能就是遇害的女孩，但本周报案的失踪人员里没有符合她特征的。”

“我昨晚和本说起这件事，”林奇说完赶紧又接上一句，“当然喽，没泄露任何机密信息。本觉得我们应该查一查去你家的那个女孩是不是直接救济中心的人。卡崔娜也是。最近几个月数目字有所上升，因为欧洲现在到处是难民。所以，这两个可能都是那里的人。”

“什么数目字不数目字的，他们是人，又不是昆虫。”洛蒂不悦地说。

柯比在角落里抬起头，嘴里叼着一根没点着的雪茄：“政府连本国人都给不了房子住，更不用提移民了。”

洛蒂冷冷地瞪他一眼：“你怎么能这么说。还有，你要是想抽烟，滚出去抽。”

“抱歉，头儿。”

柯比笨重地拖着脚出了门。洛蒂攥着拳头，摇摇头。

“大家都这么想，他只不过是说了实话。”

“我不喜欢这种态度。我相信人权组织会谴责你刚才的用词的，所以，小心些。”

洛蒂紧盯着林奇，林奇躲开了上司的眼神。

“不过，本告诉我，他们部门有资助翻译人员为难民和避难人士提供帮助。”

“他们有人在军营吗？”

“我不知道。”

“你能问问吗？”

“我试试。”

“好。你查了丹·罗素的历史吗？”

“正在查。”林奇用鼠标在电脑屏幕上点了点。

“等下，看看这个。”

洛蒂一个箭步从拥挤的办公室的一头冲到另一头，牛仔裤腿在一个档案盒上剐蹭了一下，她猫下腰，盯着林奇的电脑屏幕看。

“失踪人员报告。”林奇敲了敲笔，“昨天深夜上传的。”

洛蒂迅速往下读：“梅芙·菲利普，十七岁。据她母亲说，可能是上周末失踪的，现在才报案。”她面色立马惨白：“难道——”

“她就是那具无名女尸？”

“和弗兰克·菲利普有关系？”

“谁？”林奇问。

“一个罪犯。几年前逃去了西班牙。”

林奇厌恶地皱着鼻子：“希望和那个人渣没关系。”

“把地址给我，我去找她母亲谈谈。博伊德在哪儿？”

“随时恭候。”博伊德说着迈步进了办公室，把外套扔在椅背上，卷起袖子，坐下。

“什么情况？”洛蒂扬起眉问。博伊德可是从不会迟到的。

“没事，天热睡不着。凌晨五点才眯了一会儿，然后就醒不来了。”

“你需要个女人啊。”林奇说。

“你说得没错。”博伊德说。

“你俩闭嘴。”洛蒂说。她把失踪人员报告塞进包里，一把抓住博伊德的胳膊肘：“你需要的是新鲜空气。”

第二十三章

米默莎眼皮动了动，睁开了。她不知道自己在什么地方，身上很疼，脑袋里咚咚作响。她赤裸着躺在床单上，盯着天花板。

她把腿收到胸前，双手环抱着，下巴搁在膝盖上。米洛不高兴时也常这样。记忆忽地汹涌着冲进脑海，她满心绝望。她振作精神，四下打量房间。一个储物柜，一盏红罩台灯，一只打着蓝领结的泰迪熊孤独地坐在打了蜡的木地板上。一个洗脸盘，一条黑毛巾，挂在墙上戳出来的一根杆子上。有花卉图案的厚重窗帘紧闭着，把窗户盖得严严实实。绒面墙纸上的压纹玫瑰似乎在挣扎着要逃出去。

她轻挪酸痛的四肢，缓缓下床，去看看右手边的衣柜里有什么。除了一套红的和一套黑的女式长睡衣，其他什么都没有。

米默莎又把自己扔在床上，心里惦记着他们对米洛怎么着了。没了儿子，她可怎么活啊。她只要知道儿子还安全，接下来的日子她就能熬得住。现实对她太残忍，简直比踢在她身上的靴子还要毒辣。她希望莎拉能照顾好米洛，等得到她逃出去。

房间很热，她却起了一身鸡皮疙瘩，直刺痒。她不是第一次沦落在妓院了，在中心的时候不也经常被强暴吗。她在普里什蒂纳也没少受折磨，后来被解救出来，但没过上几天安稳的日子，还怀了身孕。她叹了一口气，努力不去回想往事。

在中心时，她就想过要举报虐待，但卡崔娜说那种事肯定有人包庇，没人会信她的。她把唯一的希望寄托在那位女警官身上了。

她躺在鼓鼓囊囊的枕头上，听着外面世界的喧嚣。一列火车在远处的铁轨上轰隆作响，楼下某处操场传来孩子们的嬉戏尖叫声，还有街上嗡嗡的车流。她还在拉格穆林吗？她不晓得，也不在乎。她只在乎米洛。她又想到那个高个子女警官，暗自祈祷她没把自己的信丢进垃圾桶，不过，她觉得她很可能已经丢了。

她用颤抖的双手捂住眼睛，强打着精神，不管门外等着她的是什么，也不论下一个进来的是谁，或逼她做什么，她都要勇敢承受。是的，她准备好了。但她得先确切地知道儿子是安全的。

一把钥匙在锁孔里咔嗒咔嗒地转动，门开了。

“起来。”昨晚那个女人说。

“我儿子在哪儿？”

“你，就当他死了。对我们，他是个资产。或许给人当小同志也不错？现在去洗澡。”

米默莎跟着那女人走到狭窄过道尽头的卫生间。水花冲在米默莎瘀青的两肋上，她忍着痛，暗自发誓，一定要逃出守在浴室外的那个大胖女人的魔爪。她在扒着缝隙偷看吗？

“让你看个够！”米默莎叫喊道。但她的声音被淋浴的水声淹没了。

一只胖手揪住她的头发，把她拖倒在地，她心里仍然在高喊。

我要坚强。

安德列·彼得罗夫齐醒得很晚，已经九点二十分了。他忘了定闹钟。他的老板杰克·德莫迪肯定要啰唆半天了。他慢慢起身下床，脑子里咚咚直响。他用哆哆嗦嗦的手揉了揉光头，又是一夜噩梦。

他打开水龙头，听里边汩汩几下，水才流出来，冲在他赤裸的身体上。

他把脸上的睡意洗掉，刷了牙，穿上工作服，回头看了一眼整洁的房间，轻轻带上了门。

第二十四章

洛蒂熟悉芳醇街道。办上个案子时，来了好几次。她四下打量一番，心里想市政厅那位给这个街道起名字的人太幽默了。

菲利普家是一排房子的最后一个，离球场很近，也是这排房子里唯一需要重新刷漆的。墙上的小砾石灰浆，原来估计是淡黄色，久经风吹日晒，已经成褐色了。窗帘紧闭。

洛蒂推开上了锈的栅栏门，长方形的草坪好像一片等待收割的田野。

“这地方得收拾收拾啊。”博伊德说。洛蒂摁了摁门铃。“门开着呢。”博伊德又说。

她正要说话，注意到门朝里半开着，便伸手推开。地上铺着布满斑点的灰绿色油毡，中间褪成白色，楼梯靠右挤着，扶手上搭着一堆外套。灯开着，可能开了一夜。

洛蒂一边招呼博伊德进屋，一边冲里边喊了一嗓子："家里有人吗？喂？”短短的过道尽头的一道门里传来一声咳嗽。洛蒂走过去，在门上敲了敲，便迈步进去。

“菲利普太太？我是帕克督察，这位是博伊德探长。我们能谈谈吗？”她亮出证件。

坐在桌边的女人点了点头，被焦油熏黑的手指夹着一根烟。她示意两人坐下。

从警局开车过来的路上时间不长，洛蒂一直在想，什么样的母亲会在未成年女儿失踪后过了快五天才报警？答案就在眼前。

洛蒂扫了扫椅子上的面包屑，坐下，迅速四下打量了一番。博伊德没有坐。厨房顶上吊着一盏闪烁的荧光灯，但光线仍然很暗。塑料灯罩里有嗡嗡的苍蝇声。天太热，水槽下方的橱柜里散发出腐烂的蔬菜气味，水槽里堆满碗碟，沾满已经干硬的食物，一群苍蝇朝着灯光飞腾而去。

“你们找到那个小贱人了吗？”菲利普太太往品脱杯里倒了一大杯酒，什么饮料都不加，直接喝了一大口，打了个嗝，接着又啜饮几小口，才放下杯子。她的手抖得很厉害。

“你直到昨晚才报警说你女儿失踪了。”洛蒂心里数到三，强压怒火，“为什么等这么久？菲利普太太，你能否说说详细情况？”

“叫我翠西吧。详细情况？什么详细情况？”她说话有些含混不清。

“你最后一次见梅芙是什么时候？”洛蒂很想找块布把桌子擦干净。她两臂紧夹身体两侧，生怕蹭到脏桌子。

“我丈夫，那个畜生……”

“怎么？梅芙和他在一起吗？”洛蒂希望如此，因为这样的话案子就算结了，以后再不用来这猪窝了。她敢肯定自己听见了操作台上的面包箱周围有窸窸窣窣的动静。

“这我倒不觉得，”翠西说，“但这一切都是他的错。梅芙才七岁他就扔下我。我一个人拉扯了她十年，我尽力了，问心无愧。我累死累活把她养大，可她怎么对我啊？”她又呆着眼神灌下一大口酒，“她跑了，居然跑了。忘恩负义的小婊子……”

她话没说完打了个嗝。

“你丈夫现在人在哪儿？”洛蒂问。

“估计在马拉加的什么妓院混。”

原来这女孩的父亲还真是那位逃犯。这下事情可就复杂了。

洛蒂一边和翠西·菲利普问答，眼睛却忍不住四下转悠，这屋子实在太乱了。一口锅斜插在满满当当的水槽里，锅边沾着凝成一团的豆子。还有酒瓶……洛蒂数了数灰色大理石操作台上的酒瓶，十一个。餐桌上狼藉一片，有五个半满的意大利面酱罐头，还有一个塞满了烟头。意大利面酱和香烟气味真是不搭啊。一股刺鼻的酸味袭来，洛蒂直皱鼻子，重又把目光投向面前这位尖下巴的女人。

洛蒂隔着缭绕的烟雾望着翠西，突然心头一震，她隐约看到了亚当去世后那几个月里自己的模样。大白天就醉醺醺的，谁也不理，一点没有正常过日子的样子。

她被人及时从悬崖边上拉了回来，但她知道翠西现在正处于很危险的境地，再往前迈一步，将万劫不复。谁会拯救她？肯定不是梅芙，说不定这姑娘恰恰想要逃离这个支离破碎的家庭。

“她以前从没离家这么久过，”翠西说着用手中的烟头又点上一根烟，把先前那根在罐子里弄灭，“她有时候在朋友家住，反正是个地方都比家好，她就是这么说的。”她说着手往厨房四下一挥，烟灰掉得到处都是，“但现在已经该回来了。”

“你最后一次见她到底是什么时候？”洛蒂快没耐心了，刚起的同情心也消磨过半。

“星期五早晨。她去了学校，今年是过渡年。说晚上去艾米莉还是谁家过夜。有时候在外面待的时间还长些，所以我没有很担心。”

醉成这样，担心个屁，洛蒂心里说。这女人连牙齿健康都顾不上，瞧她嘴里的臼齿，洛蒂相信她几十年都没看过牙医。

“但今天都星期三了啊！为什么等到昨晚才报案？”

“我当时需要些杂货。”翠西垂下眼，盯着自己颤抖的双手。

“什么？”博伊德叫道。

翠西晃晃悠悠站起身，打开一个橱柜。空空如也。洛蒂注意到这女人身上穿着廉价的棉睡衣，脚上蹬着两欧元一双的人字拖，人看上去有六十岁了，但估计也就五十岁出头。油腻的黑发脏兮兮地纠缠在一起，像艾米·怀恩豪斯的造型，只是没有粗眼线。

“平常是你女儿替你出门买东西？”博伊德问。

“对。我当时没……东西了。”

伏特加吧，洛蒂心里嘀咕。她桌上那半升伏特加肯定也是别人买来送她的，洛蒂觉得翠西·菲利普是没心思穿衣服出门去商店的。当然喽，她也可能直接就穿着睡衣出门。

“伏特加？”博伊德语带讥讽。

洛蒂瞪了他一眼。

翠西转过头去，又坐了下来。

“你打电话给梅芙了吗？”博伊德语气严厉，“她总该有手机吧？”

翠西把烟头在罐子里弄灭，又点上一根，灌下一口伏特加，目光越过瓶盖盯着博伊德看。

“你觉得我就是个无用的醉鬼是吧？没错。可我这辈子为那孩子累死累活，现在却是这么一个……下场。”她又喝了一口，抬起头来，“话说回来，学校昨晚打电话给我，我才知道出事了。我家梅芙无论在家里怎样不顺心，学还是照常上的。”她又深吸一口烟。三个人笼罩在烟雾中。“我每五分钟打一次电话给她，没反应，她电话没电了。我不知道她人在哪里。”

洛蒂本来以为她会一把鼻涕一把泪的，却一滴都没见着。翠西·菲利普的眼泪可能早就哭干了。

“你有梅芙的照片吗？”

翠西把手机递了过来。洛蒂仔细端详裂开的屏幕上那张苍白的脸，一头长长的黑发，鼻子上打了一个小小的钻石鼻钉。有可能是受害的女孩。她给博伊德看，博伊德点了点头。

洛蒂说：“我能发送到我手机上吗？”

“随便发。”

“梅芙有摘除过一个肾吗？”博伊德问。

“天啊，为什么问我这个？没有，当然没有。”

“我们这是在收集资料，”洛蒂赶紧说。她看了看手机，照片已经发了过来。“还有一件事，我必须得问。梅芙有可能怀孕了吗？”

翠西在烟雾中抬起眼睛：“你这个贱人！我家境是不如你，但我女儿也不会随便跟人乱搞啊，竟然问这么恶心人的问题。”

洛蒂说：“我这不是看不起人，我需要掌握所有情况。”

翠西又咕噜喝了一口，无奈地点点头：“我不知道。”

“她的房间，我能看看吗？”洛蒂希望女孩要比她妈爱干净些，

“她有电脑吗？”

“笔记本电脑，”洛蒂说着指了指楼梯，“她门上写着‘禁止入内’，我这姑娘也真是没创意。”

“她有男朋友吗？”

“就算有，也没告诉我。”

“你不确定？”

“当然不确定啊，哪个妈也不一定能确定知道啊。”

确实，洛蒂想。她跟着博伊德走出阴沉的厨房，上了楼梯。

梅芙的房间虽然干净些，却也是乱糟糟的。一般青少年房间都这样，洛蒂想。内侧外翻着的运动裤和内衣堆了一地。一张单人床，淡黄色羽绒被掀开着，好像主人刚起床。梳妆台上摆满了各式香水，各种色调的眼影和眼线。

“二十七。”洛蒂说。

“啥二十七？”博伊德问。

“二十七瓶指甲油，这女孩喜欢捯饬指甲。”她继续数，五瓶香水，六瓶身体喷雾。房间里的空气中还弥漫一股花香型气味。洛蒂拿起一个锡皮盒看了看，是茵帕斯的“森林之花”，她喷了喷。

博伊德说：“去厨房里喷喷吧。”

门后挂着外套，牛仔裤也乱堆在地板上。洛蒂翻了翻衣柜，校服、裙子、上衣，各色各样。衣柜末端挂着一条裙子，装在一购衣袋子里，拉着拉链，显得有些突兀。洛蒂取出裙子，举起来看。

“十七岁女孩穿这衣服有点太奢侈了吧？”博伊德扬了扬眉。

“现在十七岁的孩子品位都不一般啊！”她想起自家两个姑娘那些五颜六色的衣服。她打开塑料袋。

“哇！”博伊德发出一声惊叹，走近一步看。

衣料从袋子里滑出来，蓝色的丝绸料，缀着亮闪闪的饰钉，挂脖吊带。

“一百五十欧。”洛蒂看了看裙腰上的吊牌。

“她怎么买得起？”博伊德又去翻其他衣服。

“或许是别人买给她的。”

“或许是她偷的。”

“博伊德，你并不了解这个女孩，怎么能说这种话？”

“不是见过她妈了吗？”

洛蒂摇摇头：“梅芙或许有做兼职。下楼时问问。”她把衣服挂回衣柜，但把吊牌拽了下来，放进小塑料证据袋，塞进口袋。

洛蒂在床上的枕头下找到了笔记本电脑，比较便宜的型号，还在充电。

“多危险啊。”她说着，把插头拔了，也放进了袋子里。

“你不能把电脑拿走啊。”博伊德说。

“我问问她妈。”

一把椅子里堆满了衣服，下面露出一沓纸，中间夹着一张卡片，是生日卡片。上面写着：梅芙收，爱你的爸爸。

“她跟她父亲还有联系。”洛蒂说。

“我猜他俩在一起。”博伊德说着，很大声地关上一个抽屉。

“换作我，我也会逃离这个鬼地方的。”

“但这个鬼地方是她家啊，总比跟着她爸爸作奸犯科强啊。”她为什么要替翠西说话呢？

“快点，”洛蒂把卡片放进证据袋，万一有用呢，“我得去问问翠西裙子的事。”

洛蒂推了一把翠西·菲利普。

“什么？你干吗？”翠西眯着眼问，“噢，是你啊，还在呢？”

“我能把梅芙的笔记本电脑带回警局仔细看看吗？”

“为什么？”

“检查一下，或许能查出她在哪里。”

“那好吧。”

“她衣柜里有一件新裙子，你知道是哪儿来的吗？”翠西坐直了身子，看了看洛蒂，又看了看博伊德。“新裙子？肯定是她买的。”

“那裙子很贵，她哪儿来的钱？她父亲吗？还是她有兼职干活儿？”

翠西好像不太懂洛蒂在说什么。一下子问题太多？

“她有份工作，但我家这姑娘我也搞不懂。”

“我需要跟她的朋友们聊聊。”

“什么朋友？”

“梅芙的朋友。你知道有谁吗？”

“艾米莉……什么的。放学后在帕克韦酒店兼职。”

“需不需要我安排一个家庭联络员陪你？”洛蒂问。

“我自己一个人没事。”翠西抱着胳膊搭在油腻的桌面上，头歪在胳膊上，顷刻间便睡着了。

洛蒂关上门。她在想翠西·菲利普何时会彻底毁掉自己。

第二十五章

洛蒂把梅芙的电脑丢在警局做检验，同时叫人跟踪这女孩的手机。她也不确定梅芙是不是失踪了，但至少可以在社交媒体上发布一则消息，或许有人知道她在哪儿。她打印出手机上的照片，在复印机上放大，然后和遇害女孩的遗容面模照片放在一起，眯眼仔细看有什么相似的地方。

“她没有摘除肾啊。”博伊德站在洛蒂边上说。

“只是她妈妈这么说，不过，我倒不觉得梅芙就是遇害的女孩。”

林奇出现了，手里拿着一张打印纸：“这是我能找到的丹·罗素的所有资料，不多，只说了他在军队服役的情况，退役日期，还有创建公司的日期，伍德莱克设施管理公司，都是光明正大的。”

“那得再看，”洛蒂说，“你来瞧瞧这个，”她把裙子上的吊牌递给林奇看，“查下二维码，看看能不能查到裙子是哪儿来的。”

“行。”

洛蒂又把林奇拽到一边，不让博伊德听见：“去新设的毒品与有组织犯罪局，找下那里的小伙子们，查查弗兰克·菲利普在哪儿躲着，我需要问问他关于他女儿的事。”

洛蒂回到办公桌边，心想杰米·麦克纳利会不会和弗兰克·菲利普有瓜葛？如果有，柯比会查出来。事情似乎有些太过巧合，麦克纳利刚回镇子，便有一个女孩被害，一个女孩失踪。洛蒂不相信巧合。

她正读着丹·罗素寥寥几行资料，猛然瞥见一项信息，不觉一惊。她抓起包，便往门口奔去：“我去找丹·罗素。”

“要我一起吗？”博伊德问。

“不用。你处理梅芙·菲利普的信息，把她的照片发给媒体，看看她电脑上能查出什么。再继续翻翻问话笔录，我说不定遗漏了什么。再吃个午饭。我一个小时内就回。”

柯比挡在了门口：“我给鲍勃·威尔雇用的负责夜间巡逻的保安公司打电话了。”

“然后呢？”洛蒂把包挎上肩。

“根据他们的记录，他们只是隔天晚上开车从那里过一趟，所以没什么好报告的。”

“这下好了。那只要知道巡逻车哪几天晚上去，就可以想干什么就干什么了。”

“院子也彻底搜过了，什么都没有。”

“跟一下墙上弹孔的弹道分析，也问问关于遇害女孩身上的子弹有没有新消息。”

“好的。”柯比退开，让她过去。

洛蒂快步出门。

洛蒂出示证件，说要见丹·罗素，保安让她进了大门，并打电话给罗素通报情况。

这回洛蒂好好打量了一下环境。眼前是一个光秃秃的正方形院子，以前是军队交通运输场地。与正门齐平的左手边是玻璃墙的户外厨房，空荡荡的，右手边立着一座小教堂和健身房，其他三侧立着四层楼的宿舍楼和办公楼，正好围合起来。亚当曾经告诉她，1921 年，小教堂后面处决过两个人，墙上的弹孔提醒着人们爱尔兰历史上那段动荡的时期。洛蒂希望历史不要重演，那面墙上可别再出现弹孔了。她的思绪蓦地回到当前，想到威尔的废车场。她四下望着这个院子，心中总觉得有些不安。到底是什么原因呢？

洛蒂走进 A 栋大楼，爬上木楼梯，敲响罗素办公室的门。

“帕克督察，有什么需要我帮忙的吗？”罗素笑着领她进屋。

太和气了，洛蒂心里嘀咕。她更得小心些。

“罗素先生——”

“叫我丹吧，”罗素打断她，“请坐。”

洛蒂盯着他瞅。他在耍什么花招？她在他对面坐下。

“那个遇害女孩的照片，我们没查到啊。不是我们这儿的。抱歉，没能帮上忙。”

他说这话，洛蒂倒是一点也不惊讶，但他今天跟换了个人似的，竟然道起歉来。

“上次还提到一个女孩，米默莎，有人认识她吗？”她问。

“这个也没查到，抱歉。”

洛蒂没放弃：“这个女孩，认识吗？”她把梅芙·菲利普的照片摆在桌子上。希望渺茫，但至少得试试。

他看了一眼：“不认识，我该认识吗？她也死了？”

“我希望没有。”她暗暗观察，他似乎确实不认识。

他们既然查了罗素的背景，她就决定明敲明打了。

“你是 2010 年离开军队的。你都当上指挥官了，本可以谋求更显赫的军衔啊，为什么要离开呢？”

他站起身来，绕过桌子，在桌沿上坐下，几乎和洛蒂腿碰腿了。洛蒂毫不相让。罗素往前探下身子说：“这跟你有关系吗？这是我的私事啊。”他靠得如此之近，洛蒂都能闻到他嘴里薄荷漱口剂的味道。

“我只是觉得奇怪。”

“查我履历了？”

“纯属好奇。”洛蒂也盯着他，丝毫不惧对方直视过来的犀利眼神，“为什么离开？”

“我在军队待厌了，想要换种生活方式，所以就办了公司，伍德莱克设施管理公司，然后揽下这个活儿。”

“你在科索沃战争结束后就没再执行过海外任务了。为什么？”

“为什么问这个？”

“好奇。”

“说到科索沃，你的姓，帕克，我倒是听着有些耳熟。”

“我过世的丈夫二十世纪九十年代末在那里执行过任务。你说不定见过他。”洛蒂突然很想听听亚当的事，虽然她对罗素疑虑重重。

“我执行任务期间认识了很多军人。”

他站起身来，走到照片墙前，一个一个端详。洛蒂知道他并没有在看那些照片，只是在心里盘算该说多少实话。这个混账。

罗素转过身来，两脚宽宽地立定：“我离开军队有一段时间了，不过回想起来，确实记得他。高个子，壮壮的。是个好兵。”

“优秀的士兵。”洛蒂补了一句。

“对，我倒是可以告诉你一些亚当的逸事。或许，我们可以边喝咖啡边聊？或一起吃个饭？”

“你真会开玩笑！”洛蒂很惊讶。

“不开玩笑，我很认真的。我觉得你该和我共进晚餐。”

她觉得他这话听上去有些威胁的意味。

“我胃口不好。”她怎么会冒出这句。

“我是不是让你觉得不舒服啊？”罗素回到椅子上坐下。

“不是。”你这是在跟我耍花腔啊，洛蒂心里说。“你为什么不愿意回答我的问题，说说亚当的事情？”

“我完全可以回答啊。”他笑了笑，“我告诉过你了，我不认识那个遇害的女孩，也不认识什么米默莎。我好意邀请你吃饭，你却拒绝了我，我有些失望。现在我得继续工作了。你还有什么别的事吗？”

“倒真有。你这里有翻译吗？”

“有啊。乔治·奥哈拉。很棒的小伙子。”

“他是阿斯隆学院的吗？”

“不是，自由工作者。”

“是吗？”她本想找个不是罗素手下的人聊聊呢。

“便宜多了。”

“我想见见他。”

“为什么？”

“我有些活儿要找他。他若在这里，我现在就想找他。”

罗素手指合成塔尖，盯着她瞅，“啊，不好意思，他礼拜五才会来。”

“那我到时候再来。”这个乔治·奥哈拉或许值得一见，说不定要比罗素靠谱一些。

罗素吸着腮帮子，一看就心里有鬼。“鬼头鬼脑”，她觉得这个词适合他。难道是她在胡思乱想？天热得她心绪不宁。

她一边打开门，一边说：“如果你这里有什么不法勾当，我会一查到底。”

罗素放声大笑。换别人，说不定会被他唬住，洛蒂心想。但她不吃这套，这只会赋予她更大的决心去揭穿对手的阴谋诡计。她十分确信罗素干的不是什么好事。

她走到门外，突然明白了刚来时为什么会有那份不安了。整个院子空荡荡的，没有小孩跑来跑去，更没有妇女的身影。一片死寂。

洛蒂决绝地出了大门，往警局走。她来到运河桥上，往桥下看，突然心生一股荒唐的冲动，想光着脚去那条覆满樱桃花瓣的粉红小道上走一走。她想摆脱军营之行给她带来的不安。罗素是否话中有话，暗示亚当有什么事她不知道？

洛蒂离开罗素办公室所在那栋楼时，那人退回到阴影中。他蹲下来拍拍狗的脑袋，让它保持安静。

这个女侦探是个问题，但不能让她成为自己的问题。

他要加快进度了。

他不会有事。但这个女人要盯紧了。

第二十六章

三年前，杰姬·博伊德甩着一头乌黑的长发，踩着细高跟，决绝地走出了马克·博伊德的生活。

现在，博伊德张大嘴巴看着她冲进书与物书店。她这辈子也没读完过一本书，一天到晚抱怨这抱怨那。人很靓丽，但不是那种含蓄的美，而是华丽的漂亮。他当时傻里傻气，没能留住她。

她喜欢刺激，热爱冒险，所以博伊德并不奇怪她会跟着情人私奔去西班牙。杰米·麦克纳利，涉嫌贩毒，估计还有其他不法勾当。"你真是太无趣了！"她离开前，在一次吵架中如是说。她说得也没错。但博伊德爱她，也尽其所能满足她，花了很多钱在什么狗屁阿什福德城堡办了婚礼。婚礼耗费巨大，搞得两人婚后买不起房。他的一居室公寓显然入不了杰姬的法眼，她大多数周末都跑去都柏林跟朋友搞派对，把博伊德一个人丢在拉格穆林，终于被麦克纳利这个阴险小人勾走了。

博伊德起初还躲躲藏藏的。拉格穆林虽然是个挺大的镇子，但说起来也很小，结了婚又分手这种事是瞒不住人的。警方要调查他，令博伊德很觉羞耻，在同事的支持下，他才渡过难关。警方怀疑他和麦克纳利之间有勾结，但终究没有下文。毕竟，跟那个罪犯混在一起的又不是他博伊德。表面上，他似乎认了命，内心里，他尽量不去触碰这段不堪的往事。他只把怒火发泄在运动自行车上，像个疯子一样狂踩，虽然无济于事，但确实让他内心那个缺口不那么咄咄逼人了。他一度想拿洛蒂·帕克来填上这个缺，却不太成功。洛蒂不怎么接这个茬儿。如果那缺口是个水坑，她只在周边试探，有时候弄湿一下脚，却从未一跃而下。

杰姬进了店。她的头发削得很短，露出长长的脖子。博伊德就这么一动不动地盯着她。她为什么回来？她那个情人麦克纳利呢？

他又见她出了门，打开一包烟，把包装纸随手扔在风中。她紧张地四下观望，点上一根烟，深深地吸上一口。她踩着高跟鞋沿着街往前走，向右一拐，朝着布鲁克酒店的方向去了。博伊德忍不住跟了上去。

博伊德走进酒店大堂，见她坐在一间卡座里。他靠着一根柱子，盯着她瞧。她这几年肯定没少在太阳底下跑。她变了，变了很多，现在的肤色像老旧的褐色皮包，眼神黯淡，没有生气，但身材还是一样完美。

她抬起头，四目相对。没有笑容。博伊德想转身离开，可身子不听话。他走上木头台阶，脚下有些慌乱，在她对面的凳子上坐下来。

“你好，马库斯。”

博伊德心头一缩。杰姬从不喊他马克，虽然那是他本名。

她嫌马克这名字太土，所以自作聪明改叫他马库斯。他心里很不高兴。

“现在大家都喊我博伊德，”他说，“你现在怎么样，杰姬？”

“我很好。”她把菜单放回桌上。他注意到她的手指有些颤抖。烟瘾犯了？紧张？

“为什么回拉格穆林啊？你要是早言语一声，我就铺红地毯了。”

“挖苦人不是你的风格。”

博伊德往嘴里塞了一片口香糖开始嚼：“不准备告诉我？”

“说了跟你也没关系。”

服务员走过来。

“只要一杯咖啡，”杰姬说，“突然没胃口了。”

“我什么都不要。”博伊德说。

他往后靠了靠，突然想起来自己坐的是凳子。膝盖有点疼。挪过去坐她旁边？不行。或许他该滚蛋，远远地躲开他这位前妻。

他又开口说话：“西班牙对你来说太热了吧？”

“你觉得呢，博伊德探长？听一个朋友说你没干上督察啊。替你遗憾。是我坏了你名声，拖了你后腿吗？”她跷起两条大长腿，大腿从浅色裙子里溜出来。“这话你不必应啊。”她脸上滑过一个笑容。她知道怎么伤害他，晓得怎么惹他发怒。

博伊德摇摇头，“你把麦克纳利一个人留在日光床上？”他问。

“你只会问问题是吗？我不想回答。难不成你要逮捕我？”

“你当年既然跟他跑了，就应该老老实实在那儿待着，别回来。”

“这可是个讲自由的国家。”

“如果你不介意的话，我走了。”他站起身。

“我介什么意？又不是我叫你来的。”

“别妨碍我。”他匆匆走开，怕压不住心中的怒火，干出后悔的事来。

“马库斯？”

他立在卡座最底下一个阶梯上。

“你也别妨碍我。”

“别让麦克纳利出来在我眼前乱晃，”他说，“我就不会找你。”他离开宾馆，往卡弗蒂酒馆走。他见洛蒂之前，得喝上一口。

杰姬·博伊德知道回拉格穆林是冒险之举，但她想回来。她对杰米连哄带骗，还忍着恶心玩了不少床上的把戏，杰米才答应。她知道很可能会撞见马库斯，她潜意识里还觉得他或许能帮上忙。她没来得及细想，发现杰米已经坐在眼前。

“刚才跟蝙蝠侠似的那个是博伊德探长吗？”他讥讽道。

“不知道从哪儿冒出来的。”她说着，从服务员手里接过咖啡。

“你可别背着我搞鬼。”

“撞见熟人我也没办法啊。”

她这话一出口就有些后悔说多了。

“你俩刚才在说话是吗？”

“他过来打招呼，我叫他滚，他就走了。”她希望杰米别继续深究。她不想吵架，至少不能在大庭广众之下吵。“你怎么样？”她赶紧转移话题。

“我晚点去那家瞧瞧，看看能不能找到点什么。你赶紧喝完，我们走，我不想被人看见。”

她觉得奇怪，他要是不愿意被人看见，跑这里来做什么。她倒希望能慢慢喝口咖啡稳稳神。不情愿地在桌子上留下钱，站起身来。麦克纳利抓住她的胳膊肘，领着她下了台阶。

他把她拽到身边："别去招惹你那个前夫，不然有你瞧的。听见了吗？"他在她耳垂上咬了一口。

"当，当然，杰米，"她结结巴巴地说，"当然。"

第二十七章

刚过下午三点钟，洛蒂抬头看见博伊德溜进办公室。

“喝了？”她问。

“别问了，下不为例。”他在桌前坐下。

“你什么情况？”她注意到他很颓唐，棉外套被汗水浸了个透。

“我都叫你别问了。”

“随你。”洛蒂知道这种时候跟博伊德无法沟通。

洛蒂在浏览自己记录的关于梅芙·菲利普的笔记。她在考虑把案子交给另一个小组去办，她手上已经攒了太多事。他们到现在还未查明遇害女孩的身份，威尔废车场那边也没有下文，米默莎和她儿子的下落迄今依旧是个谜。但她心里会一直惦记这个失踪女孩的案子。

“你中午可从不喝酒啊。”洛蒂忍不住又问。博伊德今天实在是反常，跟往常判若两人。

他叹了口气：“杰姬回来了。”

原来是这样。只有杰姬能把博伊德逼到这个份上。

那他为什么不跟她离呢？肯定还有点念想。要换作她自己，早就上刀枪伺候了。可惜她不是。博伊德心肠太软。洛蒂心里想，我早该跟他提一句麦克纳利回来的事，现在她心里很内疚。

“你见着她了？”

“其实是邂逅。”

“什么意思？她那个姘头也在？”她想都没想就问出了口。柯比还没查到杰米·麦克纳利的下落，或许博伊德能从杰姬那里得到点线索。

“等等，你早知道麦克纳利回来了？”他反问一句。

“实在不好意思，我本想等消息坐实了再告诉你。科里根警司得到消息说他上周三回了爱尔兰，柯比正在查他的下落，目前啥也没查到。”瞧她这下整的，“这么说……你不知道麦克纳利有没有和她在一起？”

“跟你讲实话，洛蒂，我不在乎。”

“废话。”

“咳，别再纠缠这事儿了，我不想提。”

“为什么？别傻了。三年前杰姬伤了你的心，还差点害你丢了工作。”

“我给不了她想要的，都怪我自己。”

“对，都怪你，怪你当初娶她。”

“那是我自己的选择。”

“你现在还有得选择啊，别理她。”

“洛蒂？”

“什么？”

“管好你自己的事。”

“行。”洛蒂放弃了。暂时放弃。或许她是该给博伊德提个醒的。当时脑子一时没转明白？不，她是想保护他。

“你能不能设法搞到丹·罗素那个机构所有寄宿人员的名单？”她问。她想让他专心点正事，省得他分心想别的。

“我会问问司法部。不过这个机构是外包项目，所以他们可能也帮不上什么忙。”

“好歹试试。”

博伊德叹了口气，点点头。

“那个中心有个自由职业语言教师，叫乔治·奥哈拉……”洛蒂又说。

“想都别想。”

“好吧，”洛蒂只好作罢，“我们在梅芙·菲利普房间里发现的那件裙子，”她说，“林奇根据吊牌上的二维码，查到只有网上才有的卖。她正在跟那家公司联系，希望能搞到具体交易细节。”

博伊德坐直了身子：“永远查不到的。”

“乐观点。这世界悲观主义者已经够多了,你就别瞎凑热闹了。”她重重拍了一下桌子。

“查到了！”玛利亚·林奇打断了二人，从打印机上拽出一张纸来。“裙子是四月一号在 Dinkydress 上买的，信用卡付的钱。他们不肯说信用卡是谁的，但裙子五号由快递公司寄到芳醇街 251 号，收件人是梅芙·菲利普。”

“她裙子放了一个多月，从来没穿过，买来做什么的呢？她名下有信用卡吗？”洛蒂一边看那张纸，一边问。

“她连银行账号都没有。”林奇说。

“有人买给她的，或许是男朋友？看看能否让那公司把名字说出来。”

“怎么弄？”

“编个由头。我认为买裙子的人说不定就是梅芙的神秘男友。找到这个男朋友，或许就能找到梅芙，这样我们才能专心办凶案。”

“那要不要我把这个失踪案交给别人办？”林奇问。

“不。这个案子我们也要优先办。查查看梅芙·菲利普有没有护照。另外，我还想找她那个闺密艾米莉谈谈。我得先搞清楚梅芙的失踪跟这个凶案有没有干系。”

“不会吧？”博伊德说。

“万一冷灰里冒出个热豆子呢。”洛蒂说。

“别是骨灰就好。”柯比从一大堆文件后面探出脑袋。

“一点也不好笑。”洛蒂用手指梳了梳头发。她还真有点担心柯比这张乌鸦嘴一语成谶。

艾米莉·科因活力四射，嘴巴叽叽喳喳一刻不停。洛蒂在帕克韦酒店找到了她，她下午放学后在这里兼职干活儿。

艾米莉猛地坐进两位侦探面前的椅子，双目隔着粉边眼镜炯炯放光，一头鬈发夹着几缕红褐色的染发，随着不停转动的脑袋晃来晃去。

“谢谢你抽时间跟我聊。”洛蒂说。

女孩瞪大眼睛：“噢，帕克太太，我差点没认出你来。克洛伊还好吗？”

洛蒂心里想克洛伊是不是跟艾米莉同一年级？如果是，她会不会也认识梅芙？

“她很好，谢谢。”

“太好了。”艾米莉说。

“我们比较担心你的朋友，梅芙·菲利普。”

“梅芙？为什么？她干什么了？”女孩脑袋不再乱晃，嘴唇往下一沉，“希望没出什么大事。”

“我们在找她，”女孩的手舞足蹈让洛蒂有些晕，“你知道她可能在哪儿吗？”

艾米莉鼓起腮帮子，眼睛睁得大大的：“在家？”

“不在家。你觉得她可能和她父亲在一起吗？”

“那不能，她可是恨他的。”

洛蒂想了想，又问：“你最后一次见梅芙是什么时候？”

女孩脸上表情又丰富起来，挥舞着长长的指甲在洛蒂眼前乱晃：“我想想，上周五，在学校。”

“她不是在你家过的周末？”

“没。她很兴奋的，我觉得她交上男朋友了。她说周一见，到时候再跟我八卦，但这周都没来上学。糟糕啊，希望她没事。”

洛蒂说：“她不来上学算正常吗？”

艾米莉做了个鬼脸，“其实，不正常。我本该担心她的，但我太忙了，又要复习，又要来这里上班。”她垂下脑袋，“梅芙很少旷课，挺难得的，她妈妈都那样了……”她顿了顿，“我不是不尊重她妈妈，但她一天到晚喝酒。”

“我知道。”

“我给梅芙打过电话，发过短信，还在Snapchat上联系过她，但都没有回复我。不过我倒是没太担心。我该担心吗？你觉得她出事了吗？”

洛蒂没理会女孩的问题，反过来又问她：“关于梅芙的男朋友，你了解什么情况吗？”

“她只说她在跟人交往，没告诉我名字什么的。我问了，她不肯说。”

“你确定自打周五之后她就没联系你了吗？”洛蒂本来希望梅芙跟艾米莉待在一起，或至少告诉了艾米莉她去了哪里。

“我们周五也只匆匆见了面。我们都在 TY 年，但周五做项目，分了不同组。”

“TY？”博伊德不解。

“过渡年，”洛蒂解释道，“他们初中毕业后，可以选择再做一年专题项目。”她又转向艾米莉，“你做的是什么项目？”

“帮助人们学习语言，其实很无聊的。”

“梅芙也做这个？”

“对，她周五那天很兴奋，但我不晓得为什么。”

“所以你很确定打那之后就再没见过她？”

“没见过。你说得我很担心啊。你觉得她在哪儿？”

艾米莉似乎真的担心起来，夸张的动作也消失了。

“我本以为你会知道，但看来……”洛蒂起身要走。

“等下。”艾米莉拽了一把她的包。洛蒂又坐了下来。“梅芙很喜欢上网，Tinder，脸书，Snapchat，还有推特，都上。她在网上比我们都活跃。我觉得她或许是在网上认识那个人的。”

“行，”洛蒂说，“你如果想起什么别的，就联系我。”她递过去一张名片。

“好。我会打听打听，我可以当个私家侦探。”

“艾米莉，侦探的事儿交给我们来做，不过你要是听说了什么，就打电话或发短信给我。”

“没问题。”她的鬈发蹦跶得更欢快了，“帕克太太？”

洛蒂站住了：“什么？”

“你该问问克洛伊，她俩也是朋友。”

“我来开车。”洛蒂站在车边说。

“没问题。”博伊德说。

“你可有点醺啊。”

“咳，我三年前就醺了。”

“我说的不是杰姬。”

“我说的也不是。”

洛蒂打开车门，坐了进去：“博伊德，我很担心。”

“我有点恶心。”博伊德系上安全带，“可别得流感。”他埋怨道。

“得了吧，你那是中午喝多了，加上天热。我现在很肯定梅芙失踪了，只是不知道是自己跑的，还是别的情况。我需要专门设立一个行动小组来办这件案子。虽然我们手上还有凶杀案要办，但这件事也要抓紧。”

“她跟网恋男友在一起呢，不用担心。”

“如果是的话，她早就会跟闺密说的。”洛蒂发动了车子，“小姑娘喜欢在一起玩，无话不谈。如果连艾米莉都不知道梅芙在哪儿，那就没人知道了。”

“克洛伊呢？”

“我晚上回家问问她，但她比梅芙低一年级，不一定那么了解她。”

博伊德摇了摇头：“你觉得梅芙是被绑架了是吧？行啦，洛蒂，别瞎想了。从证据来看，这姑娘是自己离家出走的。”

“出走得有盘缠吧？你又不是没见过她家，一穷二白的。”

“她爹是个不法之徒，说不定很有钱啊。你现在之所以担心是因为上次杰森·瑞卡德失踪时你没及时采取行动。”

洛蒂一脚踩死刹车。幸亏后面没有车子紧跟着。她迅速把车子开到老烟草厂对过的硬路肩上，转身狠狠瞪了博伊德一眼。

“这话恶毒啊，太恶毒了。”

博伊德被洛蒂瞪得身子缩了一大截：“抱歉。但说实话，你觉得我说得对吗？”

“去你的，博伊德！”

洛蒂咬着牙，一脚把油门踩到底，连后视镜也不看一眼，一个急转，上了车道，一路狂飙奔向警局。

她因博伊德生气，因为她心里清楚他说得没错。

洛蒂打电话给简问遇害人体内子弹的事，但简说弹道分析那边还没消息。

“没人欠你人情吗？”洛蒂问。

“我托人加急做DNA样本分析那次，人家就算是还我啦。”简说，“还没查清楚受害人身份啊？”

“没。现在又有一个本地女孩失踪了，不过我几乎很肯定失踪女孩不是受害人。我把照片发给你，请你排除一下。”

“好，发过来。”

“你觉得受害人有没有可能是在废车回收场被枪杀的呢？”洛蒂问。

“我在做血液检验，”简说，“我在一片指甲下面发现一点苔藓。”

“苔藓？但她不是被埋在土里的吗？”

“正在分析。”

“有结果请马上告诉我。”

“会的。”

“苔藓？”洛蒂挂了电话后嘴里还在念叨。她脑袋有点痛。

洛蒂四下张望，才发现办公室空荡荡的，只剩下她一个孤魂野鬼。

第二十八章

洛蒂在警局前门停下，放下博伊德，又绕到警局后面去泊车。博伊德正巧碰上柯比在台阶上抽烟，便拉着他去卡弗蒂酒馆。这会儿是下午五点三十分，酒馆很安静。

“别理头儿，她跟谁都那样。”柯比说。

“不是因为她，”博伊德说，“杰姬回来了。”

柯比躲开博伊德的眼神：“要命啊。”

“谁说不是呢。”

柯比喝了一口黑啤：“呃，博伊德，你前妻第一次冲我晃奶子，我就知道她不是什么好货。”

“她还是我妻子，就算只是名义上的，”博伊德纠正他，“去他的汽水。嗨，达伦，给我来杯啤酒。”

服务员开始施展手艺，缓缓放出一杯完美的啤酒。

柯比说：“只要你那位美艳的老婆杰姬在你旁边，你就跟瞎了眼似的，危险啊，违法乱纪什么的，你全都视而不见。”

“别说那些个没用的。”

“你知道麦克纳利也回来了吧？”

“我知道，只是没见着他，我也没待下去听她多说。当然，她本来也没打算要告诉我什么。”

“这么多年了，又见着杰姬，感觉怪怪的吧？”柯比三口干完手中那杯啤酒，伸手又要一杯。

“怪？”博伊德想了一会儿，“说怪也是，但我倒更觉得有点怕。”

“你不会是怕鼠面男麦克纳利吧？”

“我是怕他回拉格穆林不干好事。他到哪儿，哪儿就出乱子。”

“我们得联系欧洲刑警组织，看看他们知不知道这家伙在搞什么鬼。”

“我们又不是美国中央情报局，柯比。”

“哼！”柯比哼了一声。

“我甚至都不知道杰姬是不是和他在一起。”

“一厢情愿吧你？”

服务员达伦端着酒走了过来。趁着博伊德正在数钱付账，柯比抄起杯子便喝。

“另一杯马上就来。”达伦挤了挤眼说。

“柯比，你也太贪了吧。”博伊德说，“不过，我不想提杰姬的事。”

“没问题啊。不过，你还想再上她，对吧？”

服务员又端来一杯。

“闭嘴，今儿不醉不归。”博伊德说。

“冲你这句，我喝一口。”柯比装模作样地举起杯子。

第二十九章

克洛伊躺在床上，脑袋上夹着亮红色的套头耳机，身上校服还没脱，手指在手机上上下滑动。

“能跟你聊聊吗？”洛蒂走进屋子，在床沿坐下。克洛伊跳了起来，一把摘下 Beats 耳机，慌忙把手机塞到枕头底下。洛蒂就当女儿同意了。

“怎么样？你好像一直精神都不好，为什么？”

“有些事情，你不明白的。”

“我担心啊，说说吧。”

“不说。你要干吗？”

洛蒂叹了口气，问：“你认识梅芙·菲利普吗？”

“认识又怎样？”

“克洛伊，你就当是帮个忙，好好回答我的问题。”

“行，督察。对，我认识她。”

“那你知道她去哪儿了吗？”

“不知道。她玩消失了？”

“我觉得她不像那种玩消失的女孩。”

“梅芙是个戏精，一天到晚求关注。”

洛蒂心想自己还认识两个戏精，就住在她家里。

“所以她消失不稀奇，是吗？”

“不稀奇。她在都柏林有朋友，有时候她坐火车过去，她说她厌烦了在家照顾她那个酗酒的妈。”

“自打上周五以后就没人见过她了。”洛蒂说。

“以前好像没消失这么久过，一般一两天。”

“艾米莉·科因觉得她有个网恋男朋友，你知道吗？”

克洛伊犹豫了一下，就那么一下下，但洛蒂觉察到了。

“艾米莉就是个胡说八道的傻瓜。我跟她和梅芙不是死党，她俩高我一年级。”

“我知道。那你们怎么认识的？”

“有时候在网上聊。”

“脸书？”

又一阵犹豫。“是。”

洛蒂感觉克洛伊有些躲闪：“如果她是离家出走，你觉得她可能会去都柏林找她朋友？”

“我说了我不知道。”

洛蒂站起身来，往门口走，又回头看了看女儿。她是什么时候开始跟女儿如此隔阂的，克洛伊一度是三个孩子里最靠得住，最明事理的，家里的变迁难道对这孩子打击这么大？她近来确实性情大变。自从洛蒂休假之后，她在家待得发了疯，把孩子们也搞疯了？但她感觉和一月那件案子有关，或许甚至更早，跟亚当的死有关。她知道亚当去世对全家人的打击有多沉重。她只是觉得克洛伊要比其他两个孩子承受力更强一些。看来或许她是想错了。

克洛伊咬着嘴唇，似乎改变了主意："我以为梅芙会和艾米莉一起过周末。"

"艾米莉说她们周末没在一起。告诉我吧，梅芙是个怎样的姑娘？"

"她还行吧，"克洛伊说，"喜欢独来独往。但她不吸毒，不沾那些乱七八糟的东西。知道你要问。"

"她这个男朋友……"

克洛伊耸了耸肩："她一天到晚上网，手机不离手，连上学时也是。"

"那跟你一样咯。"洛蒂笑了笑，"我们查查她的脸书账号。"

"现在没什么是神圣不可侵犯的了吧？"克洛伊哼了一声。

"我们也会查她所有的社交媒体网络。"

"随你们。"克洛伊把耳机又套回头上。

"我会叫人查她的网络账号，不过也许你也可以留意一下，看看有没有什么不对劲的，有些东西我们这些老人家不懂的。"

洛蒂走上楼梯平台，轰鸣的音乐从身后的耳机里跟了出来。

"你房间该打扫一下了。"她又回头望了一眼。

克洛伊闭上眼睛，摆手示意她走开。

谈话结束。

等她确信母亲下了楼之后，便打开手机，搜梅芙的脸书页面，没有更新。点开推特，点开她的列表，什么都没有。她又输入"#生命之割"，上下翻找。上周五之后就没有新帖子了。奇怪啊。她一般每天都会贴，有时候几分钟就贴一次。幸好她俩没跟艾米莉这个大嘴巴说什么，不然她肯定会乱讲出去。她的生活已经够艰辛，让妈妈发现这事儿更是不得了。

她长叹一声。生活真是个婊子。她讨厌守护秘密，梅芙干吗非得跟她说那些事呢？她本该自己想干什么就去干，不该把克洛伊扯进来。

一阵惶恐再次袭来，梗在她胸口。她把耳机摘掉，扔到枕头上，坐直了身子，卷起袖子，用手指在胳膊肘内侧探来探去，旧伤疤已经结了痂。她指甲摸到一个新痂的边缘，硬生生将其从皮上撕扯下来。她看着黑色的血液渗出来，又重新凝住。她知道自己需要干什么。

她跳下床，从背包里翻出铅笔盒，又坐回床上。她边取出包着锋利工具的纸巾，边竖着耳朵听着门外的动静，确信没有人。她不想被肖恩撞见，他肯定会告诉母亲。

她胳膊上已基本没下手的地方了。她褪下裤子，露出大腿内侧那雪白，如凝脂一般的肌肤，摸上去滑嫩而柔软。她捏起一块皮肉，刀片狠狠地割了下去，顿时疼痛钻心，咬紧的牙关蹿出一声低低的呻吟。

她知道这样不对，可又觉得没有错。等下她会在推特上发帖，希望他能看见。毕竟这一切都是他倡导的。

她闻到楼下厨房里烹饪的香味，突然觉得饿了。她想下去吃，但必须得清理一番。她躺在床上，任由鲜血从伤口流出来，心里在想梅芙。她到底在哪儿？

“这是什么。”肖恩问。

“炒鸡块。”洛蒂说。

“鸡肉呢？”

“你就吃吧。”

凯蒂在一碗面条里挑挑拣拣，面色病恹恹的。洛蒂上次买的菜所剩无几，能做出这碗面来算不容易了。

“凯蒂，明天你去买食物好吗？我给你钱和购物单。”

“好。”凯蒂说。

“学校如何？”洛蒂又问肖恩。

“还行。”

有时候家庭成员之间的对话能让她想起审问犯人，个个都跟她玩“无可奉告”的套路。难啊，洛蒂心里嘀咕。

收拾完碗碟之后，洛蒂决定出去跑一圈，或许顺路去妈妈家一趟。她回屋，换上跑步的行头，站在楼梯平台上听了一会儿。

肖恩在房间里大喊大叫的，他在和网友玩足球游戏。克洛伊的房间静悄悄的，她把手放在门把手上，但又一想，算了，晚上已经说得够多了。

她离开家，跑进炎热的夜晚。

洛蒂跑到母亲的房前，汗水从背上往下滴，耐克上衣湿透了。她倚着新修剪的篱笆大口喘气，心里琢磨要不要进去。还是不进去为好。她和母亲之间的关系说破裂都算是含蓄的。自从找到她失散四十年的哥哥的尸身之后，两人的关系甚至还恶化了。她这一天折腾得还不够吗？明天再找母亲吧。

她正要转身走开，门却开了。

“你是准备在外面站一宿，还是要进来？”一头银色短发的罗斯·费茨帕特里克威严地立在门口。洛蒂从篱笆边走开。

“我出来跑步的。我得接着跑，不然肌肉会僵掉。”她不想正面冲突。

“别胡说八道了，赶紧进来。”命令的语气。

洛蒂叹了口气，推开篱笆门，往平房门口走。这里曾是她的家，自打她嫁了亚当离家都二十多年了，没怎么变化。她经常想，自己当年结婚是不是为了逃避母亲？她穿过门厅，进了热气腾腾的厨房。现在已经晚上八点了，空气中仍然弥漫着烹饪的气息。

她母亲拔掉水壶插座，去接自来水。

“我不喝茶，就来杯水。锅里是什么？”洛蒂拖开一张椅子，在桌边坐下。

“我在帮穆塔夫太太搞救济厨房。”

“真的？”洛蒂往后靠了靠，扬起眉。她不知道母亲和那个老太太有联络呢。老太太还是她上一个案子的证人。“她还住在芳醇街？”

“当然，不然呢？”

“我现在手上有个失踪女孩的案子，女孩家也住那里。我在想，穆塔夫太太会不会知道点情况？”

“她人啊、事啊倒是全都知道，就是脑子有点糊涂，不一定能帮上你什么忙。”

“你能帮我问问吗？能知道点内部消息总是有用的。女孩名叫梅芙·菲利普，母亲叫翠西，父亲叫弗兰克。”

“那个逃犯？”

“就是他。”

“他离开拉格穆林好多年了。”

“我知道。”

“我会跟穆塔夫太太聊聊那家子，我要是知道了什么会告诉你。”罗斯笑了笑，嘴巴又抿了起来。“你是在怪我。”她说。

“怪你什么？”

“洛蒂，那不是我的错。我知道你嘴上不说，但心里在想。你哥哥艾迪当年太难缠了，自从你父亲当年……那个之后……”自来水冲进“水壶，淹没了她最后几个字，“你不知道当时有多难，要背负那种耻辱。”

“就算耻辱，那也是我爸爸。”洛蒂轻声说。她忍着泪，站起身来，走过去关掉水壶开关：“我想知道他为什么那么做。是工作的原因吗？是因为当时办的什么案子吗？到底是什么逼得他用枪对着自己的头扣动扳机的？”

她知道她这番话每个字都敲在她母亲的心坎上。她走回桌边，坐下，双手捂着脸。屋子里塞满了不安的寂静，直到水壶又开始咝咝作响。

“有很多事情你不知道，不知道对我们大家都好。”罗斯说。

“你在说什么？”洛蒂的手仍然捂着脸。

“没什么。白天我会照看孩子们，至少让他们吃上一顿正经饭。你就别再纠缠过去了。”罗斯把开水倒进茶壶，四下找盖子。

洛蒂手里捏着白色棉桌布，抬头看她母亲。七十五岁的罗斯·费茨帕特里克苍老了许多。当年法医告诉她面粉袋和麻布围裙里包着的几根骨头便是她失散多年的儿子，对她的打击实在是太沉重了。

“你为我孩子做的事情，我很感激，真的，”洛蒂说，“但我心头有个缺，只有真相才能补上。一天不补上，我就一天放不下。我迟早有一天得弄明白我爸爸为什么要自杀。”

“那时候发生了很多事情，”罗斯说，“我无法告诉你他为什么那么干，因为我也不知道。”她背过身去，在火炉搁架上的那锅汤里搅着。

“对不起！”洛蒂说。

“我也是。”

“我是爱你的，只是——”

“用你自己的方式，我知道。洛蒂，我也爱你。”

“我现在回家了。”

“去吧，孩子。”

洛蒂疲倦地摇着头离去，她的母亲弯着腰，身子俯在炉子上，双肩颤抖。她跑进温暖的夜色，一路没歇脚，一口气跑到灰狗体育场对面自家门口的小路上。她站在马路牙子上，听见旁边一辆黑色轿车轰隆作响。

“你在这么热的天跑步会害死自己的。”丹·罗素摇下车窗说。

洛蒂盯着奥迪车里的人，目瞪口呆。这种好显摆的人大多喜欢开这样的车。“你这是干什么？跟踪我？”

“只是路过，正要去中心。”

“你白天晚上都上班？”

“随时响应工作的召唤。”

“最近有难民潮，你肯定很忙吧？”她双手撑在腰上站定。罗素身子探出车窗，车子的发动机没有熄火。

“原本同意接受的名额，都装不下了，何况新来这一批。我们只能尽量。”

新来这一批？洛蒂心头一凛。这个人说起人来跟说切片面包似的。“你们那里现在有多少人？”

“目前比额定多出五十四个。”

“那你们怎么办呢？”她注意到他从来不正面回答她的问题。

“另加了行军床啊，有点满。”

“是拥挤吧？”

“私底下，我同意你说的。但官方上，我会说健康与安全问题不大。”

“你那里只有妇女和儿童是吧？”

“对，男的分散在全国各镇。”

“我下午去的时候，那里好像很安静啊，人都在哪里？”

“噢，他们有很多活动。一起吃晚饭的事你想好了吗？”

她大笑起来：“你真是执着啊。”

“当然。”

“罗素先生，我俩吃晚饭不合规矩。”

“叫我丹，拜托。明晚如何？”

她站着没动，心里在盘算，跟他一起吃晚饭或许能获得一些线索，有助于破案。一瓶酒下肚说不定他会舌根松一些，她自己只要喝苏打水就没问题。

“你怕什么？”他步步紧逼。

“或许可以。”她说。

“好极了。”

“我可没答应任何事。你把号码给我，我说不定明天打电话给你。”她也会玩躲猫猫的游戏。

罗素从杂物箱里抽出一张名片，在上面潦草写了几笔，递给她：“这是我私人手机号码，期待你的电话，但咱们先暂时说好，我明晚七点到这里来接你。”洛蒂接过名片时，罗素在她手上有意无意摸了一下。

洛蒂一边往正门走，一边把手在上衣上蹭了蹭，真心觉得脏。刚才这一幕用博伊德的话会怎么说？罗素像在玩扑克游戏，她知道。但她能偷看到他手里的牌吗？这得看她的本领了。她知道她能。

第三十章

博伊德和柯比在酒吧外站着，互相依在对方身上，头上是晴朗的星空。两人在酒吧里已经待了很久。博伊德想点根烟，点不着，柯比帮他点上。

“我知道有个找妓女的好地方。”柯比说。他浓密的头发被汗水粘在头皮上。

“找车？街那头有个出租车站。”博伊德终于吸上一口烟。

“瞧你，醉得跟臭鼬似的，”柯比说，“行啦，我带你去拉格穆林最好的妓院，你得好好泄泄火。去他妈的杰姬，还有……那谁。”

博伊德意识到柯比说的是洛蒂。他盯着街灯瞅，一盏灯变成两盏，街对面的外卖中餐馆在打转，竟然有三个。天啊，他真是喝高了。

“我要回家。”他口齿不清地说。

“别扫兴。”柯比沿着窄窄的监狱街带头朝前走，博伊德跟着，踩着白线走。他居然跟了上去，难道是真想泄火吗？

“老天，明早千万别让我记得今晚的丑事。”他嘟囔道。柯比拦下一辆出租车，把他塞了进去。

博伊德醒来发现自己坐在一截楼梯的平台上，眼前是短短的过道，模模糊糊有几扇门。他怎么上的楼梯？是柯比拖他上来的吗？他看了看手表，天啊，半夜十二点三十五分。

他晃了晃脑袋，想记起来发生了什么事，却痛得直哼哼。卡弗蒂酒馆。喝酒，喝了很多酒。有啤的，还有烈的。老天，他竟然喝了很多烈酒。他迷迷糊糊地四下打量，见一个女孩半个身子探出走廊尽头的一扇门，盯着他。

虽然视线一会儿清晰一会儿模糊，但他还是能看出来是个漂亮姑娘。眼睛大大圆圆的，一头黑发披下来，落在裸肩上。但她看着太小了，他觉得无比别扭。第一，他不该来；第二，她也不该在这里。她该还在上大学，或干点别的，在哪儿都行，就是不该在这里。

“我得走了。”他说。

女孩的眼睛充满疑惑，但嘴巴紧闭，一声不响，嘴唇哆哆嗦嗦的。口红太浓了。

他胃里一股翻腾。不好，他要吐。

他背贴着墙，脚底下慢慢挪，终于站了起来，抓住楼梯的栏杆，稳住了。

女孩冲他伸出手来。是要帮他吗？是要钱吗？他要付钱给她吗？为什么？他什么都没干呢。干了？不，他很确定他什么都没干。他一边在身上搜钱包，一边想如果这事儿被洛蒂知道了，她肯定又得啰唆半天。柯比最好别乱讲出去，不然踢死他。

“不能付钱给你啊。”博伊德说。他的声音在逼人的寂静中听上去怪怪的。他得赶紧走。

女孩还是什么都没说，只是待在原地，一动不动。

“不是你的错，”博伊德口齿不清，“我的错。”他把钱包往身后的裤兜里揣，然后一步一步小心翼翼地下了楼梯，穿过门厅，拽下门链，打开门，走进温暖的午夜。

他带上门，走下台阶。他真希望刚才就是一场梦，一场噩梦。

米默莎听见楼下的门关上，便悄悄摸到刚才那人站着的地方。他的钱包还在地上。她捡起钱包，跑进房间，轻轻关上门。她刚才是想去上厕所的，但看见那人躺在那里，醉得不省人事，一时忘了去。瞧见那人醒了，她吓得不敢动，随后那人便走了。

幸亏那人没被安排给自己。她心里琢磨刚才哪个姑娘逃过一劫，没被吐一身。

她走到衣柜边，把钱包放到隔板上，套上干净的内衣，又蹭着脚回到床上。她多想沉沉地睡上一觉，没人打扰，不再害怕，不再恐惧。她合上眼睛，门却开了，又来一个客人。还没等她用胳膊肘支起身子来，那人已经急吼吼地开始脱裤子。

洛蒂睡不着，在床上翻来覆去，抬眼瞧电子钟，凌晨一点十五分。爬起床，又套上运动裤和轻薄的连帽运动衫。夜里到处乱窜已经快成习惯了，恶习啊。她在想博伊德是否已经上床睡觉了，等下说不定可以过去瞧瞧。

她一路快跑，穿街过巷，来到博伊德公寓楼下时，已经大汗淋漓。她摁响门铃。这时一辆车停上了人行道。车门打开，杰姬·博伊德钻出车子，手里晃着一串钥匙。

“咦？这不是偷了马库斯工作的那女的吗？”

洛蒂没加理会。杰姬的模样既疲惫，又憔悴。憔悴得好，但这话该我说吗？她心里嘀咕。

“你好啊，杰姬。什么风把你吹回了拉格穆林啊？”她这个点来博伊德住处干什么？

“我有事要和我丈夫谈，不过，跟你没半毛钱关系。”

洛蒂冷冷一笑：“那我不打扰喽。”

她从门口移步走开，杰姬打她身边走过。

夜空中弥漫着一股浓到腻人的昂贵香水味。

“我估计他不在家，”洛蒂说，“顺便问一句，我听说麦克纳利也回来了，他人在哪儿？”

“这跟你更没关系。”杰姬说着用手指甲去戳门铃。洛蒂瞅着那指甲，估计她经常咬。

“最好跟我没关系。”洛蒂说完便走开了，她不想听门铃一直响。

她突然觉得好累。

第三十一章

克洛伊又看了一眼推特，梅芙还是没有发帖。

她想，要是明天再没消息，就对妈妈和盘托出。

她又插上充电器，把手机放在柜子上，戴上耳机，瞪着天花板。一列火车驶过房后高高的铁轨，屋子瞬间被照亮了。她真希望能脱掉黏糊糊的睡衣，光着身子睡，但她家没什么隐私。她要是晚上锁上门，她母亲会冲进来吼叫要是房子着火了怎么办。

讲得跟真的似的。

白天的热气在她房间里盘踞了下来，令她窒息。她解开上衣的扣子，任由窗外的空气轻抚她裸露的肌肤。几分钟就好，她想。她伴着耳机里轰鸣的音乐哼着歌。

她睡了过去。猛然间，一阵恐怖的感觉将她惊醒，她觉得有人在看她。她合上衣服，拽下耳机，四下张望，却只有黑影在墙上跳跃。她跳起来，拉上窗帘，挡住月光，一身冷汗地躺回床上，突然看见门口站着一个人影。

她一声尖叫："妈妈，救命！"

"闭嘴，你个傻妞。"

“我的老天啊，肖恩。你把我屎都吓出来了。”克洛伊套上连帽衫，冲到肖恩跟前。

“我刚才好像听到楼下门口有人。”他说。

“快去开门瞧瞧。”克洛伊怒道。她看到肖恩脸上难过的表情，又于心不忍了：“对不起，老弟，我去吧。”

肖恩是遭了大罪的，不能对他太严苛。克洛伊回屋拔了充电器，看了一眼时间，已经过了夜里一点三十分了。这时候不会有访客啊。

“她在家吗？”她问。

“谁？”

“母亲……妈妈？”

“出去了。”

“回你的窝玩游戏去吧，或者随便干什么都成。”她笑着说。

肖恩表情松快了些，“我跟你一起去看看。”他说。

“好。”

两个人一起下楼，克洛伊打开门。

“没人啊。”她又光着脚走出门，朝路上看了看，“没人。”

“我肯定听到门铃响了。”

“你戴着那么吵人的耳机，怎么可能听到声响？”

克洛伊指了指肖恩的脖子上刚才挂耳机的地方，“就算第三次世界大战爆发了，你也不会听见啥的。肯定是你的幻觉。”

她朝前大步上了楼梯，看了一眼她母亲的屋子。空的。

“她去哪儿了呢？”

“很可能在外面办案子。”肖恩说。

“怎么这么吵啊？”凯蒂走出屋子问。

“没什么，回去睡觉吧，你们两个。”

克洛伊关上自己的房门，躺上床，心里嘀咕刚才门口是不是真有人。她想起刚才肖恩跑进来之前，她感觉有人在偷看她。她攥着被单，拉到脖子上，关掉台灯。但她睡不着。她一整夜都在推特上发帖，希望他会回复。他在哪儿呢？梅芙又在哪儿呢？她实在是感到费解。

那人走出邻家花园的阴影，面上露出微笑。她披着头发、一脸惊恐的样子真美。或许他该待在门口等着，等她开门，一把搂住她的腰，将她拽进怀里。他这么想着，那份渴望从心头一路撩到大腿根儿。他匆匆离开，去一个他可以发泄欲火的地方。

第三十二章

今晚有些不同，梅芙能感觉得到，虽然那人没说什么。但她希望不管要干什么，千万别去那个到处是血的屋子。她上次在那儿晕倒，被拖回这间屋子后，就一直不敢回想。如今她身陷牢笼。

她在这里待了多久？几天？一个礼拜？她不晓得。但这会儿似乎有情况。门外走廊里传来匆匆的脚步声，有人闷着嗓子说话，先是低语，然后大声叫喊。似乎是男人们的声音，但她不确定。她多希望他们把灯留着。下面门缝里渗进来那道窄窄的光，只带来几个影影绰绰的影子。

她闭上眼，第一千次希望手机还在身上。艾米莉或克洛伊会察觉她失踪了吗？她原本告诉艾米莉周一要跟她八卦的，今天星期几了？不知道。她已经没有时间概念了。就算她母亲糊涂，克洛伊也会心生警惕的，她毕竟是侦探的女儿，肯定知道要怎么做。她会察觉自己没去学校，没更新推特的。会吗？梅芙绝望地哭了起来。她太轻信人了，太蠢了。她一边擦眼泪，一边暗自庆幸，那人迄今还没有伤害她。但他能一直克制下去吗？

门砰的一声开了，她跳了起来。

“求求你，放我出去，我母亲需要我照顾。”她朝眼前的身影伸出一只手。

那人一把抓住她的胳膊，拧到身后，她疼得大叫。

“冷静点，小宝贝，今晚是你的幸运之夜。”

科索沃 1999 年

车开进了普里什蒂纳城内。二十公里的车程，他是一路睡过来的。吉普车嘎的一声停下，把他晃醒了。门咣的一声响，上尉跳下车。

男孩抬头瞅了瞅那栋楼门上的牌子：诊所。周边高楼林立，墙上装着密密麻麻的天线，像曲张的静脉。太多了，他数不完。

他看着这栋两层楼的诊所，口中问道："上尉病了吗？"

"他去问问医生愿不愿意给你做检查。"士兵把椅子放平，闭上眼睛。

男孩也闭上眼。他不想看那两个把腿绕在潮湿的路灯柱子上的姑娘，她们在努力吸引士兵的注意。

上尉回来了。"跟我来。"他示意男孩下车。

男孩看着士兵，眼中在恳求。

"去吧，小伙子，"士兵坐直了身子说，"我在这里等你。"

男孩爬过车座，钻出车门。他不晓得为什么，但冥冥中觉得恐惧，甚过亲见他母亲和姐姐被奸杀。

他硬着头皮，满眼含泪。他看了一眼士兵胸前粘着的绿色帆布徽章上的字母。他不明白上面写了什么，但那些字母却深深地印在他的脑海里。他知道自己余生都会牢记士兵的这份深厚友谊。无论他的余生有多长。

第四日

2015 年 5 月 14 日 星期四

第三十三章

洛蒂想清醒一下头脑，决定走路去警局，昨晚太闹腾。但脑子还是乱。

早晨专案组开完会后，她向科里根警司简短汇报了情况，供他在记者招待会上用。她很欣慰科里根一直在负责媒体，她实在不愿意再跟卡舍尔·莫罗纳打交道。

“现在没什么进展啊，督察？”科里根看着纸上寥寥几行字说，“有证据表明尸体可能就是失踪的梅芙·菲利普吗？”

“没有证据，长官。我认为不是她。”

“你该把失踪案交给另一组人办，你就专心查受害人的身份，你毕竟是高级调查员。”

说了跟没说似的，洛蒂心里嘀咕：“失踪案我再查几天，长官。”

“那就几天，完了就交出去。我会把照片发给媒体。”

“梅芙·菲利普的照片？”

“不，无名受害人的。我不是刚说要查出她是谁吗？照我看，你现在是一无所获啊，什么情况都没掌握，叫我去跟媒体说什么啊。”

洛蒂无法反驳：“是，长官。”

她穿过过道往办公室走，满脑子都是那个戴鼻钉的黑头发女孩的照片。梅芙·菲利普。

她回到办公桌边，看见桌上摆着一份梅芙笔记本电脑的检验报告，里边只有 Word 格式的英文文章，还有 Excel 表格形式的数学资料。她的电脑没做上网设置，所以她肯定是用手机上网交友的。那她的手机呢？

“柯比，我们查到梅芙·菲利普的手机在哪儿了吗？”

柯比从电脑上抬起脑袋：“要花点时间，因为手机关机了。我编几句瞎话试试，看管不管用。”

“那她都柏林的那些朋友呢？”

“我请总部一位同事问了，都是些正经人，而且好长时间没跟她有过联系。”

“所以是条死胡同。学校那边有什么线索吗？”

“整整一周没人见过她。校长打电话给她母亲，那蠢婊子才知道她亲生女儿失踪了。”

“没必要骂人啊。翠西·菲利普只是个酒鬼，酗酒是一种病，你懂吧？”

“抱歉，头儿。”柯比脑袋又缩了回去。

洛蒂继续揪着他问。

“查到杰米·麦克纳利的下落了吗？”她说这话时，又想起博伊德来。他今天上午人在哪儿？说不定杰姬还真又跟他勾搭上了。

“他转地下活动了。我们有记录表明他上周三入境，但之后就没影子了。杰姬·博伊德倒是在镇上晃过，但没人见过麦克纳利。”

“他不会把杰姬一个人丢在拉格穆林的。他人肯定没跑远，继续查。”

“得令。”柯比手里提着杯子，站起身来，身子摇摇晃晃的。

“昨晚喝高了？”

“被你说中了。”

“你知道博伊德在哪儿？”

柯比摇摇头，二话不说逃出了门。

“到底什么情况？”洛蒂冲着天花板扬起双手。

林奇抬起头：“肯定是因为天太热。”

洛蒂打开电子邮件，点开遇害女孩的尸检报告。你是谁？为什么你失踪没人报警？为什么凶手要洗你的伤口？

“DNA 报告出来了吗？”洛蒂问林奇。

“还没。现场调查组在威尔院子里没找到子弹。所以，开枪的人肯定把子弹带走了。”

“也许就是受害人体内那颗。要不然，就肯定另有原因。”

“有人开枪杀老鼠？很可能就是鲍勃·威尔自己开的枪。”

“要是他自己干的，还会报警？他可不愿意生意受影响。”洛蒂说。

“你说得对，”林奇说，“那女孩，米默莎，她的信你后来怎么处理的？”

“后来没再联系我，或许她那次是冒险之举。”洛蒂现在越想越觉得当时该认真对待，“现在不知道她在哪儿。”

“还有和谁在一起？”

“很可能和那天在路尽头等她的女孩在一起。很神秘。”洛蒂一边用两根手指夹着笔玩，一边回想周一早晨的情景。这一周发生了太多事。

“我好奇的是，她为什么来找你呢？”林奇说。

“我不知道。但奇怪的是，那封信是阿尔巴尼亚文，而发现尸体的那个人是从科索沃来的。阿尔巴尼亚文不也是科索沃的官方语言之一吗？”

洛蒂大声说了出来，进而认真一想，不禁胃里一阵翻腾：“或许我该再找安德列·彼得罗夫齐聊聊。”

“或许你上次就不该找他看信的。”林奇说。

“或许你是嫌手上活儿不够多。”

“我活儿够多了，多谢。”

“那就干你该干的活儿，我也干我该干的活儿。”

“我只是想说——”

“什么也别说，林奇。”

洛蒂把椅子一推，拿起包，出了办公室。她再不走怕自己忍不住出口骂人。

第三十四章

米默莎挪着身子下了床，慢慢走到洗脸盆边，拽开窗帘，透点光进来。窗外一尺开外堵着一面砖墙，什么也看不见。她朝下看了一眼，太高了，无法跳，而且两墙之间的缝隙也太窄了。

她在衣柜里找干净的内衣，一眼瞥见自己昨晚捡到的钱包。她拿出来，打开，颤着手迅速数了数里边的现金，不到一百欧。钱包里还有几张银行卡和一枚警徽。她惊讶得睁圆了眼。她结结巴巴地读出警徽上的那行字，马克·博伊德探长。她英语虽然不好，但几乎可以肯定那人是警察。

她要是早知道他的身份就好了。他会回来找钱包吗？希望如此。这个人或许是她逃离此地的唯一希望。那个女警官估计是没把她的信当回事了。

她得趁那人回来之前，想出个周全的计划。她很肯定他只要想起来钱包是在这里丢的，肯定会回来找。他或许会等到天黑以后，没人能看见时才会来，除非他有正式的理由白天来。

她能不能往钱包里塞张字条呢？但用什么写？又写在什么上面呢？她看了看置物柜上的几件化妆品。眼线笔可以。她打开盖子，试着在手心画了一条黑线。她坐在床上，瞅着厚厚的窗帘。太重了。但她身下的白色棉床单可以。

她站起身来。这也许是她唯一的希望。但那人昨晚醉成那样，会记得自己吗？但也只能一试了。

她把床单拽松，用牙齿咬住棉料，颤着两手用力扯，觉得差不多了，然后便听到呲的一声。她不顾空中飞舞的尘螨，仔细查看撕开的口子。口子离褶边够近，索性便撕下一条来，然后小心翼翼地把床单撕掉的那头掖到床垫下，希望没人会发现。

她把布条在床上抹平，拿出眼线笔开始写，写的是她的母语，因为她用英语写不好。写完后，便把布条尽量折叠到小得不能再小，塞进装现金的夹层里，又把钱包放到床下的地板上。

米默莎四下看了看坟墓一样的房间，暗自祈祷博伊德探长会记起昨晚的事，希望他有勇气再来。她此生能不能再见着儿子，或许就寄托于此了。

第三十五章

早晨的热浪慢慢退去，起了一阵习习的微风，把尘土扬起，洒向空中。洛蒂捂着嘴，绕过障碍，朝那个穿着黄背心的男人走过去。

他高高地直起身子，用一只戴着手套的手在额头上抹了一把，摘掉防护镜，又把安全帽往后推了推。

“你不能来这里，危险。”他说着走出坑沟，站上路面。

洛蒂脸上挂着笑，希望化解一丝对方的敌意，但他仍旧嘴巴紧闭，面色阴冷。

“你能不能再仔细琢磨下那封信？阿尔巴尼亚文写的那封。”

“不行。”

“你确定你真不认识信里提的那个女孩，卡崔娜？”洛蒂紧盯着他的脸，静观反应。他的表情如大理石一般纹丝不动，眼睛眨都不眨一下，只是盯着洛蒂，不说话。旁边只有苍蝇的嗡嗡声不绝于耳。

“帮帮忙，安德列。”她开始套近乎。

“为什么要帮忙？你是警察，你调查。”

“我不会阿尔巴尼亚语，你会啊 。”

“你想要干什么？”

“四处问问，问问你们的人。”

“我们的人？哪些人？”

洛蒂又笑了笑：“我们觉得你挖出来的那个女孩是外国人，迄今没人报警说她失踪。我们也不知道她是谁，卡住了。拜托，你能帮忙吗？”

“不能。”

“不能？为什么不能？”

“我又不是给你打工。”他说完又把安全帽拽回前额，戴上防护镜，走下坑去。

洛蒂只得走开，一边挥舞着手赶蚊子，一边准备给博伊德发短信，约他碰头。就在这时，她突然收到丹·罗素发来的一条短息：督察。今晚七点。我到灰狗体育场接你。勿忘。

她叹了口气。如果去见他，或许能摸清他的底牌，探一探他到底在搞什么把戏。她回短信说同意，便赶回办公室，本来还想着吃个早饭呢，这会儿全抛到脑后了。

洛蒂坐在电脑前，把能找到的关于罗素的资料读了个遍，其实差不多也就是林奇找到的那些。服役三十年，一路官至指挥官，2010 年退役，2012 年自己创业，办了伍德莱克设施管理公司，看上去没少挣钱。洛蒂关掉搜索网页，心里恨恨地想，几个回合下来，此人算是把自己给惹恼了。

她又琢磨罗素到底有没有和亚当一起服役过。她那天问时，罗素只是闪烁其词，网上找不到什么确凿的证据，但从他海外服役的起讫时间看，两人同时在科索沃待过，一起执行过北约的维和任务。她又点开一篇讲科索沃冲突的文章开始读。米默莎用阿尔巴尼亚语写的那封信，说不定跟现在的凶案调查有关。她一篇篇文章点开看，目光在字里行间的人间惨剧中浅浅地穿梭。

她抬头看时，已经是午饭时间。一个早晨就这么耗完了。她打电话给博伊德，博伊德说在卡弗蒂酒馆碰面。她抓起包便往门外走。

“我去吃点东西。”洛蒂对林奇说。林奇脑袋还埋在一大堆上门问询的报告里，到现在一丁点线索也没找到。

博伊德站在卡弗蒂酒馆的吧台前，手里拿着两份店家特色三明治，还有一壶茶，却发现钱包不在身上。

“上次发现还在是什么时候？”博伊德回到拐角的小圆桌时，洛蒂问他。

博伊德每天早晨穿衣时，都会把钱包塞进裤子口袋，但却不记得今天早晨有塞过，甚至都想不起来看见钱包在哪儿。

“都是柯比的错！”他咕哝道。他看着饱满的三明治，突然没了胃口，喉咙里却有东西要往外涌。

“你还好吗？”洛蒂问，“你脸色不好啊。我知道柯比酗酒，但没想到你也这副德行，而且一上午没来上班。”

“我要是想听人训话，就去找你妈了。我谢你了。”

“话挺俏皮啊。”

博伊德咬了一口，又吞了一口茶往下咽。

洛蒂大笑起来：“你知道你这会儿需要啥吗？”

“不晓得，但我有预感你马上就要告诉我了。”

“以毒攻毒。”

“你倒是熟门熟路，是吧？”博伊德说。说错话了，但话已出口。

洛蒂把杯子往碟子上狠狠一放，站起身大步往吧台走，边走边大声嚷嚷。

“达伦，能不能把三明治打个包我带走？我回办公室吃。”她把银行卡往吧台上一推，“一起付了，我那位可敬的同事忘带钱包了。”

博伊德见达伦一边刷洛蒂的卡，一边冲自己眨了眨眼。

“昨晚这里有演奏会吗？”洛蒂问。

“噢，还是那帮人。”达伦敷衍着回了一句。

博伊德摇摇头，脑子里一阵生疼。

洛蒂接过收据、银行卡，还有包着锡纸的三明治。博伊德又摸了一遍口袋，小心翼翼从凳子上站起身来。

“或许你该报警。”洛蒂说完，独自出了酒吧，踏入炎热的午后。

博伊德明白洛蒂想知道他和柯比昨晚干什么去了。他若真有酒后乱性，那可绝不能让洛蒂知道。不过他自己也确实不记得。

他要找柯比问问。得赶紧。

不过他得先让脑袋休息几分钟。“你的也要打包吗？”达伦指了指被咬了一口的三明治。

“我今天可能是吃不下东西了。”博伊德说。

“你俩昨晚够猛的啊。”

“我哪记得啊。我钱包不会是丢在这里了吧？”

“昨晚是我打扫的卫生，今早也是我第一个来的。没见着什么钱包。你昨晚喝完直接上床睡觉了吗？”达伦问。

“我倒是希望，”博伊德说，“上的要是我自己的床就好了。”

“你俩是最后走的，所以我觉得是你们从这儿出去后丢的，保不齐是落在出租车里？”

博伊德脑袋靠在椅子的皮套上，眯着眼睛看着脏兮兮的窗玻璃。

“柯比，你个杂种！”他低声骂了一句。昨晚的事一股脑儿涌回眼前。他想起了他俩离开酒吧后去了什么地方。

他被那个大眼睛姑娘劫了。

第三十六章

洛蒂在警局接待处的内门上输入密码，正巧见柯比下楼，身后跟着脚步轻快的玛利亚·林奇。

“头儿，走。”柯比一把抓住洛蒂的胳膊，不由分说把她往大门外拽。

“什么鬼——”

“承建商。他们又找到一具尸体。库伦街。”

“到底什么情况？我今早还去了。”她把三明治丢进门外的垃圾桶，和柯比、林奇一同跳上车。

柯比拉响警笛，打开警灯，急速驶离警局，沿着缅因街逆向狂飙。正值中午高峰期，又堵了个水泄不通。到了工地一个急拐弯，在威尔的废车场外停了下来。

安德列·彼得罗夫齐正绕着圈子踱步，双手在胳膊上上下直搓，脑袋上扣着安全帽。

洛蒂跳下车，径自朝他的方向跑去。彼得罗夫齐一把抓住洛蒂的胳膊，十指扣进肉里。

“又一个。到底怎么回事？”他说。

洛蒂一边绕过路障，一边叫林奇让彼得罗夫齐冷静下来。柯比呼叫制服警察过来封锁现场，把工人集中起来，并在尸体上立起一顶帐篷。博伊德从街道另一头赶了过来。两人戴上手套，走上路中间的开阔地。

苍蝇到处嗡嗡乱转，一股恶臭直袭洛蒂，逼得她喘不过气。洛蒂吞下一口吐沫，定了定神，眼睛往下看。

“天啊！”她吃惊道。

“又一个女人！”博伊德说。

洛蒂觉得博伊德脸色比之前更苍白。

“是啊！”她轻声应和。

洛蒂蹲下身子，盯着生了水泡和蛆虫的腐尸仔细看。

“死了好几天了。”

“是那个失踪的女孩吗？”博伊德问，“梅芙·菲利普。”

“希望不是。”洛蒂低声说。但她无法确切知道。

洛蒂扫掉几把土。女尸的脸比上一具尸体情况更糟糕。黑头发，闭着眼，眼皮鼓囊囊的，皱缩着。嘴唇张开，露出牙。死时在尖叫？这会是梅芙·菲利普吗？但鼻子上没有亮闪闪的钉子？洛蒂也不知道自己希望是或不是。

越往下扒，土壤越紧实。博伊德把尸体衣服旁边的土往外扫。洛蒂默许了，虽然她知道他们该等现场调查队来。

“这边看着像弹孔，直穿正中！”他说。

“现场调查队正在赶过来。”柯比俯在她肩膀上说，“这是那个叫菲利普的女孩吗？”

洛蒂又查看一番女尸的双手，但并没有触碰：“应该不是，看指甲就知道。”

“很短，”博伊德说，“都咬到骨头了。”

“一个有二十七瓶指甲油的女孩怎么会舍得咬自己的指甲呢？”她说。

“如果在压力巨大的情况下关上几天，那可就顾不上指甲了。”

“这点我同意。”洛蒂说。

制服警察在他们四周迅速搭起了帐篷。

“她怎么会在地下的呢？”博伊德指了指这会儿已部分露出地面的尸体。

“肯定不是自己下去的。”

“我知道，但——”

“博伊德，行了。”

洛蒂站起来，转过身。安德列·彼得罗夫齐正手搭凉棚，盯着她瞅。他竟然又挖出一具尸体。纯属噩运，还是另有情况？她要查清楚。

“把他带去警局做笔录。”她对林奇说。

“这次肯定有人见过什么吧？”博伊德四下看了看说。洛蒂发现街道一侧是一排商店的后门，正门对着缅因街。右手边便是威尔的废车场。再往前是一幢公寓楼的大门。

“照样逐门逐户询问，”她下令道，“查下有没有——”

“监控，”柯比插嘴道，“是，头儿。”

博伊德用手揉了揉下巴：“情况不妙。十分不妙。”

“你总是收着说，博伊德，每次都是！”洛蒂说。

“说说而已。”

“这可不光是不妙，简直太恐怖了。”

“我知道，还有——”

“你干点事儿行不行？说不定对你的宿醉也有好处。把这地方封起来，拉起警戒带，不许闲人进出。所有人都要问询。”

“但是——”

“别跟我说如果、但是、而且，”洛蒂转过身直对着他的脸。“我们先是在威尔的院子里发现弹孔和血，现在这边街道地下又挖出一具尸体，可是我们迄今连第一个受害人的身份都还没有查清楚，锁定嫌疑人就更是没影子的事了。所以，不要跟我扯没用的。”

洛蒂说完便大步走开。

“帕克督察！能做个情况说明吗？”

洛蒂瞪着站在警局台阶上的国家电视台犯罪新闻记者卡舍尔·莫罗纳看。莫罗纳冲过来，摄像早已把镜头对准洛蒂的脸。

“你是怎么知道的？”她迎了上去，但闻到对方一身臭汗，心头一缩，“我自己也是刚刚才听说。”她补了一句。

莫罗纳面露疑惑，洛蒂立马意识到说错话了。真要命。

“听说什么，督察？”他照例露出家喻户晓的迷人微笑。

“你刚才说的是什么？”洛蒂开始打岔，但知道是徒劳。

“你先告诉我，我再告诉你。”

洛蒂推开他，跺着脚上台阶。莫罗纳伸手拽她胳膊肘，把她往回拉。

洛蒂怒道：“你给我把摄像机关掉。”

莫罗纳犹豫了一下，然后点了点头，抱着胳膊，等洛蒂开口。

“你想要我说明什么情况？”洛蒂一字一顿，尽量克制。

“今早公布的照片。一个遇害的女孩，一个失踪的女孩。”

洛蒂这才知道对方的底牌。她心里盘算着要怎么把他往另一条路上引，让他忘记自己刚才发火的事儿。

“我相信科里根警司的新闻发布已经很详尽了。”

“梅芙·菲利普是逃犯弗兰克·菲利普的女儿吗？她的失踪和团伙犯罪有关吗？”

“这里又不是治安不好的内城区。”

“但菲利普一家住在这里啊。他女儿的失踪和周一凶案的遇害人有关系吗？”

洛蒂想从他身边溜过去，但他寸步不让。

“拉格穆林名声会受影响，对吧？”他坚持不懈。

“你要是敢乱写拉格穆林的不是，莫罗纳，我把你那口白牙一颗一颗掰掉。”洛蒂顶开他肩膀，疾步上台阶。

莫罗纳紧跟在她屁股后头：“洛蒂，你刚才说的是什么？你问我怎么这么快就知道的？”

洛蒂转过身，用一根手指戳着莫罗纳的胸口：“以后别叫我洛蒂，叫我帕克督察。你有本事就提着你那好打听的鼻子自己去查。”

洛蒂怒气冲冲地走进警局，想狠狠摔上门，那门却只是慢慢滑着关上了。

洛蒂坐在桌前，双手直挠头发。事情越发失控。从哪儿下手呢？或许还是该在安德列·彼得罗夫齐身上下功夫。

电话振动起来，克洛伊的名字在屏幕上闪动。她接通电话。

“脸书上到处都是梅芙的照片，学校里所有人都在说她的事。”

“有人知道她可能在哪儿吗？”

“那帮女孩说的话可难听了。她们说什么，你可别信。梅芙不是那样的人。她在家日子很难过。”

“大家说她什么？”

“说她是小婊子。”

“就没人说点有用的？”

“没。我查了她脸书的朋友列表，好像没看出有谁可能是她那个男朋友。”

“我们在调查。凯蒂今天上午怎么样？”

“浑身带刺啊，跟平常一样。”

洛蒂笑了，“回头见。回家多看书，很快就考试了。转眼六月就到了。”

“拜托，你非得这样吗？”

“哪样？”

“天天提醒我。不用你再给我添堵了。”克洛伊说完就挂了，洛蒂无奈地看着手机。瞧瞧她又干了啥好事，但她暂时还没空担心克洛伊心情爽不爽。一件凶案没完，又来一件，而且一个嫌疑人都没找到。雪上加霜的是，还有一个女孩凭空失踪了。

洛蒂看着梅芙·菲利普的照片，心想她不是马路下面刚挖出来的那具尸体。那她到底在哪儿呢？第二个遇害女孩是谁呢？第一个又是谁呢？两人为何成为凶手的目标？

桌上的电话响了，是行政警长。

“安德·彼得罗夫齐在一号问询室。”

第三十七章

博伊德、林奇和柯比三人还留在现场，洛蒂便找脑瓜比较灵光的制服警察吉莉安·奥多诺休和自己一同问话。两人放好录像光盘，做了例行公事的问答。安德列·彼得罗夫齐倒是先开了口。

“在我们国家，这样的事太多了，我不想在这里再见到了。明白？”

“明白。但两具尸体都是你发现的，有点不正常。你觉得奇怪吗？”

“不是我的错。我是打工的，只挖坑，填坑，干活儿。”他漫不经心地耸了耸宽厚的肩膀。洛蒂觉得这个人个头虽然很高大，却难掩孩子气。“这些女的是什么人，督察？”

“你知道什么吗？彼得罗夫齐先生？”

“抱歉，不知道。你是警察，你知道？”

洛蒂手机又振动起来，还是克洛伊，她没接。然后她想起来手机里有梅芙的照片，便点开，滑过桌面给彼得罗夫齐看。她的目光一直锁在他脸上。

他吞了一大口吐沫，站起身来，浑身颤抖：“拜托，我走，现在。”

“坐下。”洛蒂终于在他脸上看到了反应，“你认识她？”

“不。你不明白。我走。”

“行了。”洛蒂觉得有戏，“你怎么认识她的？在哪里认识的？”

“不。她也是？在地下？”

“你刚认出她了。快说。”

他垂下肩膀，低着脑袋，十指交叉。一阵沉默。洛蒂能听见他的背心随着大起大伏的喘气发出轻微的声响。

“她是什么人？”他的声音低到洛蒂几乎听不见，“照片里的，你知道？”

“我知道她是谁，”洛蒂说，“你知道她什么情况？”

彼得罗夫齐摇摇头，似乎要甩掉脑子里的魔鬼，没说话。

“安德列，你可以告诉我，她在哪儿？”

彼得罗夫齐抬起头。洛蒂使劲盯着他的眼睛，猜他的心思，却只看到痛苦。安德列·彼得罗夫齐是什么来历？他对梅芙做了什么？她心里慢慢燃起一股怒火，怜悯之情化为灰烬。

“我什么都不知道。”他松开握紧的拳头，抱起胳膊。

洛蒂吸了一口气，嘴上挂出一副假笑：“你刚说你在你自己国家见多了死亡，跟我说说吧。”她改变话题，想伺机给他来个措手不及，但这招并不好使。

“督察，我是修水管的，我挖路，发现尸体，不是我埋的，不是我杀的。求求你了，我走？”

“你先告诉我你知道什么。”洛蒂不松口。

“我什么都不知道。”

“你知道。梅芙有危险吗？你对她做了什么？”她不小心又提了女孩的名字。也没什么，她想。媒体上都在传。

彼得罗夫齐抱着胳膊：“你不让我走，给我找律师。”他嘴巴抿成一条线。

洛蒂重重地叹了口气。她只有怀疑，没有证据证明他干了什么。彼得罗夫齐的DNA样本检测结果还没出来，她不能把他收押。若给他找个律师，又会如何？只会虚耗时间。

洛蒂又问了几个问题，一无所获。对方拒不开口。洛蒂不能把他怎么着。

洛蒂下了决心：“你走吧。”

奥多诺休警员关掉录像设备，将光盘密封起来。彼得罗夫齐放下胳膊，站起身，一言不发往门外走。洛蒂心里没底，打不定主意他究竟认不认识梅芙·菲利普。他似乎是认出了她的照片。或许只是因为他看见了社交媒体上的提示信息。难不成他就是那个隐形的男友？但他至少也有三十岁左右，梅芙才十七岁。要怎样才能让他坦白交代呢？

洛蒂留下奥多诺休整理报告，自己冲回办公室，抓起包便奔下楼，出了警局。

克洛伊难以置信地瞪着手机，她妈妈竟然不接电话，她本准备跟她和盘托出呢。她觉得打电话说要比当面说来得容易些。

现在她决定什么都不说，一丁点也不告诉她。

她要自己去应对。她只需重拾自己的坚强本色。

第三十八章

博伊德受够了洛蒂·帕克。一整个下午他都在听库伦街上做生意的人诉苦骂娘，洛蒂可倒好，脸都不敢露一下。连简·多尔都觉得奇怪，她去哪儿了。现在尸体已经运去了塔拉莫尔，现场调查组正在忙着侦查现场。

“上门问询如何了？”博伊德在公寓楼门口撞见了柯比。

柯比擦了擦脑门上的汗珠，“好多人不在家。我得再跟制服警察转悠一会儿。我这痛风真是要命啊。”他指了指脚，“你忙什么呢？”

“这边刚结束，现在去找钱包。”他说完便沿着街往前走，不再听柯比啰嗦的抱怨。他越过铁轨上的人行天桥，穿过马路，走过新运河桥，来到拉格穆林一处不堪的所在，山顶公寓。说得好听些才叫公寓。

那些楼在白天显得更加粗鄙，不过这并不意味着博伊德记得昨晚的逸事。红砖墙上显着道道霉菌一样的痕迹。五层的楼房，每一层都有硕大的天线杵出窗外。门口的石阶上尿渍斑斑。博伊德又拍了拍口袋，似乎是确认一下自己并没有疯。钱包是真没了。

他一边摁响门铃，一边焦虑地四下张望，希望没人看见自己，但有一帮家长在一间托儿所门口接孩子，步行街上有衣着邋遢的人狼狈地抱着购物袋。这些人看一眼不就知道怎么回事了吗？他把下巴埋在胸口，又摁了一次门铃。

一连串外国话先钻出门缝儿，门才打开。博伊德看着眼前的人，心里琢磨昨晚有没有见过。他其实并不十分确信昨晚来的是这地方。柯比说是二栋五号公寓。

“打扰了，”他露出最诚挚的微笑，“我估计昨晚把钱包落在这里了，不知道你或者哪位姑娘捡着了。”

“哼！”那女人抱着胳膊，顶住下垂的乳房，身穿黑色T恤衫，牛仔裤紧裹在身上，脚上蹬着棕黄色皮靴。博伊德猜不透她的年龄，看着五十岁以上。一头黑色长发，白皮肤，脸上横着肉。

博伊德一个趔趄，心里暗骂自己昨晚竟然让柯比诓到这里来。真是没长脑子啊。我诅咒你，柯比！

女人上下打量博伊德：“跟个胖子来的，是吧？”声音低沉而沙哑。这里一天估计得有百十号客人。

“对，”博伊德说，“差不多半夜过一点。有发现钱包吗？”女人大笑起来，震得乳房乱晃，脸上的肉颤颤悠悠，只有腰间的肉稳稳地叠在T恤衫里。

“没有钱包，抱歉。”女人喉间不再发出咯咯笑。

“你能再找找吗？拜托。”

“这里没有。”

博伊德回头扫一眼，确保没人看见，上前一把抓住对方的手腕，往跟前一拽：“我是警局的，我现在让你找到我的钱包。”

“警察？哈！我不怕。我给老板你看看。”她指了指门头上一个蛛网密布的角落，那里挂着一个小摄像头。

摄像头估计是坏的，博伊德想。但他还是松开手，摇了摇头，走下台阶。这下没辙了，他只能挂失身份证，重新办一张了。他只是希望不会落到坏人手里，那后果可就不堪设想了。

博伊德走下台阶，又转过身：“我会向上级汇报这件事。”

那女人想了想，弯出一根手指招呼他，门吱呀一声朝里打开。博伊德赶紧跟上去。

等博伊德进了屋子，那女人便咣当关上门。墙纸上的花儿栩栩如生，似乎在冲博伊德怒吼。我吃错了什么药，怎么会来这里。门厅很窄，女人侧身从他身旁蹭过，肌肤相触之际，博伊德不禁一个哆嗦。她打开门，领他进了一间小屋，屋里摆着一张破旧的沙发，一张小咖啡桌，上面散放着一些色情杂志。

“等着。”她随手关上门。

博伊德只能等着。

“小婊子，那男的钱包在哪儿？”

米默莎耸了耸肩，看着这个自称安娅的女人。她往枕头里缩，下巴搭在蜷起的膝盖上，双臂环抱着腿。跟这个女人，她得装无辜，不然以后说不定就再也见不到儿子了。她不能让安娅知道自己发现钱包或翻看过钱包的事。让她自己找着最好。

“一个瘦高个男的，昨晚来的，说是警察，钱包丢了。我问了其他姑娘，都说没见过他。你见了吗？”

米默莎摇了摇头。

安娅一把抓住她胳膊：“其他姑娘什么都没看见。你长这么大眼睛，肯定看见什么了。”

安娅松开米默莎的胳膊，把床单从头拍到尾，又将米默莎身后的枕头猛抽出来，顺势在她后脑勺上掴了一掌。米默莎紧闭着眼睛，任由安娅拽着她的头发，把她拖到地上。女人把床垫抖了抖，什么也没找着，又弯腰往床下瞧。

“哈！”她尖声叫道。

米默莎屏住呼吸看安娅打开钱包。

她暗自祈祷里边藏着的布条不会被发现。安娅抽出一张五十欧元，叠起来塞进胸罩，这才心满意足地合上钱包，出了门。

米默莎开始祷告，祈祷那个瘦高个儿警察会帮自己。

“今天算你走运。”

女人把钱包在博伊德眼前晃了晃。博伊德赶紧伸手去拿，生怕这女人会变卦，她竟然松了手。博伊德赶紧翻了翻，见身份证还在夹层里，便把钱包塞进口袋，暗自发誓以后不管醉成什么熊样，也不会再进妓院了。

博伊德走出楼，又回头往上看了一眼，整栋楼的窗户全蒙着窗帘，毫无生气，一片死寂。他还记得那个可怜的大眼睛小姑娘，心头一阵忧伤，先前的愤怒已然烟消云散。他乘着凉爽的晚风，往人行天桥走，一边心里琢磨这个女孩是什么来历。他知道自己已经忙不过来了，但还是决定跟纠察队那边反映一下。对，是得跟他们打声招呼。

刚开始洛蒂到处找不到彼得罗夫齐的影子。她觉得自己可能跟丢了，所以决定往左拐，朝运河方向走，不料一眼看见了那件黄背心，便撒腿跑起来。等她跑到山顶时，彼得罗夫齐已经过了运河人行道两边的樱花，快上大桥了。洛蒂知道他住在山顶，他似乎是在回住处。

乘着越来越凉爽的微风，洛蒂疾步前行，慢慢接近目标。彼得罗夫齐闷着头往前走，一路没有回头，所以洛蒂知道他没发现自己。洛蒂在旧石桥下面站了片刻，等他过了前方的人行桥。她确信他是在往公寓走。洛蒂不记得他住哪一栋，几号，便拨了林奇电话，一边把电话贴在耳朵上听，一边尽量不经意地继续走，眼睛一直盯着彼得罗夫齐。

洛蒂听完了地址，把电话放下，彼得罗夫齐却不见了踪影。她哽着喉咙，不晓得发生了什么事。

正在此时，她看见了博伊德。

博伊德正绕过拐角，穿过铺着石子的广场，近在眼前。洛蒂鬼使神差地躲到一段水泥台阶后头。博伊德正急急忙忙从彼得罗夫齐住的那片区域走过来。

洛蒂本应该站出来，问他在干什么。她应该说，“嗨，这么巧在这儿遇见你”。但她没有。她躲在一边，瞧他低着脑袋往前走，好像心事重重的样子。

洛蒂站起身来，身体蓦地僵住了。她身后有人吗？她感觉脖子上有一股轻柔的空气拂过。她屏住呼吸，闭上眼睛，浑身乱颤，双手抖个不停，鼻头儿流下汗珠来。洛蒂擦掉汗珠。煎熬的几秒钟过后，她转身往回看。没人。

洛蒂四下查看，附近没有人，也没有人跑开。是她在胡思乱想？在刚才的短短几秒钟里，她突然跟丢了魂儿似的，没了继续跟踪彼得罗夫齐的心力。

她走出藏身地，走上台阶去瞧，发现山顶离威尔的废车场其实很近。她看着那些堆得高高的废车，心想这里真是很适合藏尸。现在废车场已经封了起来，她决定再彻底搜一遍，不放过每一块废铁。

洛蒂估摸着彼得罗夫齐已经回到了公寓，她知道自己并没有权力去敲门搜查，只好继续严密盯着他。

她一路往警局走，心里想着博伊德。难道他先自己一步，已经在盯彼得罗夫齐了吗？还是他那个准前妻住在附近？洛蒂觉得很可能是后者。她得问问他。

第三十九章

“拿到了。”博伊德把外套往椅背上一扔。

“你的钱包？”柯比问，“你回去找了？你真是蠢啊。”

“别跟我说话。”博伊德开始整理桌上的文件，“库伦街居民那边有什么收获吗？”

没有应答。

“喂！柯比，赶紧说。”

柯比挠挠头：“是你叫我不要跟你说话的。不过，那边有间公寓，墙上装着摄像头，在楼的前门。我还会再跑一趟看那家有没有人，说不定能有点线索。”

“谁知道摄像头是不是好的。那家住的是什么人？”

“威利·巴兹·弗林，从当地一家报纸退休下来的，少说有八十岁了。”

“巴兹·弗林？他装监控干什么？”

“他家老失窃，我早几年就叫他装个小摄像头。”

“好。值得庆祝。”博伊德说。

“喝一杯？”柯比呼呼喘着气在椅子里转过身来。

“不是那种庆祝……算了。”博伊德打开电脑，拿起一瓶矿泉水猛喝一大口。

“就一杯。”

“不，打死不喝，喝也不跟你喝。”博伊德把水喝完，捏扁瓶子，又把瓶盖拧上，扔进回收垃圾桶。

“别胡说八道了，”柯比把脚塞进凉鞋，弯腰去系鞋带，“你不是拿回钱包了吗，还抱怨什么啊。”

“就咱们昨晚喝完去的那个地方，我们本该给它办了，竟然还去消费了一把。我想想都鄙视自己。”

“退一步海阔天空。我的座右铭。”

“这话不对。”

“那你要怎么样？找纠察队？国家移民局？”

博伊德没说话，暗自思量。

柯比又说：“拉格穆林现在大麻烦多了去了，哪还顾得上一家妓院。爱尔兰哪个镇子还没家妓院，移民局要逮的是大鱼，不是小虾米。”他说着弯腰揉脚。

博伊德站起身来，把椅子往桌边一推，往门口走。他回头望望柯比，心想这哥们儿就这熊样竟然还当警察。但他自己不也一样没出息吗？他虽然没跟那女孩睡，但一直忘不掉她那双忧伤的眼睛。

博伊德冲柯比摇摇头，出门回家了。回了家他能安生些。他也一直宿醉得难受，需要休息。

第四十章

洛蒂回到警局，博伊德、柯比和林奇三个人，一个都没见着。她在桌前坐下，动手写安德列·彼得罗夫齐的问话报告，还有自己的一些想法，她怕自己晚上又事儿多，第二天忘个干净。什么事都有可能。奥多诺休在她桌上放了一份问话记录，洛蒂又读了一遍，她确信彼得罗夫齐知道梅芙·菲利普的事。

回家前，洛蒂去专案室看了看。几个探员在打电话，独不见她自己的几个手下。

刚挖出来的女尸照片也钉上了白板，脸已经腐蚀太厉害，没有辨识度了。洛蒂希望能从尸体上找到死者身份以及凶犯的蛛丝马迹，说不定两起凶案是同一人所为。当然是一个人干的，能有几个神经病喜欢把尸体往大街下埋？她希望就这一个。或许简·多尔那边做完尸检了，她想到便打电话问。

“现场没什么有价值的线索，”简说，“但受害人背上有枪伤，弹孔从胸部往下一些位置穿出。可惜高温天气加速了腐蚀，但我还是能确认有条伤疤从腹部沿臀部以上一直延至后背。跟第一个受害人一样。”

“我的天啊！枪伤伤口也有洗过吗？”

“看着像。我明早做尸检，八点。你要来吗？”

“我会去，”洛蒂说，“你现在不能做吗？我半小时就能到你那儿。”

“不行啊。说了你估计都不信，我七点跟人约了晚餐。”

“真替你高兴。”洛蒂说。她把她自己跟丹·罗素约了晚餐的事忘了个一干二净。她瞅了一眼手腕上的表，七点十五分。好吧，来不及了。“明早见，简，祝你晚餐愉快。”

洛蒂聚集了几名探员，安排他们第二天早晨再搜查一次威尔的院子。

她抬眼看了看案情分析板。

第二具尸体也有洗过的枪伤，也有一道疤痕。难道也少了一个肾？

“老天啊，千万别。”她低声自言自语道。但她知道很可能如此。

她出门时，心里嘀咕要不要打电话给罗素道个歉，但转念一想，觉得放他一回鸽子也没什么。

她朝灰狗体育场方向走，却一眼看见黑色奥迪车里的丹·罗素。车停在双黄线上，发动机没熄火。今晚有赛事，交通越来越堵。

洛蒂穿过马路，罗素放下车窗。洛蒂弯下腰说：“工作耽误了。”

“迟到了半小时。你该给我打个电话。”

“我该给你开个罚单。”

“明晚再约？”

“说实话，我这阵子真的很忙。又发现一具尸体，要不你等我忙完这阵子再给你打电话吧。”她直起腰便要走。

“又发现一具尸体？”罗素重复了一遍洛蒂的话，“太糟糕了。我送你回家吧。”

管他呢，洛蒂想着，便绕到另一侧车门。车内很凉爽，有钱的浑蛋。

罗素问：“你家在哪儿？”

洛蒂指了指马路对面的一栋房子。罗素将车掉了个头，按照洛蒂的指挥停好车。

“你们发现的这具尸体，是凶杀吗？”

“我不能说。”

罗素直直地盯着洛蒂：“你是不是又要审我一回？”

洛蒂不想透露任何信息，便决定改变话题。

“你说你记得亚当，你跟他共事过吗？”

罗素没有熄火：“有过，在国外。”

车内一阵沉默。亚当死后，洛蒂已经和他的战友断了往来，不过她怀疑罗素和亚当不是什么朋友。

“再多说说。”洛蒂说。

“要不你明天下班时跟我说一声。”他说。

“你干吗这么不干脆？”

“关于你过世的老公，有些事你该知道，一些你不想别人知道的事。但我现在不会说。”

洛蒂下了车：“要这样的话，晚餐就算了，我饿死也不去。”她砰的一声关上门。

罗素摇下电动车窗：“我真觉得你如果不听我说，可就犯了大错了。”

洛蒂靠在房子的墙上，看着罗素挂挡驶离，车子没有发出尖锐的刹车声，也没有扬起灰尘，缓慢的离去为他的话增添了几分威力。丹·罗素这是在逗她，玩恶心的游戏，她不想跟他玩。

但她知道，她迟早要妥协，要听他说些什么。

外卖比萨很受孩子们欢迎，至少有那么几分钟，洛蒂看到了三张笑脸。她在厨房洗刷完毕后，已经过了九点，她又收了母亲白天挂在晾衣绳上的衣服，叠好。

“我去花园坐一坐，收下电子邮件。找我就喊一声。”她站在门厅里听，楼上的孩子咕哝着说知道了。

洛蒂端了一杯茶，拿了一盒巧克力饼干，坐在露台上的桌旁，腿上放着 iPad。月亮挂在依旧明亮的天空。她可以让自己忙个不停，免得老惦记罗素说的话。她在想可能也少了一个肾的第二个遇害女孩，不过她知道得等病理专家确认，不然自己想也是白想。

体育馆扩音器的声音随着空气四处蔓延，伴着割草机的嗡嗡声，还有夜间归巢的鸟鸣。洛蒂四下打量自家的花园，真希望自己有一双巧手，园子里该多种些花，多点色彩，总之得来个大变样。花园是亚当生前伺弄的，她是没时间。肖恩一天到晚沉溺在游戏里，没这份心思，就算是偶然割个草，也是她收买的结果。

洛蒂品着茶，在 iPad 上点来点去，心思定不下来。亚当。她很想多知道些他在科索沃时的情况。亚当是 1999 年去的，当时战争刚结束，他分在北约指挥下的一个多国联合先遣队。她现在回想起来，觉得当时自己忙工作和孩子，无暇打听亚当的事。亚当第一次出去时，克洛伊只有几个月大，两人当时为这事还吵过架，但他们需要那笔报酬。而且亚当一心报效军队，她自然也不愿意扯他后腿，不让他出国执行任务。

“妈妈！”

克洛伊站在后门，脸色苍白，嘴巴张得大大的。

“怎么了？”洛蒂跳起来，奔过去，“你没事吧？”

一个小男孩从克洛伊腿后探出脑袋来。

洛蒂猛地停下，双目圆睁，屏着呼吸。

克洛伊说：“就他一个人，在门口哭。”洛蒂跪在地上，向小男孩伸出手。“米洛？”男孩又缩回克洛伊身后。

“米洛，小宝贝，你在这里干什么？你妈妈呢？”小男孩将大拇指塞进嘴巴。上回的玩具小兔子不见了。他是怎么来的？从哪儿来？洛蒂脑子里一下涌出许多问题。她抬眼看克洛伊。

“你有见着谁吗？他怎么够到门铃的？”

“他敲门的。”

“肯定有人送他来的。你没看见吗？”

“我开门时没见着有旁人，就这小家伙一个人。”

“你确定？”

克洛伊耸耸肩，把米洛抱起来，进了屋。洛蒂抓起电话，也跟着进了屋。

“这事该打电话给谁啊？”克洛伊问，“都这个点儿了。”洛蒂倒了一杯牛奶递给米洛，小家伙不要，把脸扭向克洛伊的肩膀。他上身一件脏兮兮的白色T恤衫，下身一条藏青色短裤，脚上一双松软的白鞋子，没穿袜子。今晚算是暖和的，但还没暖和到让一个小孩光着半个身子到处跑。

她该给谁打电话呢？时钟显示九点十五分。得联系儿童与家庭部。但这个部门与警局之间因一次事件闹了矛盾，互不信任。她不能把米洛交到陌生人手上。而且，孩子的妈妈说不定身处险境。受了伤？死了？米默莎肯定不会无故丢下孩子不管。

洛蒂迅速把孩子全身上下查看了一遍，没有明显的瘀青或伤口，也没有心理创伤迹象，除了哭。

“跟我说话吧，米洛。你妈妈呢？”她抓起孩子柔软的小手。

孩子瞪着她看，眼泪顺着脸颊往下淌，又把大拇指塞进玫瑰色的嘴唇里。他不愿意说话。他能听懂吗？会说英语吗？洛蒂不知道。

男孩头发上沾着粉色的花瓣。洛蒂轻轻地把花瓣摘掉。是樱花。他是走过来的？小鞋子也沾满了灰。她看了看，塑料鞋底上塞着细小的石子。她猜孩子是走过来的。是从哪里或什么人身边逃出来的吗？她真希望孩子能说话。她心都碎了。

凯蒂脸色苍白地站在厨房门口：“怎么了？”洛蒂解释了一通。凯蒂把米洛搂进怀里：“让他在家里过夜吧？”

此刻的凯蒂似乎容光焕发了些。洛蒂立马打定了主意：“对，在家里过夜。”她绝不能把孩子交给社会福利机构，至少今晚不能。这么做会惹麻烦的。

“他可以睡我房间。”凯蒂抚着怀里的孩子说。克洛伊皱了皱眉。

“我给他拿床被子，其他的等到明早再说。可以吧？”洛蒂说。

凯蒂点点头：“来吧，小伙子，我给你看看我的房间。天啊，妈妈，他身子在发抖。可怜的小东西。”

洛蒂摸了摸孩子的胳膊。果然在抖。

凯蒂把孩子抱紧，抚摸他的背，他的脑袋偎在凯蒂肩上。

“我等下就上去。”洛蒂说。

她要仔细考虑考虑。

她得跟博伊德商量下。

克洛伊关上房门，躺到床上，伸展开四肢。她很生气。凯蒂竟然把孩子抱走了，把自己晾在一边。

她又想到梅芙，琢磨着怎样才能找到她。她给所有认识梅芙的人都发了短信，可是没人见过梅芙，没人跟她有过联络。梅芙的推特账号上没有新帖子，脸书也不再更新，空落落的，令人忧伤。

有一个人或许知道，但她不敢贸然联系。太危险？是的。但梅芙可能有危险啊。她真该跟她妈妈说说，但谁让她今天不接自己电话呢。

克洛伊坐起身，开始在手机上摁。她趁自己还没后悔，拍了一张脚指头的照片，给那人发了一条 Snapchat 信息。

对方立刻便有了回复：来见我。镇公园。十分钟后。

第四十一章

电话直接被转入语音信箱。

“博伊德，接个电话能死啊！”洛蒂挂了。她在凯蒂床上加了一床羽绒被，凯蒂躺在米洛身边，轻抚他的头发，孩子终于合上了眼睛。洛蒂希望把米洛留在家里过夜不会变成坏事，她知道自己是为孩子好。她悄悄下了楼。肖恩又回房间打游戏了。克洛伊估计在戴着耳机看书，她的房间悄无声响。

到了十点半，洛蒂再也忍不住了。她抓起钥匙便出门奔去博伊德住处。希望杰姬不在。“在又如何？”她自言自语，“我这么大个人，还怕这个？”

“我本不该来。”克洛伊在公园儿童游乐场最拐角的一个凳子上一屁股坐下，她是趁她妈妈在厨房打电话的当口溜出来的。

“没关系。”他说着从外套口袋里掏出两罐低糖可乐。

克洛伊坐直了身子，啪地打开可乐，紧张地笑了笑：“你知道梅芙在哪儿？”

那人往克洛伊身边挪了挪。克洛伊缩了缩。“我又不咬人。”他说。

“我觉得这样不好。”她说。

“为什么这么说？”

“我妈……”

“关你妈妈什么事。”

克洛伊耸耸肩：“我是担心梅芙。我以为她或许会告诉你她去了哪儿或者有什么事。”

“有事？比如什么事？”

“我知道她超喜欢你。”

“是吗？我不觉得。”

“或许我该走了。”她一边说一边拨弄着罐头上的拉环。两人的膝盖碰到了一起，他拉起她的手，克洛伊心跳加速。他开始摸她的手指，一个接一个，不停地轻抚。

“你可别告诉我你是什么斧头杀手啊。”克洛伊抽出手。四周寂静无声，头顶的树上连一声鸟叫都没有。

“严肃点。”他厉声道。

刹那间，克洛伊觉得他眼睛一暗，但他抬头时，却是面带微笑。

她说：“我没开玩笑，全身都是耳朵，听着呢。”

“全身都是耳朵？亲爱的姑娘，你全身可不只是耳朵啊。”

克洛伊站起身，一边绕着凳旁的树走，一边喝了一口可乐。

“你就不能安静一会儿？”他说。

克洛伊站定了。

他站起身：“我只要求你绝不要和任何人提起我。”他的声音骤然犀利起来。

“什么意思？”

“不要跟人说我认识梅芙。”他走过去，在她面前站定。

“行。”克洛伊大声地倒吸了一口气。他太吓人了。

“好。”他的肩膀松弛了些。

“那梅芙在哪儿？”克洛伊问。她感到树干割破了她身上那件薄薄的棉T恤衫。

他耸了耸肩：“她没告诉我。还有，你也绝不能跟任何人说咱俩的事儿。”

“说什么？你叫我来，我还以为你知道她在哪儿呢。”克洛伊感觉有些不妙，她想走。一猫腰从那人胳膊下钻过去。

那人揪住了她的头发，拽着她往树上靠。他用手指挑起克洛伊的下巴，嘴唇死死封在她的嘴唇上，她说不出话来。眼泪在克洛伊的眼角迅速聚集，如决堤之水，顺着脸颊往下泻。他强把舌头塞进她的嘴巴，使劲吮吸，克洛伊无法呼吸。

克洛伊抬起膝盖，拼命往那人两腿间一撞。那人叫了一声，身子一缩。

“婊子！”

“放开我！”克洛伊尖叫着，拼命扭动身子挣脱开。“我妈知道我在这儿。”

克洛伊一边流着泪，一边开始跑。

那人冲着她喊：“你要敢告诉人，我一定知道。你这个小巫婆！”克洛伊一路狂奔回家。她母亲的车不在车道上。谢天谢地，她赶紧跑上楼，躲进房间。

她拿出刀片，顾不上找合适的地方，匆忙在胳膊上划了一下。

鲜血立刻渗了出来。她跪在地上，扯开上衣和文胸，抬起乳房，在肋上又划了一道。她咬紧牙关，忍住叫喊。

她浑身颤抖着爬上床，把被子一直拉到脑袋上。床上到处染了鲜血，但她管不了那么多了。她需要感受疼痛，她活该，割多少次都不为过。她是自己下作跑过去找他，却没得到一点梅芙的消息。难道他把梅芙怎么样了？

她忘不了那人的眼神，令她害怕至极。

她害怕得顾不上把染了血的床单藏起来。

洛蒂一边等博伊德开门，一边趴在门的印花玻璃上往里看。她能听见博伊德的运动自行车慢了下来。

博伊德开了门："嗨，帕克太太。真是惊喜啊。请进。"

"我有件事要跟你说，出了点情况。"

博伊德往简易厨房走："说。"

"坐下来，好好听着。"洛蒂盯着他说。博伊德只穿了一条运动裤，光着上身。洛蒂能看见他胸部的肌肉，还有几个月前留下的那条几乎致命的刀疤。

"肯定很重要吧？"他说着，拿出两瓶小瓶装的矿泉水。其实洛蒂想喝点烈的，但只好伸手接过水，拧开瓶盖。

"确实重要。穿上点衣服。"洛蒂坐了下来。

博伊德大笑起来，进卧室套了一件白色宽松 T 恤衫。

"说吧，什么事这么着急？"他也坐了下来。

"那个男孩，米洛，晚上跑我家门口来了。"

"谁？"

"就是周一早晨米默莎带着来找我的小男孩。他晚上九点左右竟然出现在我家门口。”

“那他现在在哪儿？”博伊德双目圆睁，几乎有些语无伦次，“你可别告诉我现在还在你家。”

洛蒂点点头。

“你也没联系儿童与家庭部？”

洛蒂没说话。

“你最好给他们打个电话，现在就打。”博伊德说。

洛蒂喝了一口水：“这么晚谁会接电话啊？得了，博伊德，现实点。我明早再打电话。”

博伊德耸了耸肩：“你难不成是希望孩子妈妈来找他？”

“她说不定把孩子抛弃了，”洛蒂说，“唉，我也不知道。”洛蒂放下水。“有没有点正经能喝的？有酒吗？伏特加？啤酒也行啊。”她需要来片赞安诺。她一直在努力戒酒，却不承认把赞安诺当作了替代品。

博伊德没加理会：“那个小男孩，几岁了？跟我多说点情况。”

洛蒂叹了口气：“只有三四岁。自己在门外敲门，克洛伊就把他带进来了。我猜他是走过来的，鞋子脏脏的，头发上还沾着樱花。肯定有人把他带到我家门口，但不知道是谁，为什么这么做。”

“那他妈妈在哪儿？”

“我哪知道。他一直哭，玩具兔也丢了。我觉得米默莎肯定是出了事，而且米洛是逃跑出来的。”

“别夸张了。他怎么会认得到你家的路？”

“我说了，很可能是有人带他来的，也说不定他就真记得路呢。”

“天这么黑，不会记得的。”博伊德咕嘟咕嘟大口喝水，“有人报案说他失踪吗？”

“我打电话问警局了，没有接到报案。肯定哪里有问题。”

“我同意，你也有问题。晚上抓紧把他送去照管机构。”

“不行。至少今晚不行。”一阵尴尬的沉默后，洛蒂换了个话题，“我晚上和简·多尔通了电话，问了第二具女尸的情况。”

“问到什么了？”

“她明早做尸检，不过她说这具尸体跟上次一样，也有一道伤疤。”

“少了个肾？”

“我估计是，但得等到简检查完才知道。越来越吓人啊。”

“天啊，拉格穆林竟然有人到处杀人抢器官。难以置信。”

洛蒂喝完水，站起身：“我要走了。”

博伊德拿起桌上湿漉漉的戒指用手擦了擦。洛蒂笑了。

“什么事这么好笑？”

“你啊。”

“等科里根警司发现你把一个失踪小男孩留在家里过夜的时候，就没那么好笑了。”

“谁会告密？”洛蒂说着往门口走，“你又不是不知道那个部门的情况，他会理解的。对了，我一直想问你——”

门铃响了。洛蒂看了看时间，又看了看博伊德。他耸耸肩。洛蒂打开门。

“你好，杰姬。”洛蒂说。

杰姬·博伊德冷冷地微微一笑，狠狠抽了一口夹在手上的香烟，然后把烟头往台阶上一扔，用高跟鞋的后跟踩灭，迈着裹着豹纹紧身裤的大长腿挤了进来。

洛蒂绕过杰姬，朝车子走。她本想问博伊德下午去山顶干什么，现在她也许知道了答案。

第四十二章

他这是连续第二晚强暴她了，但她并没有崩溃。绝不。她更加下定决心要逃出去。无论如何也要逃出去。

他结束后，重又把她双手捆在背后，推进屋子。梅芙摔倒在地，头撞上了水泥地。她被蹂躏得全身发麻。那人戴着头套，但她已经见过他的脸了。她知道这意味着什么。她在网上看过绑架新闻，没想到自己竟然也中了彩票。

“浑蛋！”她哭喊道，“放我走！”

“今晚很生辣嘛，小妞。”他边讥讽边穿衣服。

“你若是要杀我，怎么还不动手？你这个鸟人。”她瞪着毛线缝里露出的眼睛，“解开我的手，我要尿尿。”

“往桶里尿。”

“去你妈的桶。”她朝他啐了一口，双脚乱踹。

那人从牛仔裤后拔出一把刀，碰了碰她下巴。

“你想怎样？”她顿时泄了气，抽泣了起来。

“快了。很快你就知道了。你时间不多了。”他起身离开，砰的一声关上门。

梅芙仰面躺着，脑袋搁在粗硬的水泥地上，暗暗发誓要活着出去。她母亲肯定已经知道她出了事，除非是喝晕过去了。

米默莎脸上挨了一拳，发出一声尖叫。

那个叫安娅的女人就在她面前站着。又一拳。只听骨头嘎巴一声响，顿时血流如注，米默莎被掀翻到床下。

“婊子，快起来，现在走！”

米默莎挣扎着跪起来，往门口爬。

又一脚踢在她屁股上，她一下子摔进狭窄的走廊。一只黑亮的靴子几乎蹭到了她的鼻子。她被人拽起身来，眯眼一看，是那个歪牙的男人。

那人将米默莎身子一拧，往她脑袋上蒙了一块毯子，扛上肩膀，下楼，出大门，下台阶。一辆车嗡的一声发动起来。她被扔到后座，车子一个急转，快速驶离，把她甩下座位。

那个警察肯定发现了字条，开始四处探寻了，米默莎胡乱地想。关押她的人估计是害怕了。

但她转念一想，心头骤冷。他们现在把她转移走了，那警察岂不是找不到她了？

她也再见不着儿子了。

洛蒂敲了敲克洛伊的门。她刚才从博伊德那儿回来时，好像听见她在屋里哭。

“走开，我要睡觉。”

洛蒂探头进去：“你真没事？”

“没事。”

“好吧，晚安，宝贝。”

“晚安。”

洛蒂关上门，又去偷眼看了看凯蒂的房间。小男孩蜷着身子，凯蒂一只胳膊轻轻搁在他身上。明天她得联系一下福利机构，她心里祈祷科里根不会发现自己把小男孩留在家里过了一夜。

“你把那游戏给我关了！”洛蒂又隔着房门冲肖恩喊。

“再玩五分钟。”

“明天还要上学。”

里边没人应了。

洛蒂回到自己房间，灯都没打开，便脱了衣服。

她换上长T恤衫，躺到床上，闭上眼睛。她有时向上帝祈祷，求主保佑她办案时见闻的那些恐怖，永远不要发生在家人身上。虽然她不信上帝。两个无名女孩，一个死在腹中的胎儿，这会儿正躺在简·多尔的太平间里。梅芙·菲利普仍不知下落。对面屋子里睡着一个受了惊吓的小男孩，她不晓得孩子的妈妈在哪儿。

还有，杰姬回到了镇上，缠着博伊德。

科索沃 1999 年

作为诊所，这屋子算不上干净，毕竟刚打过仗啊，男孩想。

他跟着上尉穿过一扇旋转门，进了一个狭窄的过道。过道尽头有一扇开着的门。

“啊，谢谢你。”一个穿着白大褂的男人从桌子后头站起来，热情地握了握上尉的手，“你从未让我失望过啊。”

“好好取个样本，医生。看看他行不行。鸡场的人见过他，所以他不能失踪，至少现在不能。”

男孩看着医生从钢盘上取了一根注射器，又在他胳膊上捏了捏，等显出一根静脉时，把针头扎了进去。男孩紧闭着眼睛，直到医生把针头拔出来。他再看时，针管里已经装满了血。医生又在他胳膊上打了石膏，令他胳膊肘往上曲着。

“现在怎么着？”上尉问。

“过几天，带他再来。”

两人握了握手，男孩觉得后背被人一顶，便被推着出了门。

他在走廊里看见一个男孩，比他大好几岁，靠着墙单脚立着，抱着胳膊。那男孩一只眼斜着，放下胳膊，做了一个抹脖子的手势。

“别理他。”上尉说。

但他忘不了。

他这辈子都不想再见着那个男孩。

第五天

2015 年 5 月 15 日，星期五

第四十三章

他把她绑在床上，绳子紧勒在她瘦削的手腕上，破了皮，鲜血渗出来，染红了床单。米默莎全身上下，只有腿可以动一动。那人靠窗站着，手里夹着香烟。灰蒙蒙的雨水打在玻璃上，他似乎在眺望黑云笼盖下的天空。

米默莎咽下一口恐惧，开口问道：“你们对米洛怎么着了？”整个晚上，歪牙男一直不停拷问她儿子的情况。他在哪儿？可能会去哪里？她嘱咐她儿子去干什么了？一遍又一遍没完没了地问。但无论他怎么折磨，米默莎都咬牙忍着。让她难以承受的是她心头的痛楚。米洛不见了，而且这帮人也不知道他在哪儿。她多希望能找莎拉问问，但那个瘦小的姑娘肯定也被折磨得够呛。也许莎拉跟米洛一起逃了？她希望是这样，她死死抱着这份希望不放。恐惧顺着脸颊往下淌，她却无法擦拭。

歪牙男转身往烟灰缸走，却临时改变了主意。米默莎屏住呼吸，盯着他捏着通红的烟头往自己脸上凑。她紧闭双眼，不敢看。烟头被摁在柔嫩的脸颊上，米默莎尖声惨叫。

“你儿子到底在哪儿？”歪牙男咬着牙怒吼。

米默莎双耳间一阵剧痛，晕了过去。窗外雷声隆隆。

第四十四章

早上六点三十分，洛蒂被雷雨吵醒了。天空一连打了三道闪电，紧接着一阵骇人的巨响，她的房间瞬间被闪电照彻。她听到一个孩子的哭声。哭声就在家里。什么情况？

“天啊！”她想起来了，急忙从凌乱的枕被间跳下来。米洛。

房门被推开了，凯蒂冲进来，怀里抱着尖叫的小男孩。

“妈妈，怎么办？他被吓到了。”凯蒂的脸煞白煞白的。

“给他做早餐吃吧，”洛蒂说，“我几分钟就下去。”她说着，走进淋浴间，三下五除二冲了个澡，擦干身子，到处找衣服穿。房间太乱了。

七点钟时，米洛不再哭闹了，吃了一碗玉米片。暴雨似乎过去了，但雨还在下。洛蒂看了看钟。她八点要去塔拉莫尔看尸检，能来得及吗？

屋门被打开，罗斯·费茨帕特里克迈步进来，身上的透明雨衣往下滴着水。她把一盒牛奶、一条面包放在桌上。面包的包装纸已经有些蔫了。凯蒂一见外婆，便逃去楼上了。

“这小孩是谁啊？”罗斯冲米洛点了下头。

洛蒂心里嘀咕，这得怎么解释给她母亲听啊。

“说来话长。跟案子有关系。”

“你又干了啥？”罗斯抱起胳膊问。

“没什么，我会处理的。”

“你总这样。”罗丝语调锋利。

洛蒂在米洛脑袋上揉了一把，把他抱了起来。罗斯把牛奶放进冰箱。洛蒂把米洛换到背上，准备带他上楼，还交给凯蒂。“我要迟到了，谢谢你过来，不然我还真忙不过来。不过也不用来这么早。”她往门口走了两步，又说，“对了，穆塔夫太太有没有告诉你菲利普家的事？梅芙的父母。”

“只是说那个弗兰克带着赃款逃去了西班牙，梅芙很小的时候，就跑了，”罗斯说，“丢下翠西一个人抚养孩子。那什么，把他交给我吧，小可怜。我先照看他，你找妥了安置的地方再说。”

“你确定？”洛蒂放下了孩子。她很惊讶孩子竟然很温顺地坐在母亲的腿上。“谢谢你。”

“我等会儿再吸下地，”罗斯边抚摸着米洛的头发边说，“你上次打扫卫生是什么时候？”

洛蒂没吭声。她上次打扫卫生是久远之前的事了，她连吸尘器放哪儿了都不记得。

洛蒂坐进车，打电话给警局，把专案组会议改到十点。她一边在升腾的水雾中一路疾驰，一边琢磨如何安排今天一天繁忙的事务。

雨刮器拼命抵御着大雨。她驶离高速时，电话响了。是克洛伊。

“我今天不能去上学了。”

一阵雷鸣在车前炸裂。

“为什么？不舒服吗？”

“我好像发烧了。”

“那就躺着休息吧。”洛蒂懒得多问，又说，“外婆在家里，有事情叫她。”

“我知道。她拿着吸尘器在家到处乱转，跟骑着扫把的巫婆似的。”

竟然被她找到了。洛蒂大笑起来：“描述得很生动啊。”

“还有，”克洛伊说，“别忘了肖恩今天要看医生。”

洛蒂在太平间的停车场泊好车，暗叹生活不易。

她顶着大风，往太平间门口跑，温暖的雨水砸在她脸上。她竟然忘了穿外套。

大量的防腐剂和抗菌剂也遮掩不住太平间的气息。虽然太平间里的瓷砖和不锈钢都消了毒，但仍旧弥漫着刺鼻的氨水气味。

“唉。”洛蒂戴上手术口罩，又在湿漉漉的衣服上套上一件大褂，“太憋屈了。要是能确认受害人身份，案子就有个抓手了。现在不知道身份，就没线索，也没办法锁定嫌疑人。”

“我觉得这个受害人也有同样的问题啊。我就不跟你转医学术语了，这个女孩死了四天左右，因为天气很热，所以没法精确判断时间。我会再检验尸体上的丽蝇和幼虫确认下。我估计死者年龄在十八到二十五岁之间，除了我跟你讲过的伤疤，身上没有明显的文身或标记。这个也是营养不良。”

洛蒂站得远远的，看着简和她的团队忙活。她聚精会神地看简用一个装置详细检查受害人衣服的状况。蓝色棉上衣，黑色百褶窄短裙，没穿打底裤，脚上也没鞋。

“衣服完好。”简在上衣上没发现弹孔。受害人没戴胸罩，下身一条棉质白短衬裤。

“内裤穿反了。”简说。她的一位助手把衣服装进袋子里，贴上标签。

“混账凶手先脱光她衣服，开枪杀了她，又重帮她穿上衣服，”洛蒂说着，用戴着手套的手在另一只手上狠狠击打一下：“你能确定伤口被洗过吗？有没有证据表明有性侵？”

简点点头。

“第一个受害人身上的苔藓的化验结果有了吗？”

“我一拿到结果就会发给你。还有，不用你提醒，我也会检查这个受害人身上有没有苔藓。”

简把尸体翻过来侧躺着。

“子弹直接穿过身体，从背部射入，腹部射出。看上去应该是洗过。你要是找到犯罪现场，说不定还能找到子弹。”简一边说一边继续检查生了水疱的尸体。

洛蒂想，要是水疱裂了，一屋子人会被淹没在恶臭里。她突然意识到自己在屏住呼吸。

“射杀地点有没有可能是威尔的院子？”洛蒂问。但她又想起来，尸体发现地虽然离院子不远，但那里并未发现子弹。

“我们会化验院子里采集的血液，再对照这个女孩的DNA，结果会告诉你的。”

“多谢。”洛蒂知道结果说不定需要等好几个星期。

简指了指女孩身上的伤疤："跟第一个受害人相似。我敢肯定，肯定也少了一个肾。"

"你觉得是多久之前摘除的？"

"看起来比上一个要晚一些。在我看，缝合也很好，手术很专业。"

"凶手是医生？"

"我认为，做手术的是医生，或者受过医学训练，但不代表凶手是同一人。"简仔细查看受害人的腿，"这女孩是个自割人士。"

"自割人士？"

"自我伤害，"简解释道，"伤口在大腿内侧。虽然腐烂了，我还是能大概看出一些旧伤疤。"一位助手拍了几张照片。

简又开始检查尸体内部，洛蒂看得很仔细。简提起受害人的左侧乳房，面露犹豫，喊助手过来看。

"这是什么？"洛蒂伸长了脖子看。

"乳房上似乎有一道很深的伤疤。可能是刀伤。"简用手指着说。她又看了看另一侧乳房，"一样，可能是自残。"

"为什么要这么伤害自己？肯定是饱受折磨才这么干的吧？身边的人肯定会知道情况的。"

"很容易隐藏的。"简说。

"但她家人不知道吗？"

"谁知道她有没有家人啊。"

洛蒂沮丧地摇摇头。

简又说："有时候，应对感情痛苦的唯一办法就是让自己肉体痛苦，有些情况下会导致自杀，不过这个女孩是被害的。"

洛蒂觉得喉咙一阵发苦，她待不下去了。

“你还好吗？”简抬起头问，手里还擒着手术刀。

“把报告发给我吧。”洛蒂脱下长褂和手套，塞进工作人员拿过来的容器。

“没问题，你自己保重。”简说。

洛蒂脚下硬忍着，才没有拔腿往门外跑。她不怕看得见的伤疤，她受不了的是看不见的伤疤。

她刚到警局门口，便听见里边的喧哗。

“你终于来了！”翠西·菲利普从前台冲过来，“梅芙在哪儿？你怎么还没找到？我担心得要命。她现在该回来了……”

“菲利普太太，翠西，”洛蒂边说边抓住妇人的胳膊，把她往一旁的凳子领，“你先坐下。”

翠西把胳膊挣脱出来，双手扶在屁股上：“我不要坐。我要我女儿。”

“我们正在尽我们所能找她。”洛蒂甩了甩头发上的雨水，把T恤衫从湿漉漉的牛仔裤里拽起来，拧出一把水。

“是吗？那她人在哪儿啊？你们问过我那个不中用的丈夫吗？他在太阳海岸爽呢，跟各种罪犯混在一起。他该坐班房的。”

妇人嘴里陈腐的酒精味儿让洛蒂有些受不了：“跟我来吧，”洛蒂说。她输入密码进了内门，把翠西带入一号问询室：“请坐下吧，翠西。”

“我只想找到我的梅芙。”翠西把潮湿的布料手包扔在桌子上，坐了下来。洛蒂拉过一把椅子，在她旁边坐下。

“我们试着联系你丈夫，”她说，“但没联系上。不过，我相信他跟梅芙的失踪没关系。”洛蒂一心想安慰这个女人，但心里感到奇怪，她为什么突然这么着急了呢？翠西·菲利普这个当妈的过了五天才注意到女儿失踪，这会儿怎么突然就跟发了疯似的。

“我不觉得。”翠西说。

“你知道什么情况吗？”

翠西往后一靠，双手发抖，嘴唇打战。

“昨晚有人来找我。”

“你丈夫，弗兰克？”一股脏臭的气息袭来，洛蒂不自觉扭了扭身子。

“那个混账是打死也不肯离开那个快乐窝，还有那些傻美妞的。哪怕是为他亲生女儿也不肯。”她拽了拽松散的头发，“你听说过杰米·麦克纳利吗？”

洛蒂心里一惊，但尽量不露声色。

“听说过这个人。”她一副云淡风轻的样子，“他去你家了？”

“对。我正准备上床睡觉，他跟个鬼似的在外面使劲敲窗户。”

“你怎么认识麦克纳利的？”洛蒂问，“他找你做什么？”

翠西犹豫了一下：“我……我不认识他，但我那个在西班牙混的二流子丈夫认识他。”

“继续说。”

“肯定是他叫他过来打听梅芙的事。”

“弗兰克叫杰米·麦克纳利来问你梅芙的事？”

“你有没有在听啊？”

洛蒂心里开始琢磨。他们知道麦克纳利在镇上，但一直没找到他人。不料翠西却提供了一条有价值的线索，说明杰米·麦克纳利、弗兰克·菲利普，还有她失踪的女儿之间有关联。

“翠西，我们知道你丈夫有案在身，你自己也知道。”

“是，我知道他是逃犯，我恨他入骨。但我要找我家姑娘，她早该回家了，要不是……”

“要不是什么？”

“没什么，我只想要她回家。”

“弗兰克干的事跟梅芙的失踪有关系吗？”

翠西缓缓地摇了摇头：“说实话，我不知道。”

“麦克纳利说什么了？”洛蒂问。这会儿翠西已经冷静了不少。

“那个鸟人，人模人样的，穿着一身黑西服，打着领带，搞得跟正经生意人似的。头上抹了一桶发胶，后脑勺上还吊着根马尾辫子。胡说八道的蠢人。他说弗兰克让他来看看梅芙有没有事儿。”妇人说着抓住洛蒂的手，“我姑娘到底出了什么事儿？”

“我向你保证我会查到底。”洛蒂拽出手，心里想着要不要做个正式笔录。

翠西开始翻手提包：“抱歉，我得喝一口。我想忍住的，但麦克纳利把我吓了个半死。我本还以为梅芙只是离家出走，现在我真是不知道出了什么事。”

我知道那种感觉，洛蒂心里说。

“你觉得麦克纳利可能知道梅芙在哪儿吗？或是否被绑架了？”

“绑架？不。他只是想知道你们这伙人在干什么，有没有从家里拿什么东西。我怕他，所以他要进梅芙的房间看看，我也没拦着。”

“他看完之后说什么？”

“他只说，梅芙像她爸爸。”

“他什么意思？”

“意思是她喜欢奢华。还记得你们问我的那件蓝裙子吗？他拿走了。”

“天啊，拿去干什么？”

“我不知道。我甚至都不知道那裙子梅芙是从哪儿弄来的。”

洛蒂盯着翠西·菲利普看，这妇人浑身发抖，但眼眶干干的。“你什么都可以告诉我。我保证除了我和我的同事之外，不会有其他人知道。”

“你什么意思？”

“究竟有没有什么线索，可能帮我找到梅芙？”

“督察，你有孩子吧？”

“我有。”

“你敢说孩子的事你全知道？”

洛蒂沉默了一会儿。

翠西说：“我整天喝酒，我承认，所以我女儿有很多事我不知道，还有些事我可能不愿意知道。但我敢肯定，我家梅芙不会出走。我要是你，肯定会去找我那个浑蛋丈夫。就算他不知道梅芙在哪儿，也肯定清楚谁会知道。”

翠西走后，洛蒂跑到地下室，冲进更衣室。只有五分钟就要开会了。她脱下湿漉漉的T恤衫，找一件干净的穿上，换完衣服，往门口走。

她听到房间另一头有动静。她多希望办公楼的装修能早日完成，这样能多点隐私。男女共用的更衣室真是糟糕。她抬眼一瞧。

博伊德正在解开衬衫的扣子。

“你在干吗？”洛蒂靠着门，抱着胳膊问。她想起昨晚杰姬去了他公寓，他会告诉她杰姬是为了什么去的吗？估计不会。她也不会问。

博伊德套上一件干净的衬衫：“你难道看不出来？被大雨淋了呗。”

“杰姬还好吗？”她怎么就忍不住呢。

“我怎么知道？”

“在她身上吃了那么多苦头，你总该知道她不是你的菜了吧？”

“你现在是婚介吗？她跟我结婚那会儿，就是我的菜啊。你又怎么知道我喜欢什么菜？”

他说得没错。她自己又懂个啥？但她停不下来：“我只是不想见你出洋相。杰姬跑回拉格穆林，装出个可怜楚楚的俏模样，你就又跟她上床了。”她放下胳膊，把手塞进牛仔裤口袋。

博伊德咣当一声关上柜门，转身对着她：“洛蒂，你不是我妈，先当好你自己孩子的妈。”

她走开几步，张着嘴巴：“你……你怎么能这么说？”

博伊德肩膀塌了下来，用手抓住她胳膊。

“对不起，你知道我不是那个意思。我刚才有点窝火——”

“别找借口。”她挣开胳膊。

“我给你弄杯咖啡。”博伊德逃上楼，往简易厨房走。

“马上开会，”洛蒂冲着他后背喊，“你给我按时到。”

第四十五章

梅芙感觉皮肤像旧毛巾一样贴在身上。她想翻身侧躺着，但疼得动不了。胳膊很沉重。她用手摸了摸身下，不是地板，是冰冷的床单，湿漉漉的。她躺在一张床上。她抬起手，手上沾了血，一股铜味，腐蚀的金属气息。是自己的血吗？

她转头看了看，四周是坚实的墙壁，光秃秃的。没看见窗户，也没有家具。天花板中间有一条荧光带，投下弱弱的黄光，无力驱走房间的昏暗。她这是在哪儿？

她小心地抬起头，看了看身子，裸着，连内裤都没穿。她抬起虚弱的手指，本能地想遮挡一下，不料一阵剧痛射穿整个身体，她疼得尖叫，嗓子里却只能发出暗哑的哭泣。

她试着轻轻摸了摸爆发出疼痛的地方，沾了一手黏湿的东西。她咬紧牙关，才没有叫出声来。

她的腹部横了一道伤口，呈弧形划过盆腔，鲜血沿着耻骨蜿蜒流至双腿间。一扇门镶板里的彩色玻璃反射出三角形的光亮，在她眼前晃悠，又扩散成上千个萤火虫，在黑暗中飞舞。

她想保持警觉，提防那个绑匪。他到底对她干了什么？

我想回家，她发出无声的叫喊。那亮光旋即消失，只有一道长长的黑暗。

第四十六章

全组人员在专案室集合。洛蒂很高兴科里根警司打电话请了一天病假，但希望他身体没有大恙，科里根一整个礼拜面色都不好。科里根不来，至少不用跟他汇报米洛的事情。

洛蒂背对案情分析板站着，面对组员，大家满脸期待地盯着她。她要介绍的情况，其实大家都已经知道，但她要问的问题，却仍旧没有答案。她指着第一个受害人的相片，开始陈列案情。

“周一，桥街发现第一具女尸，埋在马路下。是一个叫安德列·彼得罗夫齐的水管工人挖出来的。根据尸检结果，我们知道受害人死前被脱光衣服后遭枪杀，伤口被清洗后再穿上衣服。凶手为什么要这么做？”她看着一个个聚精会神的脸庞。“控制欲？权力欲？”

“因为他能。”博伊德说。

“清洗掉证据？”林奇说。

洛蒂说：“凶杀埋尸的街道，承包商才挖开没几天，他知道工人会再回来吗？如果是，他这是希望尸体被发现。为什么？”

“受害人怀孕四个月，年龄约在十六岁到二十岁之间。病理专家说看她骨架像是东欧或巴尔干半岛的人。指甲缝里发现苔藓，但没发现 DNA 印记。她死前十二个月内被摘除了一个肾。这条消息不得透露给媒体，明白吗？”

大家纷纷低声应承。

“受害人肋骨有一颗子弹，但弹道分析结果还没出来。”

“林奇探员，请你跟一下。”

林奇一边记录一边点头道：“好的，头儿。”

“我们不知道受害人是谁，生前住哪里，我们只是怀疑她来自退役军人丹·罗素经营的直接救济中心。我们目前掌握了一些他的情况，但我需要你再挖深一些，尽可能多找罗素和这家机构的线索。”

林奇说：“我会的。”

“权力欲和控制欲，”博伊德说，“退役军官。有意思啊。”

“慢慢瞧。”洛蒂靠着案情分析板，心里盘算接下来还要说什么。她决定说米默莎。

“星期一早晨发现尸体前，一个叫米默莎的年轻女人带着她儿子赶在我出门前到我家找我，她交给我一封信，大意是她朋友卡崔娜失踪了，而米默莎也需要人帮她逃跑。但从哪儿逃跑，我不知道。我们迄今也不知道这个卡崔娜是不是受害人之一。我们查了这个名字，没有结果。我现在也不知道米默莎人在何处。”她决定不提米洛昨晚来家里的事，“但大家在查案时始终要记住，这些事情相互之间或许都有联系。”

大家依然期待地盯着她。洛蒂喝了一口水，继续说。

“周二，在鲍勃·威尔废车场的后墙上发现一个弹孔，附近的地上发现血迹。但弹道分析报告还没出来，实验室也没出血液分析结果，不知道是人血还是兽血。柯比，你催催他们。”

“每天都在催。”

“每五分钟催一次。”

“行，头儿。”柯比哼哼道。

“星期三。我们接到报案，一名十七岁少女，名叫梅芙·菲利普，家住芳醇街，失踪了。是她母亲翠西·菲利普报的案。梅芙的父亲就是逃犯弗兰克·菲利普，如今藏身之处不明。据我们所知，最后一次有人见到梅芙是上周五，一个星期之前了。我们问过她朋友，也在社交媒体以及全国电视台发了公告。迄今没有消息，有可能遭了绑架。我必须说一句，梅芙的母亲不是一名可靠的证人，她说的话基本不能信。

“星期四，库伦街发现第二具尸体，情况和第一个受害人相似，也是埋在马路下，死了四五天。发现人是安德列·彼得罗夫齐，第一个受害人也是他发现的。”

“一号嫌疑人？”博伊德问。

“我们审过他，也取了口腔液体做 DNA 检测，目前没有证据拘捕他。”

“他肯定脱不了干系啊，先后发现两具尸体，不奇怪吗？”博伊德踱着步说，“他的不在场证据靠谱吗？”

洛蒂紧捏着拳头，忍住了，没叫他坐下来。就让他晃悠吧。

“彼得罗夫齐一个人住，他说他每晚都在家。今天早晨我去找了病理专家简·多尔，她还没完成尸检，但可以确认第二个受害人腹部也有疤痕，所以她认为也被摘除了一个肾，疤痕比第一个受害人的要新，估计是六个月前留下的。我再说一遍，我不希望在网上或任何地方看到对这条信息的报道。清楚吗？”

“必须的。”博伊德说。

洛蒂继续说：“伤口缝合很专业，所以可能是正规医生做的手术——”

“或者当医生的人。”博伊德插了一嘴。

洛蒂用指甲抠着手心，努力隐忍着：“大家在考虑谁是嫌犯时，得记住这一点。”

“我们现在连受害人的身份都还不知道，怎么锁定嫌疑人啊？”博伊德说。

洛蒂摇了摇头，这个会开得实在不顺啊。好在科里根不在。

“刚说到哪儿了？第二个受害人，子弹从背部射入，从胸前往下一点穿出。弹道分析会确认使用的武器是否与第一个凶杀案相同。我相信是的。这个女孩年龄在十八岁到二十五岁之间，也是营养不良。但有一个细节与第一个受害人不同。”

屋里一阵低语。

“她身上有很多伤疤与割痕，可能是自残所致。我还在等简·多尔确认，今天晚些时候就会知道。”

洛蒂又喝了一口水，继续说。

“总结一下。两具尸体都是安德列·彼得罗夫齐发现的，此人受雇于水管承建商。我确认过，全国各刑事犯罪监视的名单上都没有他。我们已经封锁了库伦街，正在搜查，威尔的院子也是。库伦街一名叫威利·弗林的居民跟柯比探员说这条街道周一晚上或周二早晨封闭了一段时间，他看见有人开一辆白色面包车捡封路的标识牌。”

柯比接过话茬儿：“鲍勃·威尔雇来巡逻那个片区的保安公司没有那辆面包车。”

“两个女孩的埋尸地点都是镇子后面的街下，人稀车少，夜里容易封锁起来，人们已经习惯了没有提前通知便封路，所以见怪不怪了。但我们需要搜查后门开在这两条街上的各商家的监控录像。柯比，还是交给你。”

柯比点点头：“监控都不中用，不过我会再查查。”

“失踪人员数据库里没有符合两名受害人特征的，所以两个女孩都有可能是直接救济中心的人。我们去见过丹·罗素，给他看第一个受害人的照片时，他说不认识。但博伊德探长问他米默莎的时候，他虽然嘴上说不认识，但我们察觉他可能撒了谎。所以罗素到底在玩什么把戏？他在隐藏什么？林奇探员，请你查得再紧一些，我急需了解对手的情况。”

“我正在尽力查。”林奇答道。

“我们有足够证据申请对直接救济中心的搜查令吗？”柯比问。

“目前只有怀疑，”洛蒂说，“还有一件事值得注意，杰米·麦克纳利回到拉格穆林了，我相信你们也都知道了。根据我们所掌握的最确切的线索，他是上周三入境的，之后便开始陆续发现尸体。有点意思吧？”她指了指钉在案情板上的麦克纳利的照片，又斜眼看了一眼博伊德。

“如果是他的话，动机是什么？”博伊德问。

“我不知道。两宗凶杀或许和他没有任何关系，但昨晚麦克纳利去找了梅芙·菲利普的母亲，还拿走了梅芙房间衣橱里的一件昂贵的裙子。我们已经查清那件裙子是网上买的，四月五号寄到梅芙家的地址，但不知道是谁买的，也不知道杰米·麦克纳利为什么要拿走裙子。不过根据线索，麦克纳利和弗兰克·菲利普，也就是梅芙的父亲，是一伙儿的。这和凶案有没有关系？”洛蒂故意等了一会儿才继续说话。

“博伊德探长，你查一查吧。我相信你有能提供帮助的熟人。”

博伊德放下胳膊，两手攥成拳头，看起来不喜欢这项任务。你活该，洛蒂心里说。屋里升起一阵低语。

“有什么问题吗？”

林奇站起身来：“我觉得这个安德列·彼得罗夫齐是头号嫌犯啊。”

洛蒂想了想，“除了麦克纳利，或许还有罗素，他算是唯一的嫌疑人了。但问题是，如果那两人是他杀害的，为什么又把她们挖出来呢？”

“为了招人注意？”林奇说。

“没道理啊。两起凶杀以及尸体处理的细节都显示凶手是个控制狂。他不像这类人。不过，他发现尸体时，就已经污染了尸体，所以他的 DNA 很可能没什么用。”

“他这么就脱钩了也太容易了吧，”林奇说，“我跟他谈过两次，他肯定在拿语言障碍当挡箭牌，防止我们深挖。”

洛蒂想了想。她一般看人很准，但对安德列·彼得罗夫齐还真是拿不准。她当时为什么要找他翻译米默莎的信呢？重大失误？希望不是。

“好吧，”她不再坚持，“你看看能查出他什么情况来，到时候把他再找来一次。还有别的吗？”

“这个凶手是怎么选埋尸地点的？”

“他似乎知道承包商的施工安排。”林奇说。

“市政厅网站上挂着呢。”柯比说。

“什么？”洛蒂问。

“交通管理那一栏，网上有。上面会提前一周说会在哪里施工。”

“这条还是指向彼得罗夫齐啊。”林奇说着把笔插进马尾辫里。

“我都说了会再找他问话。”洛蒂知道自己有点镇不住场子，“有人能从司法部搞到直接救济中心的暂住人员名单吗？”

“我找人给我邮箱发了一份名单，”林奇说，“费了不少功夫。这个机构是罗素名下的私营企业，但司法部还是给我发了。”

“他们可能觉得他没有违反规定，但我不是很信。我们需要仔细过一遍名单。”

“我搜了搜，名单上没有叫米默莎或卡崔娜的。”

“这是否说明罗素是清白的？”博伊德问。

“才不是，”洛蒂说，“他难道不能有自己的非官方名单？”

“他为什么要这么做？”柯比站起身来，拍了拍衬衣的口袋，找雪茄。

“目前还不知道，但如果他要隐瞒什么的话，肯定会这么干。”

博伊德说：“我们也不知道他是否真有什么要隐瞒。”

“如果有，我得查个水落石出。”

洛蒂又花了几分钟时间回顾了一下前面说的细节，指派了一个专门小组去查梅芙·菲利普的失踪案，然后大家就开始叽叽喳喳，一边摇着脑袋，一边各自回到工作岗位上去了。

洛蒂心里有一件事，令她无法释怀。她没跟大家说米洛的事。如果有下属知情不报，她肯定不高兴，可她自己却在明知故犯。幸好博伊德没说什么，但她知道这件事得赶紧跟进处理。

“你之前是不是说有咖啡？”她从博伊德身边走过时来了一句。

第四十七章

“我之前说了错话。”博伊德边烧水边说，“我已经说了对不起。但你竟然影射我知道麦克纳利的事，有点不厚道啊。”

“我也抱歉。现在我们知道麦克纳利昨晚去了梅芙·菲利普家。”她又解释了一遍。没必要跟唯一甘心听自己抱怨的人较劲。

“对，受女孩父亲所托。”

“杰姬昨晚去你那里时——”洛蒂边用勺子从罐头里舀已经硬实的咖啡边说，“有没有提起麦克纳利？”

“没有。”他倒了开水，“她一来我就请她走了。”

“那你准备怎么调查麦克纳利？”

“你准备怎么处理那个小男孩？”

“滚！”洛蒂咧嘴说。

“我哪天滚给你看。”博伊德说。

两人端着咖啡回到办公室。博伊德黑着眼圈，手里握着黑咖啡，一屁股坐在洛蒂的桌沿上。洛蒂在翻一份文件。博伊德把手放在洛蒂的手上。

“洛蒂？”

她抬头见博伊德满脸严肃。

“儿童与家庭部，你联系了吗？你有号码。”

她叹了口气：“还没。”

“唉——”

“你先听我说。男孩说不定知道点情况，如果把他送进福利机构，就联系不上了。我需要点时间。我们有这么多文档工作要干，与此同时，可以盘问盘问他。”

“盘问他？问什么？他不过是个三四岁的孩子，妈妈还不在身边。你现实点吧。”

洛蒂猛地站起身，胳膊肘撞到博伊德手里的咖啡，咖啡洒到他的白衬衫上。他赶紧一步跳开。怕烫，还是怕她？

“对不起！”她说。

“我就剩这一件衬衫了。”

“听着，博伊德。”洛蒂把一只手放到他胳膊上。博伊德并不看她，只顾擦痕渍。洛蒂放下手，“他确实不到四岁，但他只来过我家一次，就能找到路。他肯定住在镇上，很可能就住直接救济中心。他母亲当时来找我求助，我没太上心，但我现在觉得她是真遇上了麻烦。”

“你准备怎么做？”博伊德停下手，“把孩子留家里？那是绑架啊。”

“你知道你该干吗吗？”洛蒂拿起包，推开他往外走。

“滚蛋？”

洛蒂冲他笑了笑，但还是把门关得咣当响。就算没有博伊德帮忙，她也要查清楚米洛为什么会到她家来。她的直觉告诉她，米默莎有危险。她知道自己的直觉从不出错。呃，是很少出错。

洛蒂站在过道里，深深地呼吸。她听见身后办公室的门开了，感觉是博伊德。

“你真觉得他们住在罗素那鬼地方？”

“我不知道，但这是很合理的推测。那地方离得近。米默莎是走路到我家来的，而且我还看见她在马路尽头和另一个女孩会合。”

“什么女孩？”

“我隐约记得，个头小小的，皮肤黝黑，但不太确定。”

“要不要给米默莎建个失踪人员档案？”

“怎么建？我什么都不知道。我需要细节，需要她的照片。我甚至都不确信她是不是真失踪了。”

“你可以问问那个在直接救济中心干活的奥哈拉。”

“别傻了。如果他们确实是那地方出来的呢？”洛蒂说，“直接救济中心离我家走路都能到，对一个三四岁孩子而言不算难事，他完全可以一个人或者被人领着从运河那边抄近路过来。而且运河边上到处是樱花树。”她说完便走。

“昨天下那么大的雨，到处都是樱花。你现在去哪儿？”

洛蒂只顾往前走：“去找丹·罗素继续磨。”

“洛蒂……”

“干吗？”

“还记得你告诉过我警司前几天跟你说了什么吧？叫你小心点。”

“博伊德，你耳朵有问题吧？”

洛蒂说完便往楼下跑，听见博伊德在楼上拿拳头捶墙。

第四十八章

“来包二十少校。”博伊德说。他急需抽根烟。洛蒂今天算把他惹恼了。他打开钱包，取出银行卡递了过去。

“抱歉，”店员说，“香烟和乐透只收现金。”

“真的？”

“对。银行手续费啊，你知道的，付不起。”

博伊德叹了口气，从钱包里找出一张十镑的，又数了数零头，掏出来。他分明记得钱包里有一张五十欧元的，现在没了。

他把香烟揣进口袋，正要合上钱包，瞥见一张白布条从钱夹子里探出头来。

店员找回十分的零钱，他摆了摆手，表示算了。他边往警局走，边拆开香烟，又想起那个布条，便取出来看。

“马库斯！终于等到你了。”

只见杰姬正靠在警局阶梯的栏杆上，太阳照在她脑后，在光线的笼罩下，她像一个幽灵。

“什么事，杰姬？”他说。

“昨晚闹得有点不愉快啊，你竟然把我推出来，当着我的面关上门。不地道啊，马库斯。”

“能不能麻烦你别再那么喊我？你要怎样？”

“跟你聊两句。”

博伊德抓住她胳膊，把她从警局拖开，一句话也不说，领着她往运河桥边走。他不想她说的话被人听见。

博伊德终于停下脚步，倚着桥站着。

“我真庆幸今天穿了平底鞋。”杰姬说。

博伊德盯着桥下混浊的绿水，觉得自己的内心也很混浊，而且还很幼稚。他不喜欢这种不知所措的感觉，但杰姬似乎总能让他不知所措。他看着她，一丝欲望不禁掠过心头，尽管她让他受了百般委屈。一切都结束了，他不停提醒自己，结束了。

“我没时间跟你耗，快点，你想说什么？”

“我得先提醒你……”她开口说道。

“提醒我什么？”他转过身来对着她。他知道杰姬这个人只会为自己着想。

“我想说杰米。”

“他怎么了？”

“他很危险。”

博伊德仰头大笑：“哈，杰姬，拜托说点新鲜的。”

“你还敢笑我，马库斯。我近来发现一些情况。我昨晚去就是想告诉你来着，前晚也去了，但你不在。有些事情你需要知道。”

杰姬用手去碰他的胳膊，博伊德不禁一颤。他抽开胳膊，把手塞进口袋里，这下安全了。

“我等着呢。”他说。

“能不能去别的地方谈？喝一杯，像两个成年人一样聊聊？”她说。

博伊德从她身边绕过，举着手，往后退。“你是在跟我玩把戏吗？我不喜欢这样。我觉得你根本就没什么要说的，所以，我现在回去上班了。”他抬脚就走。

“他在走私。”

“唉，这我早知道。麦克纳利打会走路起就开始染指枪支毒品。”他回过头说。

“但现在是贩卖妇女，女孩。”

博伊德停下脚步，转过身，盯着杰姬瞧。他耸了耸肩，实在搞不懂他这位准前妻。

“贩卖人口？麦克纳利？我知道他干很多非法勾当，但贩卖人口还不至于吧？”

“我知道啊，所以我才吓得要死。”

博伊德又往回走：“你为什么要告诉我这些？”

“我要离开他，你得帮我。”

“你总有个后手。”

“你会帮我吗？”她忽闪着睫毛，像个装大人模样的小女孩。

博伊德很想拒绝，他知道杰姬是个麻烦精，但还是点了头。

“我现在很忙，回头再跟你说，你把号码留给我，我会发短信给你。”

博伊德虽然对杰姬有看法，但还是不得不听她说。他得搞明白杰米·麦克纳利回拉格穆林到底要干什么。他这是出于对工作尽责的态度，并非为了杰姬。不过，如果杰姬真的很害怕，他估计自己也会帮一帮她。

“别忘了。”她拿出笔，在他的笔记本里写下自己的号码，又往他脸上贴了一个吻，便匆匆上桥走了。

博伊德看着她的背影。他这是在干什么？这是在学洛蒂吗？而且是一头扎进去。他知道他难免会湿鞋，只希望别淹死。

第四十九章

深蓝色的天空积着沉甸甸的雨，漆黑的云低低地垂着，洛蒂走进旧军营的大门。

她一边往罗素的办公楼走，一边不禁感叹。自从不再驻军之后，这些建筑已然变得如此破败。人行道旁的沟里靠墙摆放着害虫箱，隔几米就能见着一个。人行道的柏油和石子的缝隙间杂草丛生。

一群女人围在户外厨房的门前。好极了，洛蒂想，终于见着人了。她们说不定能说点英语。她朝她们走过去。

“督察，这边请。”

丹·罗素立在办公楼的门口，身穿深蓝色卡其布裤子，白衬衫，配一条深蓝色领带，相比之下，洛蒂身上的T恤衫和旧牛仔裤就显得很不起眼了。

洛蒂心想是直接冲过去盘问，还是听罗素的话？正犹豫间，那群女人已经进了厨房，由不得她了。

“我能进去看看吗？”她问。

罗素走了过来。“当然，”他说，“跟我来。现在里边在做一个很有意思的项目。”

洛蒂注意到罗素的表情明显放松了下来，挂上了灿烂的笑容。很明显，他不希望自己擅自找那些女人攀谈。两人穿过正方形的院子，往户外厨房走。她记得亚当在时，这栋建筑是士兵餐厅。洛蒂发现沿着外墙竟摆着更多害虫箱，便问：“你们这里闹害虫吗？”

“对，不过没有鸡场害虫问题大。”

“鸡场？我好像在哪儿听过。”

“科索沃的营地。那地方太糟糕了。”

罗素推开门，领着她进了餐厅。

洛蒂四下打量。墙上贴着海报，天花板上的油漆也剥落了。她和亚当以前经常晚上来玩，但这里已然不是她记忆中的样子了。当时有个大大的旧壁炉，男人们三三两两地聚在一起打台球，有几个天天泡在吧台，互相吹嘘执行维和任务时遭遇过什么样的狙击火力。她喜欢当时的氛围，那是浓浓的战友之情。这一切如今已不复存在。

罗素领着她来到主功能厅。一排排桌椅整齐划一，靠着其中一面墙的几张桌子上摆着四台电脑。洛蒂数了数，有十个穿着校服的女学生。女学生来这里干什么？教那些妇女英语？女孩们坐在桌边，每个人身旁都坐着一个妇女，认真学习面前的书本。一名少妇靠着侧壁坐着，无所事事地翻着一本杂志。洛蒂好像记得她是克洛伊学校的老师，便要走过去跟她说话。一个男人在电脑前辅导一名妇女，此时转过脸，站起身来，挡住了她的视线。

“你好。”他说着走上前来，伸出手。洛蒂握了握，觉得那只手没有丝毫温度：“洛蒂·帕克督察。”

“我是乔治·奥哈拉。”他说。

“很高兴认识你。你能跟我介绍一下她们在做什么吗？”

“语言课堂。”

“你是辅导老师吗？”洛蒂问。乔治·奥哈拉比她预想的年龄要大些，估计三十岁出头。一头板寸，身上穿着跟罗素很像。是不是什么制服？他脚上蹬一双褐色皮鞋，没穿袜子，露出黝黑的脚踝。洛蒂心想，总比柯比的露趾凉鞋好。

奥哈拉看了一眼罗素：“对，我是。目前是兼职。”房间那头一阵骚动，洛蒂转眼去看。

艾米莉·科因抖着一头鬈发从座位上跳起来。

“你好呀，帕克太太。”艾米莉把眼镜往鼻梁上推了推说：“克洛伊明年做的也是这个项目。”

“就是你上次提的项目？”

“对啊，棒极了。我们教英语呢。”

“这项目不寻常啊。”

“新项目。你可以问史卡利小姐。”她指了指那位一脸无聊的老师，“好玩极了。这些妇女都好有故事，我以后要把她们的奇遇写成书。”

丹·罗素往艾米莉和洛蒂中间一插：“我不觉得她们的经历算奇遇啊。”

他这是要叫艾米莉走开吗？洛蒂心里想。

但艾米莉不管不顾，根本停不下来：“乔治很棒。我真希望他能去我们学校教书。”

“你真会说话，艾米莉。”乔治一边说，一边用手轻抚着艾米莉的胳膊。洛蒂一惊。这是什么课堂啊？

艾米莉一甩头发，蹦蹦跳跳回去教她的学生了。洛蒂便问："我能跟这些妇女聊一聊吗？"

"她们几乎不会说英语。"罗素打岔说。

"我可以为你做翻译。"乔治说。

几个人正说话间，只听一名女生发出一声尖叫："我又看见一只！我对天发誓，刚才就从我脚面上跑过去了！"

"冷静点，"罗素说，"不过是只老鼠，又不能把你怎么着。坐下。"

乔治·奥哈拉跑到女孩身边，拉住她的手，让她坐下来。等她坐定后，奥哈拉立在一旁，在她肩膀上揉着，给她安慰。洛蒂觉得有点恶心。她看了看史卡利小姐，她充耳不闻，继续翻她的杂志。天啊，这里什么怪事都有啊。

"我得跟你谈谈。"洛蒂对罗素说。

"这就看够了？"罗素站到她身旁说。

"太够了。"

"那到我办公室聊聊吧。"

两人在罗素的办公室坐定后，洛蒂将第二个遇害女孩的照片摆上罗素的桌子，仔细盯他的反应。惊呆了，洛蒂暗自描绘对手的表情。罗素的手一动不动地停在半空中，双眼冷光一闪。

"这是什么？"罗素问。

"又一名受害者。你认识吗？"

"认识？连脸都看不清啊。"他用手指摸了摸胡子，脑门上蹦出汗珠。

洛蒂身子往前探，抱起胳膊。摆在桌上的照片像个武器。

仅几秒钟后，罗素便恢复了淡定。“我不认识她，抱歉。”他说着伸手把照片推给洛蒂，“你前几天问起一个叫米默莎的女孩。”

洛蒂屏住呼吸，点了点头。

“我为你做了点调查工作，发现她确实是我们这边的。”

他为什么突然变了口风？洛蒂心里疑惑。现在她可以申请搜查令了。

洛蒂不露声色地说：“我想和她谈谈。”说完又突然想起件事。玛利亚·林奇说米默莎的名字不在官方数据库里。罗素是在撒谎吗？

“不可能！”他说。

“什么？为什么？我需要找她谈谈，很紧急。”

“米默莎·巴巴托维奇之前是住这里，但不幸的是，她人现在跑了。”

“罗素先生——”

“丹。”

洛蒂叹了口气，但暗自庆幸罗素打断了她。如果米默莎不见了，那很明显，罗素是想找到她。他现在之所以承认米默莎是他这里的人，这是唯一的合理解释。

“她什么时候失踪的？”

“我不确定。我们昨晚发现她和小男孩都不见了。”

“什么小男孩？”洛蒂也装傻。

“她有个儿子，也不见了。”

“你当时怎么不报警呢？”

“我现在就在告诉你啊。”罗素笑了笑，但笑容没能爬上他的眼睛。

“你有他们的照片吗？我发公告需要用。”她说。

“你可以私下找他们，我不想公司蒙受不好的名声。”

“有张照片会方便些。”

罗素打开手提电脑，敲了一通键盘，打印机便呼呼吐出一张纸，他拿起纸递给洛蒂。

洛蒂盯着照片看。

照片里米默莎抱着儿子。女孩没戴头巾，露出一头黑发，包着一张瘦削的脸。男孩吮着大拇指，另一只手紧紧抓着破旧的玩具兔。洛蒂把照片折叠起来，放进包里，生怕罗素反悔。

“你怎么会有这张照片的？”

“他们来的时候照的。我之前肯定查漏了。”

“我得看看他们的档案。”洛蒂说。

“档案属于机密。”

“我得了解这女孩的情况，才好调查啊。”

“没必要大张旗鼓，你就自己四处打探打探。以你的能力，要找到他们不费劲的。”

“罗素先生，我不需要你告诉我该怎么办案。”

“我不这么认为啊，帕克督察。”他往后一靠，一脸冷冷的得意，“你知道，我知道你丈夫的一些事，一些你不希望我声张出去的事。所以，你最好照我说的做，对你我都好。”他又得意地笑了笑。

洛蒂一下子蹦了起来，身子探过桌子：“你竟敢威胁我。你竟然有脸——”

“我只是告诉你有些事是你绝对不希望公开出去的。相信我，我确定。”

“什么事？”她仍旧站着。对方的冷静令她愤怒。他到底在影射什么？她之前问过他亚当的事，他一直模棱两可，现在竟然厚颜无耻地利用她过世的丈夫来威胁她。洛蒂正要张嘴说话，罗素抬起一只手，打断了她。

“我现在不想透露细节，我很忙。我只想说，你如果找到这个女孩和她儿子，那些事就不会被公开。”

洛蒂抬脚便往门口走，又回过头。

“我绝不会屈服于你无耻的威胁。你跟我来这套，我会让你后悔的！”

“我表示非常怀疑啊。如果有人会后悔，肯定是你。你要是没事了，出去时关上门。”

洛蒂一时想不起什么顶他的话，便大步走出办公室，留着门大开着。

罗素看着她离去，又看着她走出大楼。天上的乌云爆裂开来，倒下倾盆大雨。她穿着一条紧身旧牛仔裤，屁股还不错。她还当自己是小姑娘，穿着这种衣服到处跑？她以为她是谁？

但他知道她是谁，对她家的底细一清二楚。

他的狗在身后叫了起来，他转过身去。

“你又逮到一只吗？”他说，“哦，这么大个儿啊。”那只狗坐在地上看着主人，嘴里叼着一只脏兮兮的大老鼠。

第五十章

洛蒂回到办公室时，第二个受害人的初步尸检报告已经发到她收件箱里了。正如简所答应的，报告里果然没有很多医学术语，洛蒂一看便懂。

死亡原因：枪杀。

子弹从上背部射入。

造成肺部、心脏与脾损伤。

立刻死亡。

子弹从胸部下方射出。

尸体内未发现子弹。

左肾被手术摘除。估计摘除时间为最近三个月。

有败血症。

伤口被清洗过。

右脚两个脚趾指甲内有苔藓痕迹。苔藓已送去分析，并做土壤分析。尸体可能被清洗过。

身上有旧伤疤。自残?

右脚踝上有字母 K 的印记。或许是死亡时细脚镯留下的印记。

洛蒂觉得最后一条有意思。凶手当时没注意。这是否能证实第二个受害人就是卡崔娜呢？苔藓呢？又意味着什么？两个女孩指甲缝里都有苔藓。这个化验报告一定要多加关注。

洛蒂抬头见博伊德进了办公室。

“你全身湿透了啊？”他说。

“我等下回家换衣服。”洛蒂说着站起身来，“来瞧瞧这个，看你怎么理解，尤其是关于苔藓的细节。”

“罗素那边怎么样？”

洛蒂想了想罗素的威胁。她该提米默莎的事吗？她觉得那个自大狂没什么好怕的：“他告诉我米默莎确实曾住在他那里，还说她和她儿子现在都消失了。”

“你有没有告诉他——”

“没有，我没告诉他米洛的事。你以为我傻啊。”

“不过，我觉得看看他会怎么说也挺有意思。”

“我给他看了第二个受害人的照片，然后——”

“我猜他认识。”

“能不能让我把话说完，博伊德？”她等了等，又接着说，“我觉得他认识她。”

“刚告诉你了啊。”

“我得回家换衣服了，等我回来时你跟我说说你的进展。”

“哪有什么进展？”

“所以啊。给简打个电话，问问她土壤和苔藓化验结果出来要多久。”

她说完便走了，博伊德直摇头，在洛蒂的办公桌前坐下来，看尸检报告。

洛蒂冲回家，赶紧换了一身干衣服。她去看了一下克洛伊，睡得很熟。

米洛在厨房，坐在凯蒂的腿上吃鸡块。洛蒂坐下来，看着女儿。没几年前，凯蒂自己还是个孩子，现在她只剩下一副影子。杰森的死对她打击太大了。

“外婆回家了，”凯蒂说，“我在冰箱找到几块，就放在炉子里热了一下。他好像很喜欢。”

米洛笑了笑，一小块鸡肉从嘴里掉了出来。

“我有纸巾。”她打开皮包找。

她把米默莎和米洛的那张照片扒拉到一边。这张照片得挂到案情分析板上。她继续翻找纸巾，掏出几张收银台票据和巧克力包装纸。

“不用找了，妈妈。”凯蒂找到一卷厨房卷纸，撕下一张，擦了擦米洛的嘴巴。

洛蒂把收据揉了揉，这个包该好好拾掇拾掇了。她抬头看了看钟，便开始整理包里的一团乱麻。她抽出一沓信函，翻了翻，大多是账单，一个个揉成团，心里不禁想起银行里那点可怜的存款。她突然停下手，盯着包里瞧。是米默莎装信的信封。她突然想起来，除了信，信封里还有点别的东西。她最近太忙乱，把这茬儿忘了个一干二净。

“妈妈，你在干吗？”凯蒂擦了擦桌子，拉起米洛的手。

“太乱了，”洛蒂说，“米洛还好吗？”

“我们去看会儿电视，好不好，米洛？”

“看着点克洛伊，我有点担心她。”

“能怎么着。”

凯蒂拉着米洛去了客厅，洛蒂很快便听见电视里大声地放起了《狮子王》。把他留在家里是对的，她心里想。现在我得找到他妈妈。

她把其余东西全扔回包里，打开信封，从最下面的褶层里拿出一件东西，是一条窄窄的绿帆布，大约两厘米半宽，十五厘米长。帆布的一侧是魔术贴，她又翻过来看，帆布的边缘凸着深绿色的针线。她猛然间目瞪口呆，腿上的包掉落在地，她意识到手里拿的是什么了。徽章。上面整齐排列着几个缝饰的大写字母，赫然显着一个名字。帕克。

“什么东西啊？”凯蒂又进了厨房，打开冰箱。

洛蒂趁女儿没看见，赶紧捡起包，把帆布徽章塞了进去。

“没什么，”她说，“什么都不是。”

她双手剧烈颤抖，两腿不停抽搐。

洛蒂做了几口深呼吸，盯着天花板，想让脑子冷静下来。米默莎为什么来找她？她那封信到底写了什么？她怎么会有亚当的军徽章？真是亚当的吗？但她心里知道那一定是亚当的徽章。

她手机嘀了一声，是博伊德的短信：威尔的院子见。

米默莎。她必须得找到米默莎。只有找到米默莎，她才能知道真相。

第五十一章

洛蒂冲过废车场门口围着的警戒带。雨已经停了，空气中依旧弥漫着闷热。

洛蒂尽量不去想提包里那枚军徽章。她看着一辆白色面包车，一扇门悬开着，栖在两辆被压扁的轿车上，上面还摇摇欲坠地压着一辆。威尔说不要紧，但洛蒂不是很敢相信他。

“什么情况？”她问。

“小面包车。白色的。准备挤压。”博伊德说。

“你知道我的意思，什么情况？”

“车底板上有血迹，在后门边上。”

“动物血还是人血？”

“现场调查组已经取了样本，什么时候出结果就只有天知道了。”

“我不管天啊地的，我只管我什么时候能知道？”洛蒂环视四周，“什么都查了？有没有发现别的？你一直都在干什么啊？天啊！”她不停地绕着圈子踱步，然后转过身，面向博伊德。

“你这是干吗？”他说，“冷静点行不行。”

洛蒂往前跨了一步，“不要叫我冷静点。明白吗？”

“明白。”

洛蒂又开始转圈子：“检查一下威尔的记录，看看这车是谁的，又是谁交过来的，什么时候交的。”

周围的金属发出巨大的热量，犹如通了电。太阳似乎在测试融化一切到底需要使多大劲。

洛蒂叹了口气，用手揉着头发：“我今天很不顺，博伊德。”

“你哪天顺过啊。”

“车里还有什么？”

“现场调查组查了一遍，车里很干净，有点太干净了，一尘不染，好像被彻底清洗过。反正要报废的车为什么要清洗呢？不过，洗车的人漏了那丝血迹。”

“说不定有人故意弄的。”

“什么？谁会这样？”

“我不知道，但这车得进一步检验，你安排一下。”她用手机拍了几张照片，然后注意到时间，“哦，天哪。”

“又怎么了？”博伊德问。

“肖恩有个心理咨询，我本该去他学校接他的。现在太晚了。”

“你得放慢些节奏，洛蒂。”

“你得留在这里，看是不是会出现别的线索。”

洛蒂回到警局，奔上楼梯，进了专案室。有几个探员在打电话，洛蒂径自把米默莎和米洛的照片钉上案情板。

洛蒂在案情板前一把颤颤巍巍的椅子上坐下来，想徽章的事。现在不能想，她默默告诫自己。一阵疲惫漫过整个身躯，她觉得自己快要晕倒了。

“我得回趟家。”她对林奇说。林奇隔着一堆文件挥了挥手，“明天来上几个小时班，可以吗？”洛蒂又说。

“真的？明天是星期六啊。”林奇抬头问。

“我知道明天是星期几，但现在有两宗谋杀案要调查，还有——”

“好了，老大，不用给我上课。我会来的。”

“抱歉，我不想发火的。”

“回家吧，你状态很不好。”

洛蒂拿起包，提到肩上。她实在不晓得如何能不让工作影响到她的家庭生活。这才五天啊，她已经觉得喘不过气了。

她很欣慰这会儿能回家。她想紧紧抱一抱她的三个孩子。

洛蒂叹了口气，踩着楼梯下了楼，朝行政警长挥挥手，便回家去了。

博伊德冲进专案室。洛蒂不在。

他看了看案情板，注意到板上新钉了一张照片，便走近去看个仔细。

“我的老天啊！”他伸手去摸那张照片，却又像被火烧了似的缩回来。

“什么情况？”柯比晃晃悠悠走到他身后。

博伊德双手颤抖，手心全是汗。他把手塞进裤兜，冲照片摆了摆头问：“照片里是谁？”

“不知道。我也刚回来。”

“头儿钉上去的。”林奇抬头说。她的下巴和肩膀之间夹着电话。

“她在哪儿？”博伊德问。

“回家了，”林奇收起一大抱文件，“我这会儿也该在家的。”

“快说！”柯比说。

“就是她啊。”

“她是谁？”

“照片啊。”

“现在天不早了，我脑子不太转了。你到底在说什么？”

“妓院里那女孩。”博伊德说。

“嘘。声音小点成不成。什么妓院？什么女孩？”柯比压低了声音。

“就是那天晚上你拽我去的那鬼地方，照片里的女孩就是我当时看见的一个女孩。”

“真糟糕。”

“我跟你说过，我当时没找妓女。我记得我醒来时，人在楼梯上，我是在走之前看见她的。我永远也忘不了那双眼睛。”

“你这是说真的？那头儿怎么会把这张照片钉上去的？”

博伊德想了想。洛蒂到底是要干吗？这女孩到底是谁？

柯比几乎把脑袋架到了博伊德的脖子上：“你至少拿回了钱包。”

“什么？噢对。”博伊德用肩膀把柯比顶开，坐回自己的桌前。他拿出钱包，抽出他之前买烟时看到的那张东西，在桌子上摊开。字迹很模糊，但他能看出来不是英语。

“这是啥？”柯比问。

“别问，走开。”

柯比耸了耸肩，慢腾腾走回他自己的桌子。

博伊德盯着那几行字看。这女孩是在发出什么信号吗？他该怎么跟洛蒂解释？

他把东西放进一个小塑料证据袋，又塞进钱包，往椅子里一靠，双手抱在脑后，闭上眼睛。他该怎么解释呢？

第五十二章

凯蒂做了晚饭。鸡蛋、香肠，还有烤薯条。反正米洛喜欢。肖恩拿着盘子去了房间，克洛伊到现在也没出来。

“过一会儿。”她在楼上喊。

“到下面来吃，姑娘。现在就给我下楼来！”洛蒂吼道。

“你跟人联系说了米洛的事情吗？”凯蒂问。

“我留了言，”洛蒂撒了个谎，“他们很可能明天会给我打电话。”

“明天星期六啊。”

“我知道。反正我明早再打个电话。”

“希望你能找到他妈妈。”

“我也希望。”

克洛伊拒绝下楼吃晚饭。洛蒂累得够呛，懒得再去催。但她得很快定下规矩，管一管孩子们。很快。

等厨房里就剩她一个人时，她从包里拿出徽章，在手里翻来覆去地看。帕克。徽章肯定是亚当的。但怎么会落到米默莎的手上？丹·罗素为什么又含沙射影地威胁她？有太多没有答案的问题在她脑海里搅动。她在厨房里踱着步，随手关上开了一天的窗户。她知道自己得做点什么。

亚当死后，她母亲把他的东西全装进箱子里了。“你现在看见这些东西对你不好。”她母亲说。洛蒂当时一心想一醉解千愁，她母亲说什么都随她，不想和她争。那些箱子如今堆在罗斯的阁楼上，那里边会有答案吗？她这么想着，便暗自下了决心。

“我去外婆家一趟，一会儿就回来。”她冲着楼上喊了一嗓子便奔了出去。她得抓紧行动，怕自己改变主意。

洛蒂吱吱呀呀地推开大门，没见有人，窗子关着，窗帘也拉得严严实实。

她按了按门铃，没人应。母亲很可能出门施舍流浪汉去了。

洛蒂自己有钥匙，便打开门，走进昏暗的门厅。过道空荡荡地沉默着。一阵咖啡的香味飘过来。她走进厨房，摸了摸茶壶，还是温的。水槽里有一个咖啡杯、一个盘子和一把刀。咖啡在杯子底部留下一个月牙。冰箱的嗡嗡声是唯一的声响。

“妈？”洛蒂叫了一声。她的声音在平房里回荡。

没人回答。很好。她走回门厅。阁楼上装了一个折叠梯。她拿住客厅门上头的棍子，将其置入铜孔，一拉，楼梯便当的一声落了下来。

洛蒂站在梯子最上面一层，四下摸了摸，找到照明开关。一道冷冷的黄光投下诡异的影子。洛蒂撑着身子爬进狭促的阁楼。没有灰尘，也没有蜘蛛网，只是闷热异常。箱子都堆在架子上，用颜色做了标识。眼前的地板上放了一个剪贴板。

清单是按字母顺序排的，每个名字都对应着一个颜色。有四个箱子用红色标了“洛蒂”。她看到一项写着“爸爸”，标了黑色，还有一个写着“爱德华”，标了蓝色，一想到哥哥她心里怦地一跳。她真想趁着母亲不在，在家里到处翻一翻。但她知道，只能等下次再来一趟。她眼下有个谜亟待解开。

洛蒂的目光又回到列表上第一个名字：亚当，标着绿色。她只想摸一摸他的旧物，重温旧时记忆，也借机消除丹·罗素那些暗示在她脑海中种下的疑虑。

她振作起来，放下剪贴板，又往阁楼深处爬。

“你还真不着急啊。希望你不是故意在躲我。”

博伊德锁了车子，抬头看见杰姬正倚在他公寓的门上，一只手夹着根烟，另一只手提着一瓶酒，腿上裹着一条紧身牛仔裤，上身一件黑色吊带衫，露出褐如皮革的肌肤。博伊德如今不想再跟杰姬有什么瓜葛，但洛蒂给他派了任务，让他查杰米·麦克纳利。

“你想干吗？”博伊德把钥匙插进锁孔，但转念一想，又改变了主意。他不想她跟着进屋。

“你没给我打电话啊。你答应了要和我谈谈的。”

他确实说过这话。

“今天我很累，杰姬，明天行不行？”

“你每天都很忙，马库斯，总也不把我放在第一位。你会改变吗？”

“就你而言，不会。”

“脾气真臭。让我进去吧，就算你不想谈，我想谈。”

她说着掐灭了香烟。

博伊德拧动钥匙，领她进了屋。他真希望这会儿有电话响，召唤他去上班。不过瞧今天这一天诸事不顺，估计是没这么好运了。

博伊德背着杰姬给洛蒂打电话，说不定她能救他。没人接。他准备过会儿再打。

他瞧着他这位准前妻，叹了口气："想喝点什么吗？"

洛蒂在阁楼里翻了半天，找到两个塑料箱，标着绿色的记号。亚当虽说是英年早逝，但他的东西两箱就装完了，这辈子也没啥精彩的。她又看了看，侧面用黑色记号笔写着"亚当"的名字。

箱子搁在架子中间位置，上面放着一个透明塑料分格箱，里面是陶瓷装饰品。她把分格箱搬下来，放在身后，箱子很沉。她呼了一口气，又去搬亚当的第一箱东西。口袋里的电话振动起来，但她没理会。

她掀起裂了缝的盖子，是一捆一捆的慰问卡。别看，她告诫自己。她当时没读，现在也不要读。她把那些卡放在身后，跪下身子，继续查看其他物品。

一捆账单、发票和支票存根，都是葬礼的支出。箱底放着一堆亚当的领带和袜子，洛蒂记得当时全家丢得到处都是，葬礼后，她东拾西捡，想一股脑儿全扔进垃圾箱。但她母亲阻止了她。有一天你会感谢我的，她说。或许她母亲说的有一天就是今天。

洛蒂手里捏着一条仍然打着结的领带。一直都是她为亚当打领带，亚当总也学不会，内侧永远比外侧长一点。洛蒂笑着将领带放在一边。

她发现亚当两本工作笔记本，回想起来他好像总在上边写东西。她打开一本，立刻一阵哽咽。他的字迹是那么熟悉，她太久没有看到了。日期、事件、名字、车辆号牌，都是军方的工作纪要。

每一页都记得满满当当，亚当不喜欢浪费。洛蒂眼前浮现出各种回忆，但她眼中没有泪水，她的泪水早已干涸。洛蒂强把心思带回到眼前。笔记本里的日期都是他死前那一年，没有更久远的笔记，对她没什么用。

洛蒂又搬下第二个箱子，觉得轻一些。相册，已经翻得很旧了。假期，阳光，微笑。多年的家庭生活。圣诞节，上学第一天，曲棍球比赛，钓鱼。这一切恍如隔世，却又无比熟悉。洛蒂沉浸在这些回忆里，忘记看了多久，直到听见前门打开又咣当一声关上。她惊得跳起来，摆在最上面的一本相册掉落到地上。

“洛蒂·帕克，你在上面干什么？”

“我一会儿就下来。”

洛蒂匆忙把相册塞进箱子，又把掉在地上的相册捡起来，猛然发现剪贴板旁躺着一张褪色的照片。她捡起来看。

“我的天啊！”她惊得叫出声来。

“洛蒂！怎么了？你还好吗？”罗斯在梯子下面喊。

她得赶紧逃出阁楼。她顾不上整理那堆乱七八糟的东西，急急忙忙手脚并用往后退，顺着梯子爬了下来。她顾不上母亲，冲出屋子，跑进车里，把头埋在方向盘上。亚当到底都干过什么啊？

第五十三章

虽然还有一个小时便是午夜，天空仍冷冷地蓝着。一轮满月洒下吊诡的光辉，照亮花园尽头树木的叶子。

洛蒂打从母亲家逃回来，便一直窝在厨房的扶手椅里，睡得很不安定，后又被她母亲的电话吵醒了，问她是否安好。

“我没事，我刚才在找亚当的一些东西，给克洛伊学校项目用的。”

“那你为什么那样跑出去？”

“抱歉，我只是看见一只老鼠，吓到了。”

“我家里没有老鼠，洛蒂。我装了电子驱鼠器。你确定没事？”

“我确定，妈。明天再跟你说。”洛蒂说着挂了电话。这会儿她完全清醒了，在厨房里寻来觅去，像一头狮子。她从杂物间一堆叠好的衣服里找出一件泛黄的白色棉 T 恤衫，换下身上汗湿的衣服。新上身的衣服像纸板箱似的，因为先是在水里泡过，又在太阳下晒干，所以有些脆，但至少是干净的，有股清新的气息。

洛蒂很想一醉方休，但知道不能。孩子们还在睡觉，她上去看了一眼。米洛在凯蒂的房间睡熟了，明天她得看看怎么办。她其实不在乎科里根警司发现后会怎么说。或许该打电话问问他好些没？今晚不行，太晚了，明天吧。所有事都得等到明天才能处理。她回到卧室，从抽屉里翻出最后半片赞安诺，干着吞下去。

她又回到厨房。电话振动起来，她不加理会，振动停了，一片寂静。她接了一杯自来水，又坐回扶手椅，双腿盘在身下。她把那张照片正面朝下放在一条腿上，米默莎的信封放在另一条腿上。她又拿出徽章，在手指间感受那粗硬的边缘，又放在椅子的扶手上。她终于把照片翻了过来。

照片里的亚当穿着海外制服，身处一间奇怪的客厅，两边分别立着一个孕妇和一个小女孩，他双臂轻轻搭在两人的肩上，脚下坐着两个小男孩，还有一个小女孩，估摸着两三岁，坐在两个男孩中间。亚当脸上的笑比任何时候都更灿烂。

洛蒂更加仔细地端详这张照片。

这些是什么人？

亚当为什么跟他们在一起？

照片是谁拍的？她怎么没见过？还有徽章。米默莎是怎么拿到的？为什么带给她？

她脑子里一团乱麻。她注意到照片右下角有一串泛黄的数字。是一个日期。

手机又开始振动，她没接。又振动一下，来了一条短信。

她还是没看，如同身处另一个时空。她就这么一直坐在那里，直到月亮垂至低处，太阳开始升起，准备开启新一天的征程。

母亲开门窥探时，克洛伊假装在睡觉。

她在床上躺了一整天，心里担心梅芙。她知道梅芙遇到危险了，甚至担心她已经遇害了。但她该如何告诉她母亲呢？告诉她什么呢？那样也暴露了她自己啊，可她还不想告诉任何人，至少现在还不想。她不能再给母亲添乱了。

但她该怎么提醒大家梅芙有难呢？她并没有具体的证据表明到底发生了什么事。有吗？当然，还有那个人。那人真是个危险角色吗？他把克洛伊吓得要死，但克洛伊心里并不能确切地认定他就是个坏人。

她在手机上打开推特，在搜索框里键入“#生命之割”。不，她警告自己，不要看。不要再去招惹他。她把手机塞到枕头下面。

她翻过身，盯着天花板。她就一直这么躺着，两眼圆睁，直到第一道曙光穿透房间的窗户。

博伊德看着杰姬干完那瓶酒，又跑去搜他冰箱里的啤酒。他喝了一口兑了奎宁水的伏特加，希望自己能抵挡住她的诱惑。

“杰姬，你来了都一个小时了，一个劲儿地说马拉加的沙子有多软，太阳有多毒，商店有多棒。说说麦克纳利吧，他为什么回拉格穆林。”

杰姬嘘了他一声，屁股挪到他身边坐着。她早就脱了鞋，扒掉紧身牛仔裤，换上了博伊德的衬衫。她把双腿搭在博伊德的腿上。

“有的是说话的时间。”杰姬说着又往酒杯里倒啤酒。

“你喝得够多了。”

“你还这么对我颐指气使的，”她装出不悦的表情，“一点都没变。”

博伊德打了个哈欠：“我累了，明早还要上班。”

“星期六还上班？”

“抓到凶手前所有办案人员要随时待命。你要是不愿意说的话，我就上床了。”

“好主意。”她说着将杯中酒一饮而尽。

博伊德跳了起来：“我给你拿个毯子，你可以睡我的床。”

“那更好啊。”

“不，我的意思是我睡沙发。”

等博伊德拿着一床羽绒被回来时，杰姬正咬着嘴唇，泪水顺着双颊往下淌。博伊德抬眼望天花板，暗骂了一句，又在她身旁坐下。

“你为什么回来？为什么需要我帮忙？”

她用身上衬衫的袖子擦了擦鼻涕，口齿含混地说：“都是因为杰米，他变了，我有点害怕。”

博伊德嘲讽道：“你当初跟他跑的时候，就知道他是个作奸犯科的人渣。现在又闹哪一出？”

杰姬吸了吸鼻子说：“我不知道。他现在搞的事情太吓人了。他就是个浑蛋。”

“杰姬，麦克纳利什么时候不是个浑蛋了？他从来就是个违法乱纪的人。你上回说他贩卖妇女，能多说说吗？”

“我什么都不知道。他只是说他回拉格穆林是为了处理一件棘手的事。提到一家妓院，是个叫安娅的人开的。我就知道这么多。”

博伊德心中暗骂。他要怎样既搞定麦克纳利，又不把自己搭进去呢？

“你想让我怎么帮你？”他终于问道。

“我能在你这里待着吗？”

“只能今晚。明天我会查一查麦克纳利，看能不能查到什么具体的证据。他人住哪里？”

“我们在园景酒店有间房，但自打我们来后他一般都不在那里待着。我也不知道他整天搞什么。”杰姬醉醺醺地搂住博伊德的脖子，“你可以保护我。”

博伊德心里一阵厌恶，从她手里拿走酒杯，轻轻抽回身子，把她放倒在沙发上躺下。等他替她盖好被子，杰姬已经睡着了。

博伊德从厨房的台子上抓起伏特加，走进卧室，留着门。

梅芙·菲利普以为自己死了。她睁开眼，一片黑暗，不禁呜咽起来。还没死。她往胳膊上使劲，想动一动。她能感觉到被她汗湿的凉凉的棉床单。她暗中祈祷有人把她带走，哪怕是死也算一种解脱。

天花板上一直传来轻轻的刮擦声，她不敢睡。梅芙痛得眼泪直打转。她更是无力面对夜晚的生物，那些声音随时入侵她的头脑。

科索沃 1999 年

到处都是老鼠。男孩现在更害怕了。但他不是怕老鼠，他怕的是上尉，还有那个让人身上起汗毛的医生。他更怕那个朝他做割喉动作的男孩。

突然一只老鼠从他眼前蹿过，他大叫起来。房间里的士兵们一阵哄笑，他觉得脸上热腾腾的。

他那位士兵朋友走过来，坐在他床上。

"我很快就回家了，所以，你得再勇敢一些。"

"我跟你走？"

"不行，孩子。"

孩子？士兵又一次叫他孩子。男孩笑了。"求求你，我跟你走。"他噘起嘴唇，一副生气的样子。

"不可能啊。你知道吗？你这么噘起嘴，让我想起我的宝贝小女儿。我家里有两个小姑娘等着我回去呢。"

男孩什么也没说，但脸上嫉妒得发红。

"你看啊，你是个强壮的大男孩，普里什蒂纳有很多工作等着你。不过，我会想念你的。"

士兵从衬衫上轻轻拽下名牌。男孩屏住呼吸。

"来，你拿着这个。记住，我是你的朋友。你就当自己是个强壮的勇士。"

男孩咧开嘴笑，接过徽章，满心骄傲。或许他这位朋友会改变主意，带他一起回家？

但他的笑容很快僵住了。士兵站起身说："希望你找到一个好人家，愿意接纳你。"

男孩顿时泄了气。他是个没人要的孩子。

士兵把来福枪提上肩膀，朝着逃窜的老鼠踢了一脚，走出房间。

男孩手里握着硬硬的绿帆布徽章，用手指轻轻摩挲着徽章上用针线缝饰的名字。他回想起昨天晚上士兵带他去的那个奇怪的小户人家，他们会收留他吗？很可能不会，那家太穷了。但他的士兵朋友给了他们钱买食物，甚至让男孩给他们拍了合影。他回家后会把照片给他的宝贝小女儿看吗？

男孩跳下床，一脚踩上一只老鼠。他痛恨鸡场。

他得赶紧离开这里。

越快越好。

第六天

2015 年 5 月 16 日，星期六

第五十四章

“这是什么？”杰姬问。

博伊德支起胳膊，又扑通一声倒在床上，脑子嗡嗡直转。卧室门开着，他看见杰姬在客厅，穿着一件自己的衬衫，扣子一路敞到腰间，里边什么都没穿，手里拿着他的钱包。

“什么是什么？”他问。

“这个啊？”她举起塑料证据袋。

博伊德跳下床，震得脑子直响，把裤子往四角短裤上一套，便朝杰姬奔过去。

“你凭什么乱翻我东西？”他说着一把从她手里夺过袋子，又抢过钱包，把塑料袋塞进钱包，“穿上衣服。”

杰姬一只手搭在博伊德的肩膀上，把他往自己身上拽，抬起一条光腿往他身上蹭。

博伊德把她推开，转身去拿水壶：“我还得去上班。”

他拧开自来水，杰姬在水流声中骂骂咧咧，跺着脚走进卧室。博伊德差点没听见门铃。

“有没有可能是麦克纳利？”他说。

“如果真是他，他可是比你干侦探干得称职啊。”

杰姬往腿上拽紧身裤。博伊德冲进卧室，一把抓住杰姬的胳膊。

“最好不是。你到底在玩什么把戏？”

“昨晚怎么没见你这么气急败坏啊？”她拧身挣开他的手，把上衣往脑袋上套。

博伊德匆忙拉起裤子拉链，套上衬衫。

“懦夫！”杰姬边说边梳理头发。

门铃坚持不懈地响着。

“快他妈开门啊！”杰姬一边找包一边吼。

博伊德大声叹了口气，打开了门。

门外站着一个男人，博伊德只见过他的入案大头照。黝黑的皮肤，大背头，穿着一件三件式西服，无视早晨的闷热。杰米·麦克纳利抬手照着博伊德的脸给了一拳，博伊德一个踉跄摔到墙上，眼睛立刻肿了起来。麦克纳利怒气冲冲进了屋。

博伊德迅速恢复冷静，跟在他身后：“我可没邀请人渣进我家，赶紧滚出去，否则我就逮捕你，你们两个都是。”

麦克纳利一把抓住杰姬的手腕，又恶狠狠地把脸凑到博伊德眼前，没料博伊德揪住他的领带，把他拽得更近。

“松开她，滚出拉格穆林。否则，我向你保证，我会亲手送你进班房。你竟敢袭警，私闯民宅，还有——”

“就凭你们这帮人？”麦克纳利挣脱博伊德的手，龇牙低吼道，“我回来是因为你们这群废物干不好你们该干的活儿。你他妈明白吗？”

唾沫星子溅到博伊德脸上，他再也忍不住，伸手一拳，打在麦克纳利的脑袋一侧。

麦克纳利差点儿倒地，杰姬一把抓住他胳膊，把他往门口推。

“你等着！”麦克纳利回过脸说。

“你得听仔细了，马库斯，”杰姬说，“好好琢磨琢磨。”杰姬说完便跟着麦克纳利出去了。

“杰姬！等等！你去……”

但她已经走了。跟着麦克纳利走了。她有选择的余地吗？或许他该更主动地保护她。

博伊德摔上门，靠着门站了一会儿。他不知道这次交锋意味着什么。他对杰姬虽然情感复杂，但真心为她担心。他刚才怎么不逮捕麦克纳利呢？

博伊德盯着过道里的镜子看，他知道眼睛会肿得厉害。

他走进淋浴间。

第五十五章

洛蒂走进办公室。

“博伊德！”她吼了一嗓子。

“在呢。”博伊德手里拿着电话走了进来。

“你脸怎么了？”

“你叫我干什么？”

洛蒂一把抓住博伊德的袖口，拽着他出门，疾步走下楼梯，进了没人的更衣室。洛蒂倚着自己的破柜子，端起胳膊，怒目盯着博伊德看。

“你喝酒了，”洛蒂吸了吸鼻子，“我能闻出来。你眼睛很快就会肿起来，还有，你这么使劲搓手干什么？”

博伊德嘴巴紧闭，不敢看她，洛蒂隐约有些担忧。

“告诉我吧。”她说。

“我搞砸了。”博伊德往后退了一步，在屋子中间的木凳子上坐下。

洛蒂放下胳膊，走过去在他身边坐下：“这事儿可新鲜了。”

“我说真的。你昨天钉在专案室里的照片，里边的姑娘和小男孩……”

“怎么了？”洛蒂问。这很出乎她的意料。

“你要找的就是那个女孩，是吧？米洛的妈妈？”

“你怎么知道？”

“照片是从哪儿来的？”

“丹·罗素。你不记得我昨天去见他了吗？他终于承认米默莎是他中心的人，但说她和她儿子都失踪了。这事有点蹊跷……”她想起博伊德刚才说了一半的话，停了下来，站起身，“等等，你怎么知道那照片里的人是米默莎？你该不会见过她吧？”

博伊德用颤抖的手指揉着头发：“我觉得……我觉得我可能见过她。我不确定，但……”

“天啊，博伊德。在哪儿？她还好吗？什么时候见的？”

博伊德的肩膀垂了下来。他拿出钱包，抽出那个小塑料袋，递给洛蒂。洛蒂重又坐下，翻看着手里的袋子。

“这是什么？证据？”

“是信吧，写在布上，语言我看不懂。你得找人翻译下，再拿去化验一下。”

洛蒂瞪着他，等他继续说。

“前两天晚上，星期三吧，我跟柯比喝多了，我俩最后去了顶山的一个地方。”

“什么地方？”洛蒂心里顿生不祥的预感。

“类似……妓院吧。”

“博伊德。你没进去，对吧？”

博伊德点了点头。

“进去了？”洛蒂感到犹如被人打了一耳刮子，“米默莎……在那里？”

“我当时不知道她是谁。什么事也没发生……我觉得……我确信……我离开了。”

“那不是重点。”

洛蒂强把自己对博伊德的感情放在一边，不去想他逛妓院的事。别瞎想！米默莎的安危才是头等大事。但罗素明明说米默莎一直在他中心啊，怎么又会在妓院？她立刻开启职业模式，准备听博伊德爆料。

“跟我说说米默莎的情况，还有你是怎么弄到布条的。”

博伊德便一五一十地告诉了她。

博伊德把车停好，领着洛蒂往妓院所在的公寓楼走。周围一切正常。孩子们大喊大叫地骑着车到处跑。一个男的在支起的引擎盖下埋头干活儿，身旁的小男孩从一个塑料盒子里拿工具递给他。日常生活掩护着门后的邪恶，洛蒂想。博伊德走上一个灰蒙蒙的公寓楼的台阶。

博伊德伸手去摁门铃。“我该把林奇或谁一起带来的。我俩说不定会惹上大麻烦。”洛蒂说。两人等了一会儿，没人应。

洛蒂伸手去推门，门吱呀一声往里开了。她回头看了看博伊德，迈步进了过道。

“你好！有人在家吗？”她喊了一声。只有她自己的回声。

“洛蒂……”

“嘘！”洛蒂用手指搭在嘴唇上，往幽暗深处走。

“里边没人。”博伊德说。

他这是松了口气？洛蒂皱着眉问："她在哪间？"他指了指一扇敞开的门："我当时在楼梯上，没有——"

洛蒂摇摇头："别为自己找借口了。"

"不是找借口。"

"天啊，男人怎么会来这种脏地方？"

洛蒂戴上手套，迅速检查了一遍房间，又掀开床单，抓住床垫一头拽了拽。她注意到撕开的褶边。

"她是在这上面写的。"床下什么都没有，房间里也空空荡荡，没有什么好调查的，"不值当把调查组找过来。"

博伊德耸了耸肩，垂下脑袋："我也这么想。或者他们是听到了什么风声跑了吗？"

"你啊，博伊德。你钱包落下了。现在该怎么找她啊。"

"我觉得有人或许能知道。"

洛蒂隐约知道他在说谁："麦克纳利？"

"对。"

"他跟这个有关？"

"我觉得有。杰姬说他贩卖人口。"

"那你知道他在哪儿？"洛蒂从博伊德身边蹭过去。房间很窒息，令她头疼。

博伊德说："我早晨跟他交了一次手。"

"在哪儿？我们可是找了他一个星期啊。"

"他来我公寓找杰姬。"

"她在你那里过夜了？天啊，博伊德，你受的教训还不够吗？"

"不是你说的那样。她是怕他。"

“编故事吧。他在哪里住？”

“园景酒店。不过杰姬说他很少待在那里。他肯定还有别的地方。”

“博伊德，你既然都碰上了，怎么不逮捕他？”

“凭什么逮捕？又没有通缉令。我们接到的指示只是监视他。不过现在我们知道他住哪里。”

“但他袭击你了，不是吗？”

“是，不过……”

“现在说这个没用了。”洛蒂不再追究，“我们去酒店看看。把布条送去检验一下，马上找人翻译。我们得找到米默莎，我还得找科里根警司汇报下她儿子的事。”

“别提——”

“需要提的我才会提。”洛蒂擦了擦鼻头上的汗，摇了摇头，“你真是个超级大傻子，博伊德。”博伊德正要说话，洛蒂手掌往上一翻，打断了他，径直往外走，“还有，别拿柯比当垫背的。”

第五十六章

“你怎么了？”

科里根警司一声大吼，震得灯泡直颤悠。他站起身，又跌坐回椅子，皮座吱的一声响。科里根虽然休息了一天，但面色比前几天都差，眼镜后面那只病眼上斜贴着一个布条。

“我这几天忙得晕头转向，没时间安置他。”科里根没让她坐，洛蒂便一直站着，抱着胳膊，尽量不露心虚。

“你表没填，连电话都没打一个。”科里根绝望地摸了摸脑门，“你不记得上次那件糟糕的事了吗？”

“我记得，长官。这也是我不愿意把米洛送进福利机构的原因之一。”

“你得按规矩来，不能给他们由头来整我们。我真是对你很失望。”

“请允许我解释——”

科里根扬了扬手，打断了她：“不用了，督察，这次我没得选择。”

洛蒂双手按在科里根的办公桌上，身子往前倾。

“选择？那小男孩有得选择吗？他妈妈到现在还下落不明，他有得选择吗？直接救济中心里的那些可怜人有得选择吗？别跟我说选择，长官。”

洛蒂停下来喘口气，她清楚地意识到自己刚才做了什么。她竟然在上司的办公室里冲着他吼。科里根冷冷地看着她。屋里的沉默似乎永无尽头。

“督察，”科里根终于开口说话，声音很轻。她这下麻烦大了。“帕克督察，”他又重复了一遍，“我不喜欢别人这么跟我说话。算你有种。说实话，我真不知道该拿你怎么办。在我做决定的同时，你赶紧联系那个狗屁部门，为孩子找个社工。找到孩子的妈妈。还有，以后，不要再那么跟我说话。明白吗？”

“是，长官。”

“承包商的每一个施工工地都派个警察守着，我不想让凶手有机会再埋一具尸体。”

“是，长官。”

“赶紧抓到这个杂种，免得他再杀人。”

“是，长官。谢谢你，长官。”洛蒂转身要走。

“别感谢我，这是你最后一次机会。再搞砸了，你就自己走人，别等我停你职。这话你记住了。”

“是，长官。”

洛蒂回到办公室，瞧见玛利亚·林奇正在案头干活儿。

“林奇，麻烦给我找下儿童与家庭部的电话，我得找个社工。”

洛蒂走进专案室，里边闹哄哄的。儿童与家庭部告知她有一个叫埃蒙·卡特的社工会来她家，她让他下午晚一点再过来。

“首先，”她说，“科里根警司要在承包商施工的每一个工地都派一名警察看守。我不知道我们人手够不够，但现在不好违拗他的指示。”

她把米默莎给博伊德的布条的复印件钉上案情板。或许没什么用，但说不定还真是条线索。布条已经送去化验室分析。柯比优哉游哉地走了进来，大口喝着可口可乐。

“种马终于露面了。”洛蒂挖苦道。

柯比捏着可乐瓶子，张着嘴不知所措。

洛蒂看见博伊德在一旁直摇头。柯比见状，连忙逃去接听离他最近的电话。

“等你接完电话，你俩到我办公室来一趟，我的意思是，我们的办公室。其他人都找点正事，不要虚耗时间。我需要一份直接救济中心的搜查证。另外，再看一遍上门问询的报告，看看问话笔录，我们手上有什么，都互相参照检查一遍。查一查镇上没坏的摄像头，查明那辆小货车车主是谁，怎么到了威尔的院子。还有，那两个受害女孩，肯定是有熟人或朋友的。肯定有人在什么地方见过什么，虽然他们自己不一定记得。”

洛蒂喘了口气，指了指吉莉安·奥多诺休：“你再去库伦街一趟，找所有后门开在这条街上的店家聊聊，那具尸体总不会是自己埋的。还有你——”她又指着另一名制服警察说，“到发现第一具尸体的桥街，找所有居民再问一遍。还是一样的道理，肯定有人见过什么。杀手又不会隐身，虽然还真有点隐身的意思。”

一个电话响了半天没人接：“接电话啊。你们难道是小孩啊？是不是？”

“不是，督察！”众人异口同声。

“那就证明给我看。我要是倒霉，你们也别想好过。”

洛蒂脸上滚烫，心也咚咚直跳，气冲冲地出了屋子，大步流星往办公室走，博伊德和柯比紧跟在她屁股后头。

“林奇探员，我得单独和这二位谈谈，”洛蒂说，“还有，找人把这个布条翻译下。”

“我找谁？”

“我不管你找谁，反正要完成工作。”

林奇抱起一堆文件，摇着头走开了。

洛蒂转脸面对两人，并不急着开口，等两人多冒一会儿汗。柯比手里的瓶子这会儿变得有些湿滑，他干脆放在离他最近的博伊德的桌子上。洛蒂听见博伊德叹了口气，又见他拿起瓶子，用手指擦掉一圈水珠，扔进垃圾桶。

“坐！”洛蒂说。

两人坐下。

洛蒂开始在狭促的办公室踱步：“我对你俩很失望。以你们的身份，去妓院这种行为是不能容忍的。你们自己肯定也很清楚自己的职业道德规范。”她说到此处，转念觉得自己也没什么资格对别人说教职业道德。

柯比瞪了博伊德一眼。博伊德自然没时间给他提醒，没料到洛蒂会玩突袭啊。

“妓院？柯比，有印象吗？顶山那个。”

她以为柯比的胖圆脸会羞愧得发红，没料到这会儿竟然没了血色。

“别抵赖。”

柯比拍了拍胸口的口袋找雪茄。

“你好像跟这个妓院还挺熟。告诉我是谁开的，现在人在哪儿？”

“我，我，我不知道。”柯比吞吞吐吐。

“你怎么会不知道呢。安娅。老板娘的名字不是这个吗？博伊德探长把他知道的都告诉我了，我现在等着听你说。”

柯比摇了摇浓密的头发，面带犹豫，眼睛躲着博伊德，最后还是开了口。

“我只知道她名字叫安娅。我之前也就只去过一次……就是那晚之前。我觉得她是阿尔巴尼亚人，手底下有四个姑娘。我去的两次都是找的同一位姑娘。所以，那儿的……生意估计也不多。”

洛蒂听得直反胃，正眼都不愿意瞧柯比。一个守法的公民，尤其还是一位执法人员，怎么能去干这种事呢？

“你现在在我心中的形象是一落千丈啊，柯比。那你知道杰米·麦克纳利在这里头有什么事儿吗？”

“麦克纳利？不，没听人说他跟这个有关系。”

“行吧，你着手彻查这个安娅，她为谁工作，那些女孩是谁提供的，她现在人在哪里。还有，麦克纳利在这里有没有扮演什么角色。明白吗？”

“但这是反贩卖人口专案组或是移民局的事儿啊。”柯比有些慌张地说。

“我要是找他们办这事，那就得把你和博伊德的底全兜出来。你希望那样吗？”

“不希望，督察，但是——”

“别跟我说但是。抓紧做，现在！”

“容我说一句，头儿，这跟凶杀案有关系吗？”

洛蒂深深吸了一口气，又长长地吐出来：“据我们所知，这事跟凶杀案关系可能很大。博伊德，你是在妓院见到的米默莎，对吧？”

“比较确定。”博伊德轻轻地说。

“米默莎给了我一封信，又给你留了一张便条。她不会说英语，所以这是她唯一的沟通方式。我坚信她是两宗凶杀案的关键线索。”

“我们也就这一条线索。”他也同意。

洛蒂丢下两人，去找玛利亚·林奇。

“上次给我翻译的小伙子今天不在，我就用了谷歌翻译，意思是求救，是科索沃阿尔巴尼亚语。”林奇递过来一张打印纸。

洛蒂读出声来：救救我。找我儿子。避难中心。

“肯定是米默莎写的，她有个儿子。”洛蒂说。

“便条哪儿来的？”林奇蹙着眉看着她。

洛蒂犹豫要不要把博伊德的事儿抖出来，但还是决定越少人知道越好。

“那不重要，但这证实了我们已经掌握的情况。米默莎和她儿子在直接救济中心避难。她最开始来找我，求我帮她找她的朋友卡崔娜。我现在怀疑这个卡崔娜就是第二个无名受害人，不过至于第一个受害人是谁，我还没有头绪。米默莎从直接救济中心逃出来，却又沦落到了妓院。她儿子出现在我家门口，而几乎在同时，妓院关了门，人也消失了，米默莎也跟着没了踪影。”

“大活人怎么说消失就消失了呢？”

“这种事儿多了去了。”

林奇在聚精会神地研究眼前的文档，满面倦容。

“抱歉，”洛蒂说，“把你累得够呛。”

“没事，我们必须得抓到凶手。”

洛蒂看了看手机上的时间，离社工来家里还有几个小时。

“我得去看看丹·罗素今天在不在，他有些事得跟我解释解释。”

“要我一起吗？”

“不用。这事得我自己来。有几件事他得向我说清楚。”

“什么事？”

“不关你的事。”洛蒂把手机揣进牛仔裤裤兜，抬腿往门口走。

“督察？”林奇说。

洛蒂回头。

“小心点。”

第五十七章

克洛伊打开冰箱，瞧了一眼空空如也的隔板，又关上门。“凯蒂，我们得买菜了。让那烦人的小孩别再吵吵了。”她接了一杯自来水，往花园看。

“外面二十五度啊。你怎么还穿着长袖啊？”凯蒂问。

“不关你的事。”克洛伊踩着光脚出了后门。

“随你！”凯蒂抚慰着坐在她腿上的米洛。

克洛伊坐在花园的椅子上，一边喝水，一边抠桌上剥落的漆。隔着篱笆有烧烤的香味飘过来。这才是正常人家星期六的味道，她心里说。她家可是离正常人家十万八千里啊。这么想着，一颗眼泪夺眶而出，顺着面颊流下来。她从未觉得如此寂寞。

高处铁轨上传来火车进站的隆隆声。她或许该买张单程车票，离开拉格穆林。她能扔下这一切苦恼吗？逃避考试，躲开她母亲？她抠完了油漆，手指甲又不自觉地伸进袖子里去，找到一块旧痂，可劲儿抠，直到暗红的鲜血染红了白色的棉布。她感觉不到痛苦，只有无尽的麻木。

克洛伊抬头看荫蔽着花园的树木，隐约瞥见阳光里有东西在闪烁，像是阳光反射在一面镜子上，朝她打来一束光。她手搭额头，眯缝起眼睛看，又看到那束光。树上有人吗？在观察她？是他吗？她一想到上回见面的情景就有些作呕。她嘴巴里还能感觉到他火热的舌头。她忍住恶心，匆忙站起身，手里的水杯滑落，碎了一地。碎玻璃像冰锥似的在阳光下闪烁，玻璃碎片割进她的光脚，她脚下一滑，摔倒在厨房。

“克洛伊！你真是个浑蛋，搞得到处都是血，妈妈看见会疯掉的。”

“你要是怕就自己清理。”

克洛伊穿过门厅，上了楼梯，脸上流着泪，脚下淌着血。

那人把望远镜放回盒子，拉上拉链，看了看四周。她看见他了，刚才正冲他看呢。不，她不可能看见他的，但她望了一眼他所在的位置。他明白了，是太阳。阳光肯定反射在望远镜镜片上了。他该更小心一些。愚蠢的错误。

他告诉自己她只可能注意到反光，不可能看见他本人。他穿着伪装服呢，当然不会被看见。

他把皮包背上肩膀，沿着早上来的路往回走。他知道火车时刻表，一直躲着，等都柏林特快列车出了站加速驶离后才出来。他穿过铁轨，走下那道常有人走的斜坡，进了一座废弃房子的后花园，房子四面钉了木板。他紧贴着篱笆，摘掉帽子，脱掉外套，用手指抹了一把冒汗的额头。

他把东西全塞进包里，从侧门迈步出去，走上人行道。他一边走，一边吹着口哨，混进周六的人潮，面带微笑，往他称为家的方向走。

或许他该去上班。

这主意不错。

第五十八章

“帕克督察。惊喜啊。”丹·罗素正倚车靠着，车就停在A栋楼下，“去我办公室啊。”

“我在这儿挺好。”洛蒂决心不能输了气势，“我得跟你确认几件事。”

罗素收起假笑：“行，你想确认什么？”他没好气地说。

“米默莎，你对她干了什么？”

“你找到她了吗？”

“回答我的问题。”

“我告诉过你，她和她儿子在这里住过，现在不在了。”

“你对他们干了什么？”洛蒂又问了一遍。

“什么都没干。他们在等安排，然后就失踪了。”

“行，我正在申请对这个地方的搜查令，尤其是你办公室的文档。我要知道关于米默莎的一切。相信我，我会查清楚的。”

他朝她走近了一步。洛蒂伸出手示意他停下，另一只胳膊上挂着的手包滑落，包里的东西洒落一地，包括那张亚当的照片。

“那是什么？”罗素指着照片问。

“没什么。”洛蒂把照片捡起来，和其他东西一道塞进包里，“我需要你手头上所有米默莎的信息，我们有一条新线索。”

“什么线索？”

“我认为这女孩现在有危险。我要知道她从哪里来，怎么成了避难人士，名字为什么不在官方数据库里。”

“应该在的。”

“不在。我亲自查过。你是不是有自己的名单？比如，除了避难人士之外，其他暂住在这里的人员的名单？”

“真是血口喷人！”

“你自己告诉我米默莎在这里住过，但她的名字并不在司法部的数据库里，你怎么解释？”

“肯定出了什么差错。”

“对啊，罗素先生，你自己犯了错，犯了大错。”

有那么一会儿她似乎看到他面露忧色，但很快便恢复正常。

“到我办公室来。”他说着便迈步往回走。

洛蒂想转身走开，离他越远越好，或至少呼叫支援，但刹那间却把常识抛到九霄云外。

罗素走到大楼门口，停下脚步，转过身。洛蒂注意到他瞥见自己跟在后头时龇牙一笑。

“米默莎在一家妓院！”她脱口说道。她一心想抹掉他脸上的坏笑。

“你说什么？”他脸色发白。

“就在拉格穆林。”洛蒂接着说。

“我完全不知情啊。她现在也在吗？噢，那小孩可怜了。他没跟他妈妈在一起吧？”

洛蒂咬着腮帮子，心里寻思他这是不是在演一场大戏。她感觉他对自己所说的早就知道。

“你给这家妓院提供妇女吗？”

罗素手里把玩着钥匙，不看她眼睛：“帕克督察，不要来这套。”

“哪一套？”洛蒂毫不含糊。她现在没时间玩游戏。

罗素靠了上来，侵入她的个人空间。他靠得如此之近，洛蒂几乎能闻出他早饭的气味。

“我现在打电话叫后援，”她说着拿起手机开始按，“你在威胁我。”

“没有必要。进来吧，我看看能不能找到那个文件。”他说着往门里走。

洛蒂叹了口气。终于有了进展：“行。但你得快点儿。”

两人来到楼梯底下，罗素回过头：“我还得跟你说说你丈夫干的那些事儿。”

“什么？”

“他跟那个小婊子米默莎之间有关联。”

他说完便大步上楼。

洛蒂瞪着他的背影。什么关联？她四下回顾，心思有些狂乱。她该离开。回警局，找支援，找博伊德。

不行。

她必须得弄清楚罗素到底在说什么。

第五十九章

“唉，天啊，怎么又是你，走开！”

博伊德点上烟，想避开杰姬。她跟着他，绕过警局大楼的后头。

“你不该来！”他说。

“听着，马库斯，我来找你是冒着生命危险的。”

博伊德停下脚步。杰姬一把抓住他的胳膊，紧捏着不放。博伊德四下看了看，生怕麦克纳利从哪儿冲上来。

“我可已经肿了一只眼，不想肿一双。”

“事关梅芙·菲利普。”

博伊德一听这话停下脚步，扔掉烟头，用手抓住她的肩膀，“你知道什么情况？”

“不多，我昨晚就想说，但……你知道，我喝多了。”

“继续。”

“她父亲叫杰米找她。”

“这我们已经知道了。”

“但你们不知道为什么。”

“行，我听着呢。”

“梅芙被人绑架了。”

“你胡说，杰姬。我为什么要相信你？”

“我发誓这是实话。这跟杰米还有梅芙爸爸干的……事儿有关，反正不管是什么吧。我今天早晨偷偷听到他在电话上说的。”

博伊德想了一会儿。

“贩卖妇女？卖淫？”

“对。”

“你是说有人绑架了梅芙逼她卖淫？”

“不是，你个蠢蛋。那是弗兰克·菲利普和杰米干的事儿，但他俩最近的生意出了些差错。我不知道是出在哪方面，是钱、毒品还是妇女。可能是因为跟最近难民涌入欧洲有关的什么事，他俩大为恼火。而且我还知道，弗兰克·菲利普极担忧他女儿的安危，所以叫杰米找她。”

“菲利普为什么不自己找？”

“他会被逮捕，那就啥忙也帮不上了，待在西班牙反而好些。反正杰米已经因为其他事回国了。”

“什么事？”

“我不知道。”

博伊德绕着圈子踱步，心里掂量杰姬刚说的话。

他知道菲利普十年前在都柏林犯下一桩邮局抢劫案，所以身上背着一个通缉令。

“这么说，鼠面男麦克纳利也在找梅芙·菲利普。”

“别那么说他。”杰姬从手提包里抽出一包香烟，点上一根递给博伊德，又为自己点上一根。“不过，我认为是的。他目前跟你一样，瞎转圈子。你得跟弗兰克说说。”

“怎么可能。他多年前就潜逃了，怎么会回来呢。”

杰姬说：“毕竟是他女儿。听着，马库斯，我承认咱俩之间是没戏了，但我可以帮你找那女孩，然后你帮我从杰米身边逃开。”

博伊德看着这个女人，他曾经的至爱。

他也承认他俩的感情彻底结束了，但不能眼睁睁看着她与鲨鱼共泳啊。即便杰姬跟他说这些是出于自私的目的，但他隐约知道，她这么帮自己是有生命危险的。

“别这么看着我，”她说，“让我帮你吧。”

“谢谢，杰姬。”博伊德狠狠吸了口烟，“我们有一个团队负责梅芙的失踪案，这起案子现在是我们的当务之急。所以，如果你能让弗兰克·菲利普跟我们联系，那就算帮了大忙。然后，你可以提供你所掌握的信息，协助我们逮捕麦克纳利。”

“行，”她说，“如果我能说服弗兰克跟你们联系，我会通知你。然后我再看看能不能搜到杰米什么把柄。”她伸着脖子在博伊德脸上亲了一下。

博伊德看着她离去，便火速跑回警局。他得把这件事告诉洛蒂，希望能博得她的认可。但他突然想起洛蒂不在。

第六十章

丹·罗素办公室里的电风扇转个不停。

“告诉我亚当的事，”洛蒂说。她一直站着，“你怎么知道米默莎跟他有关联？”

罗素在桌后若有所思地看着她：“给我看下那张照片，我知道你想让我告诉你是什么情况。”

“我想让你告诉我镇上到底发生了什么事。连续有女孩遇害、失踪、被偷。这跟你都有一定的关系，我要知道到底是什么关系。”

“跟我一点关系都没有。”

她把照片拍在桌子上，顺势坐下：“我没时间跟你玩游戏。这就是亚当，你肯定认识。你跟他在科索沃同期服役过，照片就是在那儿拍的。”

“你这么肯定？”

“照片角上有日期，所以别撒谎了，你当时也在那里。这照片里其他人是什么人？”

“我不知道。”

洛蒂仔细观察他。他在撒谎。

罗素把照片推回给洛蒂:“别再白费心思了。”

“那女人怀孕了,”她说,“那个年轻的女孩看着也像是怀孕了。几个小孩好像很害怕的样子。我想知道他们的更多情况。”

罗素把椅子往后一推,叹了口气,站起身来。

“当时的科索沃可谓灾难深重,太惨了。到处是暴行。各种形式的种族屠杀。除了杀人,还有强奸。我不是很清楚,但我猜那女人也被强奸了。亚当或许是在帮那户人家,也说不定……”

“说不定什么?”

“说不定他就是强奸犯。”

洛蒂一听便跳起来,撞翻了椅子。她瞪着罗素。这就是他威胁要曝光的信息?她一把抓起照片:“你信口雌黄!”

罗素从桌后转出来,紧靠在她眼前站定。

“你根本不了解那个国家当时是什么样子。我警告你,如果你再不知好歹把我往你那些乱七八糟的调查里扯,我会毫不犹豫地把你宝贝丈夫干的那些好事儿抖出来。”

“你唬我!”

“别逼我!你知道,谣言可是长腿的。你找到米默莎和她儿子,就不会有人知道亚当·帕克的事。”

“罗素,你这个骗子,浑蛋,彻头彻尾的浑蛋!”

“尽管骂。”

“你为什么这么急着要找米默莎?几天前你都不愿意承认她是你这里的人。”

罗素犹豫了一下:“这里是我公司管理的。我不想有人认为我公司有疏忽,否则我会丢掉这份合同。”

“你这分明是在胡扯。”

“我的生意我懂。”

“是吗？那你怎么还把一个女孩和她儿子搞丢了。”洛蒂根本不信他这套说辞。她的脑子在急速运转，想找出一个无懈可击的由头逮捕他。她该把博伊德带过来。“她有个朋友，一个黑皮肤的小个子女孩。我要跟她谈谈，现在就要。”

她见罗素的脸色刹那间变得苍白，但很快又恢复阴冷。

“我对你说的这个女孩一无所知！”他说。

“别担心，我会找到她。”洛蒂想了一会儿，“亚当到底做了什么会让我觉得担忧？”

“我要是告诉了你，事情会变得更复杂。”

洛蒂盛怒之下，拿出信封，掏出徽章，挥舞起来。

“这是米默莎给我的，我相信这是亚当的徽章。”

“怎么给的？在哪儿？那个小婊子。”

罗素伸手要去抢，但洛蒂往后退了一步，牢牢地捏着徽章。

“小婊子？得了吧！”她说，“那两个无名受害人，是不是都是你这里的人？”

“当然不是。”

洛蒂回想了一下两名受害人的情况，又联想起在网上读过的一些报道。“科索沃战争期间以及战后都盛行器官贩卖。你当时在科索沃，现在你却在这里搞这个。”她停了停，思绪终于开始慢慢串了起来，“罗素，你到底在搞什么？”

“你需要找到米默莎的儿子。你手里那张照片——我认为里边的那个女孩就是米默莎。”

洛蒂困惑地摇摇头，思绪茫乱。她低头看照片，看似怀孕的女孩确实有一双和米默莎很像的眼睛，年长一些的妇女也是。

“但她年纪——”

“现在大概十九岁。”

“不可能是那女孩，年龄对不上。”

“不是那个。”罗素说。

他从她手里接过照片，放在桌子上，用食指点了点夹在两个男孩中间席地而坐的小女孩。

“这个。这是米默莎。你要是找到她，我就不把我手里握着的你丈夫的信息透露出去。”

“我不明白。”洛蒂皱了皱眉，“那这个年纪大一些的妇女是米默莎的母亲？那我丈夫为什么会在照片里？这家人怎么了？米默莎为什么又来到拉格穆林？”

“你觉得你丈夫在科索沃做过什么？你得好好想一想，别急着指控我搞非法买卖器官。”

洛蒂一把抓起照片，拔腿往门口跑。

“罗素，你有种尽管威胁我，我会带着搜查令回来的！”

第六十一章

灼热的阳光穿越臭氧层，将洛蒂的脸颊烤得通红。她大步疾行，电话贴在耳朵上，听博伊德絮絮叨叨地说话。因为刚才和罗素的那番激烈对质，她心里现在仍在翻江倒海。

“慢点说，博伊德。你现在在哪儿？”

“等你。林奇和柯比先去了，制服警察已经封锁了现场。”

“什么现场？”

“你刚才没在听吗？又发现一具尸体。”

“这次是谁发现的？”洛蒂跑步穿过运河上的天桥，又跑过铁道上的天桥，终于看见博伊德了。他正在警局外面转圈子。她继续一路小跑。

“我不知道，刚收到消息。”

洛蒂跑到博伊德跟前时，已经上气不接下气：“肯定又是彼得罗夫齐。”

她还在对着电话讲。博伊德一把拽掉她手里的电话，挂断，塞进她挎在肩上的手提包。

“冷静点儿！”他说。

“这话这几天我听了多少次了，每次听我都简直要发疯。”两人并肩走过大教堂，沿街前行。“为什么要走路去？”

“镇政府疯了，到处有路面施工，交通简直瘫痪了，走路去还快点。”他说着点上一根烟。

“给我也来一根。”洛蒂说。

他把刚点上的香烟递过去：“罗素说什么了？”他又点上一根。

“等等再告诉你。”

“现在说。”

“等等，博伊德，等等。”她自己还没从罗素的话里缓过神来呢，现在跟别人解释不清楚。

两人来到街道尽头，往左转，朝克洛伊学校去。洛蒂希望二女儿正在努力复习考试。她理解这孩子压力大——她至少觉得自己能理解——所以没总跟女儿絮叨考试的事儿。她信任这孩子，不过话说回来，也不比五个月之前了，克洛伊变了。这事也不能大意，但眼下又发现一具尸体，得先处理。

“谢天谢地，周围没有学生。但承包商怎么会在这里施工？哎，博伊德，怎么到处都有他们？我还以为每个施工现场都安排了人监视呢。”

马路两个方向的车流都堵上了，喇叭声此起彼伏，司机们骂骂咧咧，他们自然不知道又一位可怜人被夺走了性命。就算知道了，估计也不会消停，洛蒂心里说。

两人来到桥边，只见制服警察在疏导车流回头。蓝白的现场警戒带随风飘动，空气潮湿逼人。洛蒂似乎闻到了暴雨的气息。她希望现场调查员能在下大雨之前干完活儿。

两人猫腰钻过警戒带。洛蒂来到桥上，往下俯视。警察们在老闸门边上靠着楼搭起一顶帐篷。

“或许是淹死的，或者自杀？”她看不见尸体。

“我跟你一样，什么情况都不知道。”

洛蒂先找到了柯比，便问他：“什么情况？”

“那边有个旧泵房，承包商当仓库用的。两个工人在修锁时，其中一个发现了尸体。”

在柯比身后，林奇正在跟一个高个子男人边聊天边做记录。那人背对着洛蒂，但洛蒂觉得他的样子很熟悉，他歪着脑袋的样子，还有黄背心下宽阔的肩膀。

洛蒂立刻便知道第三具尸体是谁发现的了。

如同遵循了诸神或恶魔的旨意，愤怒的乌云遮住了太阳，骤雨从天而降。现场没人穿外套，也没人带雨伞。

洛蒂心里想，大伙儿都得淋成落汤鸡，但更糟糕的是，证据会被毁掉。她失魂落魄地站着。林奇在一旁继续逼问安德列·彼得罗夫齐。这绝不会是巧合。前两具尸体被发现时，他可都在现场，这一次，他竟然鬼使神差地又出现了。他身边的工友把头埋在胸口，双手深深地插在兜里。

洛蒂需要点时间，得蓄足了气场，再去对付彼得罗夫齐。她走到帐篷入口处博伊德和柯比的身旁，问：“什么情况？”

柯比说：“死者是女性，在旧泵房里发现的。据彼得罗夫齐的老板杰克·德莫迪说，尸体就横在旧挖掘机的后头。他们把她拖出来时，还以为能救过来呢。但拖到阳光下一看，就知道绝无可能了。”

“彼得罗夫齐碰过她吗？”

“他们两人把她抬出门的，说里边的灯坏了。”

“尸体又遭到污染。”洛蒂摇了摇头。她要往彼得罗夫齐那边走，但博伊德一把抓住她湿漉漉的胳膊。

“让林奇暂时先对付一下他俩，”他说，“她完全可以的。”

“我不可以？”她身体一甩，头发上飞出雨水。

“你知道我不是那个意思。”他掀起帐篷的帘子，“我们得先看看尸体。”

洛蒂放弃了。两人戴上手套和靴套。进帐篷之前，洛蒂环顾了一下现场，瞥见卡舍尔·莫罗纳正对守护现场的制服警察表示抗议。

“就该这么对付他！”她咕哝道，抬腿进了帐篷。

尸体的姿势很别扭，脸朝天，靠在旧泵房的红砖墙边。

“认得吗？”博伊德问。

洛蒂盯着看了一眼，“不是梅芙。”她说。

“也不是米默莎。”

洛蒂十分谨慎地慢慢往前凑，生怕破坏任何证物惹怒吉姆·麦格林和他的团队。不过她想，彼得罗夫齐和他的工友早已碰过尸体了。

“为什么这个没像前两个那样埋起来？”她嘟囔道。

女孩的眼睛闭着，身体像一具被丢弃的布娃娃：“真想把她翻过来看看她后背是否也有枪眼。你瞧她脸上和脖子上的那些印痕。”

“咬痕？”

“看着像。第一位受害人也有类似的印痕，不过没这么明显。简从尸体上没采到DNA。”洛蒂蹲下来仔细看，“博伊德，我觉得她可能是米默莎来我家那天早晨跟她一起的那个。”

“真的？不过你当时不是没看仔细吗？”

“是没看仔细，我只是说可能是那个女孩。”

博伊德说：“我们还不知道死因。说不定她是掉进运河，然后自己爬进泵房的呢？”

“可惜了这么一个漂亮姑娘。她如果也跟其他两个情况一样，那也不会有人来认尸。”

博伊德摇摇头，猫腰出了帐篷，洛蒂跟着走出来。博伊德在等吉姆·麦格林，她决定现在就去质问彼得罗夫齐。他可是跟三个受害人冥冥中都有联系的人。

洛蒂刚走上去，他便转过身来。他脸上的伤疤更加突兀，在雨中显得更深更暗，但那双眼睛依然充满了痛苦的神情。

“彼得罗夫齐先生，我们又见面了。”洛蒂抱起胳膊。

“我跟侦探说。”他指了指林奇。林奇狼狈地捏着手里快要散架的笔记本。雨水从彼得罗夫齐的耳朵和鼻子上往下滴，他的T恤衫和背心紧贴在胸口，双手深深地插在湿透了的牛仔裤口袋里，脚下的长筒靴上沾满了泥巴。

“告诉我吧！”洛蒂说。

他叹了口气，但并没有张嘴。

林奇转过身，对洛蒂说：“德莫迪先生告诉我说他们两人开车过来修锁时发现的尸体，一起发现的。”

“你今天之前什么时候来过这里？”洛蒂问德莫迪。

德莫迪浑身直哆嗦：“几天前，可能一礼拜了。不太记得。”

“上了锁吗？”

“没，锁被撬了。我们今天早上接到电话过来修锁，也想着过来拿些工具。她死了，对吧？那个女孩。”

洛蒂点点头。

林奇合上滴着水的笔记本：“他刚才说的差不多就这些。”

“你接到的电话？是谁打的？”洛蒂问德莫迪。

“总部一男的，我估计。我不认识号码，但那人说得有板有眼的。”他猛地停下，张着嘴巴，“你难道是说……”

“德莫迪先生，目前我还没有什么推测。你有吗？”洛蒂又转而问彼得罗夫齐，“你有话要说吗？”

安德列·彼得罗夫齐把手从裤兜里抽出来，举向天空。“邪恶，”他哭喊道，“太邪恶了，为什么要我看这么多尸体？”

“你知道这女孩是谁吗？”洛蒂直截了当地问道。彼得罗夫齐摇摇头。

洛蒂不以为然：“这女孩就躺在那里等着你来发现，是吗？”

“我不知道。她在这里。像……睡着了。”他的肩膀垂了下来，人蓦地矮了，表情萎靡。

“我实在不明白，你为什么一个星期连续发现三具尸体？”洛蒂说，“说不通。除非……”

“什么？”他央求地问道。

“除非是你杀了她们。”

彼得罗夫齐猛地发出一声哀号，吓了洛蒂一跳，不禁往后退了一步，似乎被他的叫喊推搡了一把。他的嘴巴开始叽里呱啦往外蹦话，谁也听不懂的话，他在说一门儿她完全不懂的语言。倾盆大雨在他们脚下聚起了泥水。一阵闪电爆裂，把天空撕得四分五裂。这会儿才刚过午时不久，天已经黑了。

彼得罗夫齐尖声叫道：“Ju lutem!”

洛蒂说：“你这是怎么了？林奇，带他回警局。”

她周围的场景似乎有些虚幻，一切都是颠倒模糊的。又一条闪电划过，乌黑的天空顿时如一片炸裂的陶器。洛蒂心里想，她难道一直都想错了？

第六十二章

在一片蓝色的闪光灯和呼啸的警笛声中，林奇和柯比两名探员将安德列·彼得罗夫齐和杰克·德莫迪带回警局，把大雨和不耐烦的记者抛在身后。洛蒂令人登记了两人的电话，并送交技术人员分析。她并不清楚彼得罗夫齐到底有没有干什么，但眼见他发疯之后，便决定将他先留在警局，找医生检查之后再问话。

吉姆·麦格林来到现场，洛蒂迎了上去。雨势稍减了一些，但雷电仍然埋伏在吓人的乌云背后。她浑身湿透，衣服紧贴在身上，但毫不在意。

“来瞧瞧你今儿又为我准备了什么大礼。”麦格林说。

洛蒂跟着他走向帐篷。麦格林全副武装，但洛蒂觉得已然没用了，太晚了。现场已被破坏殆尽，就算刚才有什么线索，这会儿也早被大雨冲洗掉了。

博伊德掀起帘子，两人往里瞧。麦格林开始干活儿，戴着手套的手又是量又是摸，一边做记录，拍照片，一边咕咕哝哝。他终于把受害的女孩侧翻过来。

洛蒂盯着女孩的背部看，轻薄的棉裙下，肋部分明显出一个深孔的轮廓。

麦格林说：“又来一个。病理专家一会儿就到。”

“枪杀后再穿上衣服。”博伊德说。

“枪杀后再穿上衣服……”洛蒂应和了一句。她忍住了伸手把皱裙子抹平的冲动。

调查组搜完泵房后，开始扫地上的泥土找证据。洛蒂坚信他们什么都不会找到。她靠着墙站着，正想跟博伊德要根烟，突然听到屋里一声大喊。

“找到了！”

她赶紧进屋。一名调查员站在一台生锈的机器面前，一身极薄的白色工作服，看上去像个幽灵。他戴着手套的手里拿着一样东西，洛蒂一眼便认出是什么。

她慢慢往前跨了一步，但调查员冲她摇摇头，打开证据袋，把一个柔软的破玩具兔丢了进去。玩具兔跟米洛那个一模一样，不过上面沾满了血。

洛蒂冲出泵房，她得立刻回警局。

“督察！督察，什么情况？”卡舍尔·莫罗纳在警戒线外冲她喊。他冲在一帮记者的前面，他们的身后停满了媒体采访车，车顶上伸出卫星天线。

洛蒂没法不理他——她得从他身旁过，才能走到警车边。

“无可奉告。”洛蒂低着脑袋，沿着河岸往车边疾走。莫罗纳紧黏在她屁股后头，身后簇着一帮记者。

“受害人的器官被摘除了吗？”他大声喊。

他这是从哪儿来的消息？莫罗纳紧追不舍，洛蒂脚步不停，他嘴巴也不停。

“是不是有个杀人犯盯上拉格穆林了？是连环杀人狂吗？”

洛蒂受够了。她摆起姿势迎战。

“我看拉格穆林就你喜欢盯别人的梢儿，莫罗纳先生。你要是再嚷嚷一些无根无据的话，我就逮捕你，告你妨碍司法调查。明白吗？”

莫罗纳嘴巴大张着，不知所措，但很快便恢复正常：“这么说你不否认有连环杀人犯了？”

“你这个问题不值得回答。快走开。”

她这个上午真是受够了。

第六十三章

洛蒂和博伊德站在警局的咖啡间里，洛蒂抿了一口温热的咖啡。

“凶手为什么把她扔到泵房里去？”她问。

“现在工地都有人守着，他没办法埋。”博伊德说。

“今天才开始有警察守啊。”

“我真想知道他是怎么选抛尸地点的。”

“我们到底还能不能查明这些受害人的身份啊？”洛蒂问，“米洛的玩具呢？怎么会在那里？”

“你不是说你认出那女孩了吗？说米默莎那天来你家时，她也在，是她把米洛送到你家门口的吗？”

“我也这么想。她当时肯定是觉得孩子有危险了，但忘了带玩具。不过，凶手为什么会把玩具丢在她身边呢？”

博伊德耸耸肩。

“博伊德，我感觉这个凶手非常想找到米洛。我认为是丹·罗素干的。他好像很急切地想要找到这孩子。或许他故意把玩具放在尸体边上，引我们上钩。他认为顺着我们这根藤就能找到孩子。”

“你真觉得可能是罗素？”

“可能。这个受害人是遭了折磨的。”洛蒂摸着咖啡杯，脸上一副痛苦的表情，“你也见过那些咬痕……太凶残了。我们得再过一遍所有证据，肯定有线索能为我们指出正确的方向。”

“目前看来，我真不知道我们该朝哪个方向走。”

“乐观点，”洛蒂说，“我们把所有线索都再过一遍。”她说着把杯子放进水盆里。

博伊德将杯子拿起来，用壶里的水冲洗干净。

“洛蒂，我今天早上见到杰姬了……”博伊德说。

“你不用跟我解释什么。”

她盯着他看了一会儿。湿透的衬衫贴在他身上，一头短发被雨水打得光亮照人，黑色的眼睛在灯光下熠熠生辉。洛蒂蓦然觉得博伊德是除亚当之外她见过的最帅的男人。亚当！天啊，他到底干了什么？他这一辈子难道就是个巨大的谎言？她这么一想，倒吸一口凉气，强忍着泪水，生怕博伊德误解她。

“我们得谈谈。”他说。

“对，确实。先换衣服，五分钟后专案室见，小组开会。”

洛蒂头也不回地走了。她知道他在后面盯着自己每一个脚步，等着她回头。

去你的，博伊德。她继续往前走。

组员们坐在专案室里急切地等，像一群拉普拉多犬，一放绳子便会冲出去。她要给他们点儿料磨磨牙。她身上的T恤衫是柜子里最后一件了，又紧又短，湿牛仔裤是没得换了，只能等回家再说。脚上的鞋子算是毁了，直接在外面套上一双靴子。

林奇第一个汇报：“当班医生给彼得罗夫齐打了镇定剂，现在正在拘留室里休息。我安排了一个警察在外面守着，以防万一。”

拘留室是新大楼的一部分，洛蒂知道彼得罗夫齐在里边找不到东西伤害自己，但还是得安排人看着他。

林奇继续说：“杰克·德莫迪录了口供。他上午十一点三十五分接到的电话，打电话的人叫他去泵房修锁，这会儿技术人员正在检查他手机。他说彼得罗夫齐总是和他一起干活儿，所以带他一起去并不奇怪，是出于劳工健康与安全方面的考虑。他们到了之后，他便进去看看有没有丢东西，顺便拿一些工具，就在这时发现了尸体。”

“先不要放他走，再等等，看他还会不会改口。”洛蒂看了看案情分析板，第三个受害人的照片已经钉了上去，“我们来回顾一下目前掌握的情况。”

她边看案情板，边踱着大步：“我们现有两宗谋杀，而今天发现的这个女孩稍后也会被定性为谋杀，她背后也有枪伤。”

“又来一个。”制服警察吉莉安·奥多诺休说。

“对，三个女孩，全都没有失踪报告，背后都有枪伤。前两个肾被手术摘了，而且一号受害人还有四个月身孕。因为那个小丑莫罗纳，媒体知道器官摘除的事了，现在都在报道说有连环杀人犯。”

“不就是这个情况吗？”博伊德说。

“但我们不想全世界都知道啊，我们现在还没有确凿的消息公布于众。”

林奇说：“现在拘留室里不是有一个嫌疑犯吗？”

“我知道。我不是叫你们对器官摘除的事情守口如瓶吗？”洛蒂目光落在柯比身上。上回就是他给莫罗纳透的信儿，虽然他自己说是意外。

柯比摇摇头，意思是这次不是他。

洛蒂摇摇头："我不过是让你们不要引发公众恐慌，明白吗？"

房间里涌起一阵低语。

"我会叫新闻办公室写篇文章，放点烟雾出去迷惑迷惑他们，省得天天追着我们屁股跑。"

柯比咕哝了一声，但没说话。

"这些受害人，"洛蒂说，"没人报案说她们失踪，一个都没有，所以她们来自直接救济中心的可能性越来越大。"

柯比说："我们查过官方数据库，司法部说数据库是及时更新的，都没问题啊。"

"我认为还有一个非官方的数据库，过去几天我得知该中心有一个女孩失踪了。"洛蒂说着指了指米默莎的照片，艰难地吞了一口唾沫。她知道自己一旦把这话挑明了，罗素可能会把他手里的亚当的把柄放出去。但一想到那只柔软的玩具兔和头发上沾满樱花的米洛，洛蒂便觉得其他都不重要了。无论罗素会干出什么来，毕竟影响的也只是一个死人，害不到活人。

洛蒂咳了一声清了清喉咙，继续说："虽然没人报案说米默莎失踪了，但丹·罗素私下请我调查。所以我们得加快办搜查令，搜一搜那栋楼，尤其是电脑。"

"周一早晨第一件事就去区法庭办这个，"博伊德说，"但我不明白的是，如果罗素涉身凶案，为什么还要请你调查米默莎的失踪呢？"

“我不知道，但他明确表达过对米默莎儿子米洛的关切。”

“又多了一个失踪儿童，事情更复杂了。”林奇说。

“他没有失踪，”洛蒂说，“我知道他在哪里。”她突然想起和社工约定的时间很快就要到了。

“噢，”林奇宽慰地叹了口气，“他在哪儿？”

“你只需要知道他现在是安全的。但现场调查员今天在尸体旁边找到的那只玩具兔是这孩子的。”

“什么？”众人异口同声地惊问道。

“你怎么能确定是他的？”柯比问。

“标签和耳朵都是破的，就是他的。”洛蒂深吸一口气，“我现在还不知道这意味着什么，但大家办案时要记住这一细节。我也有理由相信米默莎曾一度被困在一家妓院。柯比探员，那家妓院的老板安娅你调查得如何了？”

柯比脸腾一下红了：“她消失了。我们认为她用过好几个化名。我们已经通知了港口和机场。但我估计她现在很可能已经回到阿尔巴尼亚了，再没人见过她，或她手下那些姑娘。我和反人口贩卖部门以及其他机构核查过，什么都没查到。”

“死胡同。”洛蒂敲了敲另一张照片，“梅芙·菲利普，通缉犯弗兰克·菲利普的女儿。最后一次有人见她是一个多星期以前，虽然我们在媒体上广发消息，还是没人见过她。我们不知道她的失踪和近期的凶案及米默莎的失踪有没有关联。”

“我觉得有关联。”博伊德说着把手插进裤子口袋。

“请解释。”洛蒂抱起胳膊说。

“我之前想告诉你来着，但是……我得到消息说杰米·麦克纳利和那家妓院有关系，因为最近生意上出了些问题，所以他才回到拉格穆林。虽然只是听闻，但我相信我的消息来源。我们在麦克纳利入住的园景酒店派了一名警员，但一整天都没见到他的人影。”

洛蒂紧盯着他的眼睛，“翠西·菲利普告诉我麦克纳利去她家问了梅芙失踪的事情。还有别的线索吗？”

博伊德好像有话要说的样子，但却摇了摇头。

“博伊德探长说麦克纳利跟妓院有关系，我倾向于同意，”洛蒂终于说。她气愤地攥紧拳头，博伊德竟然还藏着掖着。晚点再收拾他。“现在说说威尔院子里的血渍和弹孔，有进展吗？”

柯比站起身来，但似乎觉得别扭，立马又坐了下去：“不是人血，我们认为是动物的血，可能是狐狸的，和白色面包车里的血一样，所以也是个死胡同。”

“有点儿意思，”洛蒂若有所思，“凶杀是想制造烟幕弹吗？”

“我带巴兹·弗林去看了面包车，”柯比说，“他也住在那条路上。他说那车看着像是他星期二凌晨看见有人开着捡路标的那辆。我跟那家安保公司又核实了一遍，他们说绝对不是公司车队的。但巴兹老眼昏花的，而且之前一直在睡觉，所以我对他的话不敢太信。”

“那是谁把车子交到威尔废车场的呢？”洛蒂挠着下巴，眯着眼看柯比。

“威尔说他买那车花了五十欧元，卖车的哥们儿急着出手。交易没留记录，他也想不起那人的模样了，只记得掏了五十欧元。就这还是我威胁要逮捕他，告他妨碍司法，才告诉我的。哦，还有件事，你也知道，他家的监控也不灵。”

洛蒂哼了一声："既然把尸体埋在威尔院子外头，又为什么把车子也卖给他？这是怎样的变态啊？"

博伊德开口说道："我们还不能确认这车就是凶手的。"

"我觉得是。他在跟我们玩心理游戏，想显摆他无所不能。比如，他杀了三号受害人之后，又把尸体像条鱼似的丢到旧泵房里，任其腐烂。"洛蒂在专案室里踱起了步。大家都沉默不言。"别管车子了，我们人手本来就有限，不能浪费。"

"但是。"柯比说。

"没有但是，他这是在声东击西，我很确定。别再浪费时间查车子了。"

"行，头儿。"柯比哼了一声。

洛蒂又说："我还注意到一件事，不过得尸检确认。我相信第三号受害人死前饱受折磨，尸体上有严重的咬痕。"

"为什么呢？"林奇问。

"不知道。第一个受害人脖子上有一处咬痕，但最后一个受害人脸上和脖子上到处是咬痕，咬得更疯狂，这又是一个需要考量的角度。"

"现在的角度就已经多到够把我们逼疯了！"博伊德感叹道。

洛蒂把目光停在林奇身上："我们现在还没搞清楚受害人被杀害的地点。这方面有新消息吗？"

"没有。抱歉。"林奇垂下脑袋。

洛蒂说："受害人指甲下的苔藓呢，哪里来的？"

"这是尸体上留下的唯一线索。"博伊德说。

"如果凶手洗了伤口，那肯定全身都洗过了。"柯比说。

“他先是脱了她们衣服，开枪杀人，洗伤口，再穿上衣服，”洛蒂说，“这就是为什么简·多尔从咬痕上检验不出什么来。”她想了想，又说，“他是在一个无人能听见的地方开的枪。沼泽地？树林？”

“苔藓检验过了吗？”博伊德问。

洛蒂开始翻法医报告。

“找到了。”报告是早晨通过电邮发过来的。她看了两页，“唉，怎么没早点拿到这个。”

“什么？”柯比问。

“有隐什么……这个单词我不会读。”她把单词拼了出来。

“隐孢子虫，”林奇说，“等等，我谷歌搜一下。”

“没谷歌之前都是怎么过的啊？”博伊德说。

“一种导致痢疾的微寄生虫。”林奇说，“还有什么什么一大堆，等等。寄生虫会通过若干种方式传播——饮用水和娱乐场用水。游泳池、湖水、河水。”

“范围小多了。”博伊德用嘲弄的语气说。

“凶手不太可能把这些女孩带去游泳池杀害的，所以也就是湖和河了。”洛蒂瞪了他一眼说。

“拉格穆林四周都是湖。”博伊德说。

洛蒂想了想：“林奇，查一查所有记录在案的报告，看周围湖泊有没有非正常事件发生。再查查打猎季节的日期，跟郡政府核实一下，看看有没有暴发过隐……”

“隐孢子虫，”林奇提示了一声，伸手把马尾辫放了下来，“那这些怎么办？”她冲着桌上的一堆问话记录挥了挥手。

“先别管了，当下这个更紧急，过两周再回头弄那些。”林奇又把头发扎了上去，抓起电话。

“不一定有什么用。”博伊德说。

“别又这么悲观。”洛蒂说。

“好吧，但别抱太大希望。”

她又仔细瞧着那些照片：“三个女孩被害死了，我们甚至连她们的名字都不知道。加油啊，伙计们。卡舍尔·莫罗纳跟大家说拉格穆林被连环杀手盯上了，到处杀人取器官。”

“现在网上又在疯传流言，”柯比点了点手机说，“推特，还有——”

洛蒂打断了他：“我们需要的是答案，不是天马行空的猜测。等简·多尔完成尸检，我们就公布相关信息，我要把受害者的照片散布出去。除了安德列·彼得罗夫齐之外，丹·罗素是我们的主要嫌疑人，我们得找个由头把他带到局里来。赶紧把搜查令办下来，博伊德。说不定公众能帮——”

突然一阵电话铃声响起，打断了洛蒂的思路，一下子忘了要说什么。她恶狠狠地盯着满屋子人，只见博伊德把电话贴在耳朵边往门口走。

“博伊德探长！”洛蒂吼道。

他已经出门而去了。

第六十四章

洛蒂在办公室逮住了博伊德，他刚接完电话。

“最好有好消息。”洛蒂双手往桌子上一杵。

“杰姬说弗兰克·菲利普愿意跟我们谈，当面谈，就在明天。”洛蒂哼了一声，压抑着的怒气从鼻孔冲了出来，连做几次深呼吸，才开口说话。

“菲利普一直在西班牙，我不觉得他能跟这三桩凶杀案有什么关系。”她说。

“他女儿失踪了，所以派他的大总管麦克纳利来找她。他轻易是不会这么做的。”博伊德坐了下来，从桌子的抽屉里找出一条领带，戴上脖子。

“博伊德，弗兰克·菲利普的这位所谓大总管打上周三起就在拉格穆林了，那时候梅芙还没失踪呢。”

博伊德的手在空中停了一会儿，又放在下巴上：“我知道，他是来这里过问弗兰克生意的。”

“那是杰姬告诉你的，我们能信她吗，博伊德？”

他没作声。

洛蒂又说："我们需要知道他回拉格穆林的真正原因。"

"无论如何，我们得见见弗兰克·菲利普。"

"对，我也这么想，没坏处，他飞机什么时候到？我们去机场见他。"洛蒂坐了下来，抽出最下面一层抽屉，把脚搁在上头。

"他不会来爱尔兰，不然我们就必须得逮捕他。我们得去见他。"博伊德屁股靠在洛蒂的桌角上，"去马拉加。"

"你开什么玩笑。"

"他或许能提供些破案线索，不然他为什么要答应同我们谈？没有坏处，不是吗？你好歹跟科里根提一句。"

洛蒂无视他近乎央求的语气，伸手抓起包："我还得去见一个社工谈米洛的事情。"

博伊德跟到门口，堵住了她的去路："杰姬很害怕。这里肯定有什么大事，但她不知道是什么。我认为我们必须得去见见弗兰克·菲利普。"

"他老婆为什么不能跟他谈？是他们的女儿啊。"

"这里不光有梅芙的事。"

"你自己去问科里根，如果他同意，我们就去，否则就算了。眼下你去看看彼得罗夫齐状况是否有好转，找林奇或其他谁跟你一起去问话。还有，再过一下所有线索。博伊德，这里肯定有什么重要线索我们没看出来，得找出来。这比飞去马拉加重要。"

科里根警司突然出现在门口："谁都不许去马拉加，谁都不许去！"

洛蒂回到家时，米洛和凯蒂坐在沙发上看卡通频道。米洛身上穿了新T恤衫和裤子。洛蒂扬起眉毛，表示不解。

“我叫克洛伊进城帮他买点衣服，”凯蒂说，“她不愿意动，肖恩就跑了一趟，买了这些。才八欧元。”

“肖恩？很好。不过不晓得克洛伊是什么情况。”

“你有时间做晚饭吗？外婆今天没来，米洛不让我离开他的视线。”凯蒂说着搂了搂米洛。

“薯条？”洛蒂说，“你喜欢薯条吧，米洛？”

小男孩抬头看着洛蒂，眼睛睁得大大的，似乎就要哭出来。想妈妈了。唉，洛蒂暗自叹了一声，要是把他送进福利机构，会如何呢？她希望他至少不会落在丹·罗素这种人手里。

“肖恩和克洛伊现在在哪儿？”她问。

凯蒂看了一眼天花板。

“我一会儿就下来。”洛蒂说着飞奔上楼。肖恩戴着耳机，压根没听见他妈妈问他晚饭想吃什么。洛蒂又去克洛伊的房间，门反锁着。

“克洛伊，让我进去。”

“走开。”

洛蒂靠在门上，继续恳求：“好了，克洛伊，开门吧。”

“我在学习，等会儿再说。”

洛蒂重重地叹了口气，只好算了，便去洗澡。

外面虽然暖和，她还是在不停发抖，在泵房那边被淋了个透心凉。疲倦吞噬着她的骨髓，热水终于让身体放松了一些。她换上干净的衣服，觉得可以见社工了。

她下楼进了厨房，一眼瞥见一条干了的血迹，一路延伸到后门。血迹呈条纹状，似乎有人清理过，但不够彻底。

“克洛伊！凯蒂！这里发生过什么事？”她喊道。

楼上一扇门哐当打开，克洛伊冲下来，跑进厨房：“我摔破了一个玻璃杯，不小心踩上了。”

“你没事吧？我看看。”

“不！走开。”克洛伊边伸出一只手挡住，边往后退。

“你这是怎么了？是因为考试吗？”洛蒂问。

“什么考试？”

“别跟我耍滑头，姑娘。”

“我努力学习呢，你一回家就不消停，”克洛伊怒气冲冲地说，“总是这样。”她打开冰箱门瞅了一眼，没看见什么中意的，又砰地关上，转身往外走。

洛蒂一把抓住她胳膊，“别这么跟我说话。”

“我才不管。”克洛伊使劲一扭脱了身，跑上了楼。洛蒂张着嘴不知所措，转脸见米洛坐在客厅门口哭，眼泪顺着小脸蛋往下流。

她正想去安慰一下小家伙，门铃响了。

站在门口的男社工看着太年轻了。这是洛蒂的第一印象。这么年轻，怎么能处理好这个烂摊子呢？

来人出示了证件，洛蒂边让他进屋，边抱歉说家里乱。洛蒂开门前，凯蒂早已把米洛抱去客厅逗他开心了。

那人自称埃蒙·卡特，在厨房桌边坐下。他一头金发，一对小耳朵，耳边的头发修剪得很整齐。洛蒂觉得他下巴上的胡子是精心打理过的，腿上的黑色紧身裤也是刻意打扮的。

“茶？”

“一杯水就好，”他一口都柏林口音，“外面又开始热得要命。”

洛蒂让自来水流了一会儿，直到变冷才接。

“干这行时间长吗？”她问。

“才几个月。”他说。

入行时间太短，恐怕应付不了他这回摊上的活儿。对于这么一个毛头小伙子而言，米洛的情况太棘手了。她暗地里祝他好运。

“行吧，说米洛的事儿，”他边说边打开一份文件，只有一张纸，“他是自己跑到你家门口来的，你不知道他家人在哪儿。你认识他家人吗？”

“他母亲上周一早晨来找过我，想要我帮个忙。之前从没见过，那天早晨之后也没见过。她的名字叫米默莎·巴巴托维奇，我认为她一直住在镇上的直接救济中心。”

“你有没有试着——”

“对，我打听过。她好像失踪了。”洛蒂突然想起第三个受害人身边的玩具兔。她一旦把米洛交出去，凶手就会轻而易举地找到他的下落，不能拿他的生命冒险。“埃蒙，今天是星期六，孩子这么小，要找到安置的地方肯定不容易。你干脆让他留在我家，至少等过了周末，这样你自己也有时间找个合适的地方安置他，我也有时间找一找他母亲。”

他用手在嘴巴上抹了抹，又摸了摸下巴，想了一会儿，“我能看下孩子吗？”

“当然。”

洛蒂出去把米洛带了进来，回来时，埃蒙正在文档里写着什么。

他抬起头。“你好，小家伙。”米洛把头依偎在洛蒂的肩膀上。

卡特继续说，“他在这里好像挺自在的。不过你哪有时间照料他？”

凯蒂走了进来。“我会帮忙的。”她说着灿烂一笑。卡特脸唰地红了。

洛蒂对女儿做了一个谢谢的口型。

卡特摸了一会儿手机，拨了一个号，一边耐心地等，一边拿笔在桌子上敲：“没人接。”

“你打算怎么办？米洛在这里很安全。”希望如此，洛蒂心里说。

“这个有违我受过的训练，不过，我想我会做出一个……行政决定。”他喝干杯子里的水。洛蒂屏住呼吸。“你可以把他留到周一，要是他母亲到时候还没出现，我就必须得把他交给一个注册护理员，或寄养家庭。周末我会着手办这件事。”

凯蒂跑了过来，一把从洛蒂怀里抱过米洛：“听见没，米洛？你可以再多待两天。”米洛笑了，好像听懂了似的。

埃蒙站起身来，洛蒂跟他握了握手。

“谢谢你。我实在不希望小家伙到处换地方，我会尽力找到他母亲。”

“劳你费心了，那样的话我的工作就容易多了。”他走到门口，又问了一句，“里边地上的血是怎么回事？”

“我手被玻璃割了。”洛蒂撒了个谎，双手在背后做十指交叉状。

他皱了皱眉，点点头，便走了。

“谢天谢地！”洛蒂说。不过她不知道卡特在纸上写了什么。

第六十五章

“是这样，彼得罗夫齐先生，局里的医生说你现在的情况可以和我们谈话。你要找律师吗？”在问询室里，博伊德和林奇面对安德列·彼得罗夫齐并排坐着。

“不用，先生。”彼得罗夫齐一边绞着双手一边说。

“三具女尸的发现现场，你都在，你有什么要说的呢？”

“我没杀她们。”

“你之前喊的那句话是什么意思？ Ju lutem ？”博伊德问。

彼得罗夫齐垂着脑袋。

“大声一些，这样才能录清楚！”林奇命令道。

“求求你，意思是求求你。”

博伊德警示地看了一眼林奇：“能不能说说你最新发现的那具女尸？你认识她吗？”

“我不认识她。我走？”

林奇说：“上星期你每天晚上都有不在场的证明吗？”

“在家，大多数晚上。”

“有人能做证吗？”博伊德问，随即注意到彼得罗夫齐一脸疑惑，又说，“有没有和你住在一起的人，能证明你每晚都在家？”

“我一个人住。”

博伊德用手揉了揉鼻子和嘴巴。他真想使劲摇他几下，把答案晃出来。

“你喜欢射击吗？”

“什么？”

“就是，拿把枪，到野外射兔子，或者到湖边射鸭子之类的。”

“我不射击，不去湖边。你什么意思？”

博伊德猛拍了一下桌子：“行了，浑球，快交代。你是在哪儿杀的这些女孩？”

“我没杀人。”

“有没有什么事能证明你跟几个女孩的死没有关系？”林奇问。

“我没杀她们。你们没证据。你们放我走。”彼得罗夫齐往后一靠，抱起胳膊，干脆闭上了眼睛。

整整四分钟，他就这么一言不发。

博伊德把椅子往后一踢，跳了起来。林奇赶紧用眼神提醒他冷静。

“我去问问科里根警司，看他要怎么处置你。问话结束。”

博伊德没等林奇一起，独自怒气冲冲地出了房间。

那人把东西装上新面包车。交通慢慢纾解了一些。人们变聪明了，不走镇中心了，他一边寻思一边看见工人在封锁一段路，留待周一再接着施工。他准备给他们点东西挖挖。

他开车路过火车站，朝下看了看废车场。他知道警方在那儿什么都不会发现。旧车被他洗得干干净净，除了他留下的那点东西。

他暗诩自己手法高明。他故意留了血迹，又朝墙上开了一枪。他是趁着夜间火车出站时，装了消音器才开的枪，枪声完全被盖住了。他们发现尸体花的时间够久的。

他遵照限速要求行车，不想引人注意。

他绕着镇子，穿过工业园，到了灰狗体育场往左拐，看了一眼帕克督察家所在的风车路。那女人有点意思，大长腿，紧身牛仔，还有她那个疯女儿。不会太久了，他想，不过至少得等到夜幕降临之后。

最后的奖赏是值得等待的。

第六十六章

晚上八点半，洛蒂总算把家里收拾妥当了，米洛也睡了。凯蒂哄了肖恩下楼来看《犯罪现场调查》，这一集特别血腥。她去客厅瞧了一眼，两个孩子都瘫坐在扶手椅里。她正要上楼去看克洛伊，电话响了。是博伊德。

“你最好有好消息。”她犀利地说。

“好消息可是没有，我们放了安德列·彼得罗夫齐。医生说他身体无恙，我便对他做了问话。”

“他说什么？”

“说 ju lutem 的意思是‘求求你’。没有不在场证据，也不愿意多说。”

“唉。”

“科里根说我们手上没证据，他做完了笔录，我们没有理由不放人。”

“我琢磨着他是不是跟直接救济中心有什么关系？他肯定知道点情况。”

“我也知道情况啊。他就是凶手。”

“这个先搁一边，你把证据都过了一遍吗？”

“拿着望远镜过的。”

“是放大镜好不好。”

“无所谓。”

“你怎么口气这么像克洛伊。”洛蒂觉得心口一疼。她得赶紧搞清楚克洛伊为什么这么愤怒，如此疏远自己。她也得弄明白罗素手里捏着亚当什么把柄。

“有人见到梅芙·菲利普或者米默莎吗？”

“想得美。社工的事怎么样了？”博伊德问。

“我能把米洛留到周一。你跟科里根提了马拉加的事了吗？”

“提了。”

“结果呢？”就算警司同意了，她真能走吗？她得盯紧米洛，还有克洛伊。

“我狂拍了他一通马屁。”博伊德说。

“这么说他同意了？”

“明早六点一刻的飞机。我四点去接你。明晚回。”

洛蒂问：“欧洲刑警组织那边联系了吗？”

“我们不在正式场合见弗兰克·菲利普。警司找了一个熟人，此人认识一个什么知情人，所以我们去没问题。”

尽管诸事不顺，洛蒂还是忍不住大笑起来。

“想说就说吧。”博伊德怂恿道。

“你真是个补品啊，你知道吧？”

“蒙你经常提醒。”

“明早见。对了，把彼得罗夫齐的笔录带过来，飞机上还能有个东西看看。”

“我还想着你会依偎在我肩膀上呢。”

“晚安，博伊德。”

洛蒂挂了电话，开始在厨房里踱步。来杯葡萄酒就好了，伏特加？不行。来粒药片？她伸手在包里搜，打开拉链袋子，终于找到半片，已经碎了，倒了一杯水，吞了下去。

她在扶手椅上坐下，希望药片能让她忘却罗素的威胁，罗素的话似乎刻在了她脑子里。她知道罗素在暗示亚当参与了活摘人体器官的恶行。绝不可能。亚当绝不会干这种事的，罗素就是个骗子。

她闭上眼，听外面有没有风声。没有。雨声？树上的鸟鸣？都没有。

这个夜晚万籁俱寂。

洛蒂不安地睡去，做起了一个不平静的梦。

米默莎被捆了起来，脑袋上套了一个黑色垃圾袋。伤口流出的血粘着塑料，袋子上撕开了一个口子让她呼吸。

她被推搡进一辆轿车的后备箱。她已经没了力气，失去了反抗的意志，也不再想自己这是要被带去哪里。她已经不关心自己的死活了。她身体上承受了太多的痛苦，精神上如此绝望，甚至一度觉得自己连米洛都不在乎了。但这不是真的。无论他们怎么折磨她，她都咬牙告诫自己绝不要崩溃。她只能死死守住那份希望。她要是能活下来，说不定还有一线机会找到米洛。她要是死了，就什么都没了。

车子停了，米默莎被拖出后备箱，又被扛上了一个男人的肩膀。她忍着疼，感觉到自己马上就会被扔下来。她撞上了一个木质结构，那东西晃了晃。她听见哗啦哗啦的水声。那人把她往边上推了一把，那东西晃得更厉害了。

她在一条船上。

梅芙醒了过来，立马意识到自己身处一个新的地方。空气是清新的，她只能看到黑暗的天空和闪烁的星星。她在户外，躺在湿漉漉的草地上。

她身上疼得厉害，手指摸到松软的泥土，感到很冷。她想用胳膊支起身子来，但没有一点力气，全身一阵剧痛。她的脑袋搁在一片帚石楠上，她能闻出那花的气味，还有满鼻子泥土的气息。她太想回家了。

她听到细浪轻拍的声音，轻轻转过头去。在树影中，她看见一个人，在树枝下弓着身子朝她走来。是个男人，看着像是巴黎圣母院里的那个驼背，肩上扛着什么东西。

梅芙一动不动地躺着，那人往她身边扔下一捆东西。塑料摔裂了。

她忍不住发出一声尖叫。

科索沃 1999

上尉一边对着一个硕大的电话急速地讲话，一边把车开得飞快。

男孩知道他正被带回那个诊所，内心很绝望。他不傻，知道那条路通往普里什蒂纳。他把身子缩进滚烫的座椅里，看着窗外模糊的乡村。他们又驶入了破败的城市，上尉把吉普车停在诊所门口。

“出去。”

他被推搡着穿过走廊，走进尽头的门。

那个医生手里拿着一个文件：“很好，这个对象很理想。”

上尉说：“这个我得多要点。”

“不可能。”

男孩脚底下不停地动来动去，脚后跟被皮革凉鞋磨出了泡。他舔湿手指，弯腰去揉，妈妈教过他。

“别那样。”医生用一根瘦骨嶙峋的手指冲他点了点。

男孩偷偷退到房间的角落，双手插进牛仔裤口袋，摸到了那枚徽章。他用手摩挲着徽章上的名字，那是他的朋友。

上尉说：“你跟我说他的血完全匹配啊，没有杂质，不像其他人的。你要么付双倍，要么我就把他扔到妓院去。”

男孩看着医生拉开一个抽屉，拿出钱包数钱。一只苍蝇困在荧光灯的罩子里，嗡嗡地叫。

“拿去，走吧。”医生说。

上尉接过钱，数都没数，折好，塞进迷彩服上衣口袋。

男孩被人往医生的方向推了一把。他能闻到那人黏糊糊的气味，却并不害怕。他可是亲眼看见自己的家人惨遭屠杀，还有什么比这更吓人呢？

上尉走了，门咣当一声关上了。

现在房间里只剩下他和白衣男人。

他的下巴被医生抬起。

那人嘴巴里一股鱼干的气味，令他作呕。“该做准备了。来吧，小子。”

男孩耷拉着肩膀，跟着他进了另一间屋。

门上的标牌写着：手术室。

第七天

2015 年 5 月 17 日，星期天

第六十七章

洛蒂在楼梯底下听了一会儿，没有声音。都睡着了。她随手把门轻轻关上。

她警告凯蒂不要让米洛离开她的视线，任何时候都要和他待在一起，即使在房子里。后花园绝对不能去。她本想打电话给母亲，让她来家里待一天，但转念又觉得没必要。

博伊德看上去精神好多了。

她把包扔进他那辆刚擦洗过的车里，坐了进去，包放在脚边："很精神啊。"

"美女，在这个漆黑而美好的早晨，你还好吗？"

"现在是三点五十五分，我一晚上几乎没合眼，所以拜托你消停一小时，别这么阳光灿烂的，好吗？我太累了，骨头都要散架了，闭上嘴，好好开车。"

"您的愿望就是我的——"

"博伊德！"

"好了，好了。"

她把头靠在座椅上，眼睛直直地望着前方。黄色的街灯渐渐隐去，取而代之的是高速公路上耀眼的白光。不知为什么，她想对博伊德大喊大叫，用拳头猛击他的胸膛，告诉他……告诉他什么？自己确实喜欢他？他和杰姬旧情复燃是个错误？总之，她不想看到他受到伤害。

她偷看了他一眼，他正专心开车。她咬着嘴唇不让自己说蠢话。

“怎么了？”博伊德转过脸问。

“看路。”

他耸了耸肩，嘴唇抿成一条严肃的直线，脚下踩油门，略微超速。

洛蒂把头转向窗户，闭上眼睛。“到机场叫醒我。”她咕哝了一句。

“到了马拉加，我会叫醒你的。”

弗兰克·菲利普在太阳海岸有不少房产，但他选择住在马拉加海滨一处新小区。

洛蒂和博伊德一道走进灰石头砌成的楼房，边走边闻着新屋子的气息，看着美景，感受清晨跳动的阳光洒下的凉意。他们乘电梯上了六楼，走出电梯，进了一条巨大的走廊，墙上映出他们的倒影。她转过脸，不看那恼人的玻璃，不料又在别处瞥见自己的影子。一堵墙悄无声息地滑向右侧，一个男人出来领他们进去房间。那人看上去足有七英尺高，也许六英尺十英寸差不多。

“菲利普先生很快就会见你们。”大个子说完消失了。

“这怎么搞得跟《绿野仙踪》似的？”博伊德嘀咕了一句。

“嘘！”洛蒂低声说。她环视了一下房子，还真是不得不同意他的看法。一切都翠绿翠绿的。闪闪发光的大理石瓷砖，支撑天花板的柱子，沙发，三英尺高的靠垫。还有一幅幅油画，都是著名爱尔兰画家保罗·亨利的作品。

“看着像原件。”价值数百万欧元的艺术品。我的老天！

“对，都是原件。”

洛蒂转过身，立刻认出了弗兰克·菲利普。

长长的黑发，鼻子，还有那双眼睛。梅芙简直和她父亲一个模子刻出来似的。但是弗兰克只有五英尺高，皮肤晒得黑黑的，看起来就像一个木制威士忌酒桶。

他紧了紧裤带，向他们慢慢走过来。

“坐。”他语气豪爽，他浆过的白衬衫皱巴巴地贴着凸起的肚子。他把两人领到三张椅子前，椅子就摆放在落地窗边上，窗外就是地中海。“喝茶吗？”

刚才那个大个子又出现在他身边，两人一大一小。

“曼纽尔，三杯茶。行，督察，或者我该叫你帕克夫人？我相信你是以非官方的身份来的。”

“就叫督察吧。”她注意到菲利普没有理睬博伊德，而是把注意力集中在她身上。

“我的妻子翠西选择了酒鬼的生活，其实根本算不上生活。我女儿总觉得对她有责任。等她到了十八岁，我打算带她来这儿，把她要继承的一切都给她看看，也许她就会把她那一无是处的母亲丢在地沟里，来跟我住在一起。哪个年轻人不会这样？”

“有点良心的。”博伊德立马接了一句。洛蒂想用胳膊肘顶他，可是他的椅子离得太远了。

“有了财富，早把良心抛到九霄云外去了。”菲利普说，“我闺女梅芙在这里可以得到她梦寐以求的一切。”

“除了自由？”博伊德又来了一句。

“有了钱你就是自由的。”菲利普示意曼纽尔把白色瓷杯放在漆成三色的木桌上，桌腿是雕刻精美的凯尔特十字架。

“你也是自己城堡里的囚犯吧？”洛蒂说。

“我想要什么就有什么。”他的音调提高了八度，“在这儿。”

他生气了，洛蒂心想。“但没你女儿啊。”她能把他激到什么程度？

“找到她是你的工作。到目前为止，你还不太成功。”

“也许是因为你派了你的卒子麦克纳利来干涉了我们的工作。”

“难不成你这趟来是要告诉我你已经找到梅芙了？你找到了吗？”

洛蒂摇摇头：“我们认为梅芙的失踪跟你的生意有关。”

“这么说，她不是跟什么隐形男朋友私奔了，像你们之前说的那样？”

“我们没找到什么男朋友。目前为止。”屋外的大海和屋内的翠绿在玻璃墙上交相辉映，洛蒂觉得有些晕，“我能用下你的洗手间吗？”

“如果你想要个把戏，偷看我这房子，那你不走运了。这里什么都没有。我——”

“不是，我只是突然有点想吐。”

菲利普打了个响指，曼纽尔又出现了。

“带她去客房卫生间。”

洛蒂站起身来，手往博伊德肩膀上一扶。

“你还好吗？”他问。

“我等下就好。”

菲利普没说错，她确实想偷瞄几眼。她跟着曼纽尔转过一个柱子，沿着一条宽大的过道往前走，这里比刚才那个房间还要绿得厉害。她希望卫生间是白色的或粉色的，要不然她真得把胆汁都吐出来。

卫生间是浅黄色。

洛蒂没有走进任何房间，只是很快地环顾了一下四周，便回到客厅。茶早已倒好了，但没人动。

“我刚才在对博伊德探长说，你得把事情看明白点。”弗兰克·菲利普站在窗前，胳膊搁在一个看上去像镀金望远镜的东西上。他用短短的手指梳理长长的头发，这会儿又扎成了马尾。他的尖耳朵和太阳穴上露出几缕灰白，其他地方则是亮黑。她确信他做了整容手术，或注射了肉毒杆菌，皮革似的脸上一条褶子都没有。

“看那边的海鸥，”他指着窗台上的一只肥鸟，那鸟正在啄一条鱼身上的鳞，“再抬头看看从机场起飞的飞机。”

洛蒂斜眼看阳光，博伊德在椅子里往前探着身子。

“那个白色的小点蜿蜒地穿过一片蓝色。看到了吗？”

她点了点头。他在玩什么游戏？

菲利普把一只眼凑到望远镜前看：“这是一架波音737飞机，瑞安航空的。每天从欧洲各地进出马拉加的航班多达十几次，挤满了人。可是飞机看起来比那只海鸥还小。”

“你什么意思？”博伊德说出了洛蒂的心里话。

菲利普从望远镜边走开:“有时眼前的东西离我们太近，看不清全貌。”

“不懂你的意思。”洛蒂说。

“这只海鸥站在近处，所以看起来很大，就像停机坪上一架载满乘客的飞机。但当它高高飞在天空中的时候，便成了一个小点，只是很多小点中的一个。”菲利普敲了敲窗户。鸟扔下鱼，大声叫着飞走了。菲利普笑了。

“我猜你是在处理拉格穆林的一件大事。但请相信我，你根本不知道这件事到底有多大。”

“这和凶杀案有关系吗？”洛蒂看了博伊德一眼，不知道他有没有听明白菲利普的话，“我们上周发现了三名凶案受害者。你知道她们什么情况吗？”她听腻了他谈论海鸥和飞机。

“听说了，我想你不知道到底发生了什么。”

“劳驾你解释一下。”博伊德说，腮帮子气得鼓鼓的。

“你能确认我会免于起诉并得到证人保护吗？还有，我可以回家去找我的女儿吗？”

洛蒂又看了博伊德一眼。她说:“这可能需要一段时间。告诉我们你知道什么，再看看我能做些什么。”

“这不行。”

“我们大老远跑来，就是为了得到可能有助于救梅芙的线索。我现在对你很失望。”

“救她什么？督察，如果我把我所怀疑的全部都告诉你，我几天都活不过，那么我可就帮不上任何忙了。我得回家亲自去找她。你不明白这里边的水有多深。”

“说清楚点儿！”洛蒂说。

“我只能给你指明一个方向。”

“请说。”洛蒂竭力掩饰她的愤怒。

“沿着码头走。”他的短胳膊往左一扫，“就在你们眼前。我只能说这些了。我已经决定金盆洗手，但相信我，这生意肯定不会黄。地产。我今后就准备做这个赚钱了。”

洛蒂直直地盯着他，“我需要更多信息。”

“我差了人到处搜梅芙，连个老鼠洞都不放过。他绑架了梅芙，也会冲我来的，没有保镖我不能离开家。”

“他？你在说谁？”

菲利普哼了一声：“一个叫法洪的。多年来，他一直参与贩卖妇女从事卖淫。我相信他可能与凶杀有关。”

“他为你打工吗？”

“现在不了。”

“你为什么认为跟他有关？”

“我只是怀疑，督察。除非你能保证我的豁免权，否则我说话要小心。”

“你知道这需要时间,还有很多文书工作。把你能说的告诉我。”这人是铁定要抓起来的，洛蒂默默发誓。

菲利普望着窗外浩瀚的大海，他说话时声音低沉沙哑。

“我有几个……被带到爱尔兰专门从事性交易的姑娘，已经失踪了。无影无踪。我亏了钱。法洪是中间人。”

洛蒂沮丧地叹了口气，菲利普隐瞒了太多情况。她决定继续挖。

“有两具尸体的器官都被摘除了。是法洪干的吗？”

菲利普张开嘴想说话，却又打住了。他深吸了一口气说：“我不知道。器官摘除？真的？也许是个医生干的，也许是个想当医生的人。”

“这个法洪，他不是医生，是吗？”

菲利普挖苦地笑了笑：“我对此表示怀疑。”

“他长什么样？住在哪里？”

“我不知道他住在什么地方。个头很高，肌肉发达，就是一个畜生。他的牙长得很歪。”

洛蒂看了看博伊德。他摇摇头。到目前为止，他们在调查中还没有遇到这样的人。

她再接再厉：“丹·罗素呢？这人曾在军中干过指挥官。你认识吗？”

“那是个渣滓。”

“我倒觉得他的公司把直接救济中心管理得很好啊。”

菲利普哼了一声：“他迟早要为自己的罪恶付出代价。别光看表面。你调查过他吗？”

“调查过，没什么大问题。他退役后自己开了公司。”

“调查得太潦草了，督察。”菲利普啧啧不已，“他是因为败坏了爱尔兰军队的声誉才被开除的。你工作再做到位一些，兴许还能找到我女儿，趁现在还来得及。”

洛蒂环视了一下房子，心里琢磨着接下来要干什么。她不希望这次出差纯属浪费时间，否则科里根就会拿着她的辞职表在都柏林机场的接机口等她。

“梅芙的衣橱里有一件昂贵的新衣服。你知道这事吗？”洛蒂问。

“衣服？”

“是。麦克纳利拿走了。”

菲利普似乎在仔细掂量，两眼炯炯放光，最后说：“我不知道他为什么要拿走衣服。”

“我觉得你知道。”洛蒂踱了一圈步，在菲利普身边站定，“为什么梅芙失踪前两天，麦克纳利已经在拉格穆林了？”

“问得好。”他从洛蒂身边走开，“也许你并没那么笨。”

“我来给你捋一捋，”洛蒂说，“麦克纳利刚到拉格穆林，你女儿便失踪，三个女孩被杀害。我觉得这很有趣，你说呢？”

“我已经告诉过你，这里头有比我厉害得多的人物。麦克纳利回国是为了解决一桩大事。”他站在保罗·亨利的一幅画前，伸出一只手，把画框摆正，“我要退出某个行当，因此遭人威胁，我家人也遭人威胁。妈的，我那个酒鬼老婆我才不管，但我女儿，她是我的一切啊。所以我派人过去想把这事搞定。”

“可是麦克纳利搞砸了。”

“也许他做对了，也许他让某人提前采取了行动。”

“这个神秘人物是谁？”

“是你说的杀手吗？”

洛蒂脑子里的点慢慢连成了线：“你为妓院提供姑娘，你是人贩子。但其中一些姑娘被这位……医生摘了器官拿到黑市上去卖。”

“你终于说对了一回。”

“这个医生，他是谁？”

“我不知道。我只对付那个歪牙男，法洪。”

“法洪是哪里人？”

“科索沃。在巴尔干战争期间以及战后，都有人体器官的非法交易。查一下，我相信即便是你也能搞清楚，上维基百科上搜一搜。”

又一条跟科索沃有关的线索。

“你听说过安德列·彼得罗夫齐吗？”

“没有。”

洛蒂把菲利普说过的话从头到尾想了一遍，这个法洪会不会和彼得罗夫齐是一伙儿的？看起来有可能。“你说你的家人受到了威胁。什么威胁？什么时候的事？”

菲利普大声叹了口气，说道：“我只能说，我当时没重视这事，否则梅芙就不会失踪了。你得赶紧去找她，督察。”

“跟我说说威胁的事。”

“这事我正在处理，我已经说得够多了。”

“菲利普先生，我不是来给你添麻烦的。你答应和我们谈谈，你就不能坦诚一点吗？”

“帕克太太，我本来还没想告诉你这么多。你得找到我女儿，要尽快。如若不然，就别怪我在你镇上搞点大动静，这个责任你得担着。”

“你这是在威胁我。”

“随你怎么想。不过我想你们俩该走了，曼纽尔会带你们出去。”菲利普转身向窗外望去，“别忘了去码头看看，那是个有趣的地方。”

博伊德踏上火热的人行道，问道："你在菲利普家窥探时有没有发现什么有趣的东西？"

"曼纽尔就跟在我边上，没机会多看。"

"我可不相信。"

"该死！"洛蒂骂了一句。

"什么情况？"

"在这儿等着，我把手机落在卫生间了。"

"什么？洛蒂回来。"

洛蒂已经消失在玻璃门里了，把博伊德抛在身后。曼纽尔将她领进屋里。弗兰克·菲利普还站在那里，凝视着大海。

"我的手机估计落在卫生间了，"她上气不接下气地说，"我马上就好。"

他只是挥挥手，头也没回："你认识路。"

洛蒂匆匆穿过走廊，用手拍了拍包，其实手机就在里头。曼纽尔没跟着她。她迅速扫了一眼，五扇门，外加一个卫生间。第一个是带餐厅的厨房，曼纽尔正坐在大理石桌面的餐桌旁看报纸。

"哦，抱歉，卫生间在哪儿？"

"你刚走过了，左边第一间。"

"谢谢。"洛蒂把门关上。

她又打开了三扇门。有一间卧室，可能是曼纽尔的。

两间客房。她估计最后一扇门是主卧室的。

她四下看了看，便走了进去。这个房间的色调与接待室形成了鲜明的对比。她面前的空间很开阔，淡蓝色的装饰。角落里有一张桌子，堆满了书和文件，但她的目光被远端靠墙的一张特大号床吸引住了。苍白的亚麻布皱巴巴地掀在一侧，另一侧蜷着一个黑乎乎的人形，姿势像子宫里的婴儿。

洛蒂蹑手蹑脚地走到床边。是个孩子，十岁到十一岁左右的女孩，轻柔均匀地呼噜着，皮肤像巧克力方丹糖，从透明的娃娃睡衣里往外耀着微光。她的头发紧贴在头上，短睫毛随着胸部的起伏而颤动。尽管房间里很冷，她的上唇还是闪着一层汗珠。

我的老天，洛蒂心里暗叫一声。空气中弥漫着一种潮湿的气味。菲利普为了掩饰这种气味，身上喷了很多古龙香水。

女孩在睡梦中翻了个身，但呼吸依然平稳，鼾声渐渐平息。

她能做什么呢？她在这里没有管辖权，无能为力。她得等到回去后再向科里根警司汇报，然后科里根可以通知他的西班牙同行。禽兽，她想，我是在和禽兽打交道啊。

她慢慢退出房间，往起居室走。她尽量使自己的脚步保持正常。

“希望你找到了。”弗兰克·菲利普转过身来，他的眼睛是深绿色的玻璃球。

空调在寂静中不停地咕哝着。洛蒂只点点头，不敢说话，生怕露出破绽。空气中那股清新突然变成了刺骨的寒意，刺痛了她的皮肤。

他知道了，她想。但我还是无能为力。我们走着瞧吧。

她走到前门。曼纽尔出现在她身边，键入一个密码。门无声地滑开。

她一只脚已经踏进门厅。

“督察，不管你怎么看我，我仍然是一个父亲，我的女儿失踪了。找到她。”

洛蒂深吸了一口气，梦游似的走向电梯。电梯门关上，她终于离开了弗兰克·菲利普那扭曲的世界。她很清楚床上的孩子让她想起了谁——他们昨天在泵房发现的那个女孩。

第六十八章

两人向左拐，进了一条小街的阴凉处，匆匆离开海滩，回到城里。

洛蒂觉得自己声音恢复正常了，开口说道:“好吧，房子里有五个房间，除了其中一间，估计是他的，其他几个看起来都很正常。他房间里有一张床，恐怕有我卧室那么大，旁边是一张大理石小桌子，上面摆满了海洛因用具。”她知道自己是在回避房间里令她更加恐惧的另一样东西。

“这么说他自己也吸？”

“菲利普不只做毒品生意。你知道他还贩卖人口，女孩……孩子。唉，博伊德，太可怕了。”

“你看到什么了？”

“那个禽兽床上有个小女孩……看上去不过十来岁。”

博伊德停住脚步，抓住她的胳膊，把她拽到眼前。洛蒂看到他眼中的愤怒。

“我们现在回去。我可不在乎这次行程是非官方的，我们得把那女孩救出来。”

“不行，博伊德。我们会搞砸的。一回去我就告诉科里根，让他通过正当的渠道去做。这是一劳永逸地搞定菲利普的最好办法。”

“等到那会儿她早就不在了。”

“不会。他这人很无耻，吃定了我们不能拿他怎么着。”

“你要真这么想的话，那好吧。”

她又迈开了步子。

博伊德说：“他那个比喻，什么鸟啊飞机的……他是想警告我们不要插手吗？”

“我估计他是想说，拉格穆林的情况只是冰山一角。他更关心的是找到他女儿。”

“所以他肯定没找人绑架她？”

“没有。否则他不会同意和我们见面的。我想他是真心在乎梅芙，想要他女儿和他生活在一起。”

“那到底是什么情况呢？”

“他做皮肉生意。他想改行，惹恼了大老板。他不再送姑娘供他们卖淫或摘器官或别的什么了，所以我认为对方绑走梅芙，意在逼他把游戏玩下去。”

“这游戏真昂贵啊。”

两人走过干涸的河床，向火车站走去。“我们到港口去吧。”洛蒂说着，转身朝另一个方向走。

“为什么？”

“他说了叫我们去看看啊。这里是走私人口进入欧洲的关键地区之一。”

他们一边走着，洛蒂又想起弗兰克·菲利普床上那个小女孩，她穿着浅蓝色的睡衣，看上去多么可怜。空气中弥漫着性的恶臭。这个世界的恐怖令她心碎，人类灵魂的丑陋让她心寒。她感到无能为力。

他们沿着铺了石板的长廊往前走，一阵微风吹过，她灼热的皮肤凉爽了下来。

“建筑很美。”洛蒂说着，抬头看了看头顶上波浪状的混凝土雨棚。

一艘游船拉响雾号，离开了码头，一队拖船在前面开路。洛蒂站在防护玻璃板旁。她看见一艘货船，集装箱堆得高高的，巨大的起重机在腾挪着，下降，上升。天际线就像一件当代艺术品，有着迷人的线和弧。

“菲利普到底想告诉我们什么呢？”博伊德又问。

“看那边。”洛蒂指了指，“那艘渡船，你能看到船身上的名字吗？”

博伊德眯起眼睛，手搭凉棚：“梅丽拉。从没听说过。是船的名字还是海港的名字？”

“等一下。”洛蒂拿出手机，打开移动网络，在谷歌上搜索一番，“是非洲的一个港口，与摩洛哥接壤，属于西班牙。”她又把网络关掉。

博伊德举起双手：“我们不去非洲，就算你觉得多重要也不去，得打疟疾疫苗的。我还读过文章说这些东西对性欲有影响。”

洛蒂说：“我已经明白菲利普是如何贩卖人口的了，这生意他一个人绝对做不来。”

“那么大老板是谁？医生杀手？”

“我不知道。”

“我也不知道。”博伊德搔着下巴说。

“我饿死了。”洛蒂一把抓住博伊德的胳膊，“我们找个地方吃东西吧。”

“这是你今天提过的最棒的建议了。”

“就那儿了，”她指了指一家面朝港口的餐馆，门口摆了几张桌子，“这地方可以，有免费 Wi–Fi。”

他们点了两份煎蛋卷，跟服务员要了 Wi–Fi 密码。洛蒂的电话响了三下，有三封电子邮件。

“谁给你写的信？”博伊德问。

“简·多尔。”她打开了第一封邮件，也是最新的一封。

“读。”

“有点看不懂。”洛蒂把邮件翻到末尾，直接看简的总结。“最后一名受害者，和其他受害者不同。”

“不同？”博伊德从服务员手中接过盘子，点了一杯红酒。洛蒂摇摇头，谢绝了，头也没抬。

“她中了枪，伤口也洗了。子弹嵌在心脏里，但没有器官丢失。”

“而且也没埋在地下。”博伊德开始大声咀嚼。

食物摆上桌，洛蒂看都没看一眼：“时间太仓促吗？为什么？”

“使用的是同一件凶器吗？”

“还不知道。”她打开了下一封邮件，只是简的初步尸检。她又瞥了一眼最后一条，扬起了眉。“丹·罗素？”她看完后匆忙关掉邮件，把手机塞进包里。

“绝对是私事。”博伊德说。

“不是私事，不算。”洛蒂拿起叉子，插进坚硬的煎蛋卷。她突然没了胃口。

“有什么事吗？”博伊德问。

“算了吧。”

“洛蒂·帕克，你每次不高兴我都能看出来。罗素说了什么？”

“跟你没关系。”

“跟我无关？行啦。”

“跟他在科索沃服役那段经历有关。”还有亚当，她心里说。罗素真的在觍着脸说谎吗？她一定要查个水落石出。

“科索沃？有彼得罗夫齐的事吗？”

“可能跟亚当有关。”

“你家亚当？说清楚。”

“现在不行，好吗？说实话，我认为这跟我们的调查无关。”

“你这个大骗子。你不是说梅丽拉这个地方跟科索沃有瓜葛吗？”

“我可不是那么说的。我估计他们把一些女孩经由梅丽拉带到西班牙，再从西班牙转道去干活的地方。跟科索沃有关的是谋杀案。”

“安德列·彼得罗夫齐是从科索沃来的啊。”

“米默莎和米洛也是啊。还有那个神秘歪牙男，简直像阿加莎·克里斯蒂小说里的人物。”她的嘴唇抿成一条细线，扔下餐巾，拿起包，“你吃完了吗？”

“马上。”他放下餐具，把杯中酒一饮而尽。

洛蒂掏卡付了钱，博伊德要了收据。

两人不再说话，跳上出租车，直奔机场。在飞机上，博伊德侧身看着她。

“亚当跟这一切有什么关系？”他问。

洛蒂系上安全带说：“我就知道这沉默太美好了，不会长久。我也可以反过来问问你，杰姬的男朋友麦克纳利跟这一切有什么关系啊？”

“他只是想找到他老板的女儿。”

“或许三个女孩正是他杀的，还从其中两个女孩身上取了肾。”

洛蒂叹了口气，这逻辑说不通。她闭上眼睛，希望博伊德能领会她的暗示：谈话结束。

“你还能把米洛留多久？”

她睁开眼睛：“周一。明天就周一了。我要是知道米默莎在哪儿就好了。”

“我估计她已经被杀了。”他说。

“如果她死了，那尸体呢？”

“我们只是还没找到而已。”

“好吧，即便没死，处境也极危险。明天第一件事，把罗素带到局里来，然后再把安德列·彼得罗夫齐抓过来。这次他必须交代。”

“或许我们也该跟一跟他那个老板，杰克·德莫迪。”

“你去跟，查查他所有的朋友和熟人。有人弄到了他的电话号码，打电话把他骗去泵房。不过，我看他不像杀手。”

“那请告诉我，你看谁像啊？”

“博伊德，闭上眼睛睡觉吧。”

在整个飞行过程中，安全带指示灯一直开着。飞机在湍流中颠簸，在都柏林机场降落时晚了半小时。

晚上七点半。

洛蒂觉得自己好像已经有一个星期没有睡觉了。

第六十九章

克洛伊不想出去，但艾米莉·科因软磨硬泡。星期天晚上出门玩？明天还要上学呢，疯了。但妈妈去了西班牙或什么地方，所以估计也没关系。

她从衣柜里拿出上衣、裙子和牛仔裤，然后看着地上的一堆衣服。她想，穿长袖衣服太热了，可她得把伤疤遮起来。挫败感像气球一样在她胸中胀起来。她跪到地上，把衣服胡乱扔了一地。她的手机在床上不停地发出吱吱声。

“走开，艾米莉！”克洛伊冲着手机喊。

她跌跌撞撞地站了起来。也许是梅芙。她看了一眼，不是梅芙。

推特提示 :# 生命之割。

她的下唇颤抖着。她本想删除这款应用，却做不到。

她点开软件，看了推文。

“不，”她哭喊道。“不！饶了我吧！”

她扑倒在床上号啕大哭。

博伊德晚上九点把洛蒂送到家。肖恩打开门。

“我想你了！”他说着紧紧拥抱母亲。

“我只离开了一天而已。”她也拥抱了他一下，“不过，有人想也不错。一切都好吧？”

“都好。”

“嗨，妈妈。”凯蒂在客厅里喊。地板上散落着外卖比萨的残渣。米洛笑了，小嘴唇上沾了一圈番茄酱。

“你好，小伙子。”洛蒂把提包扔在扶手椅上，揉了揉他的头发。她需要洗个澡，但觉得连上楼的力气都没了。

“克洛伊在哪儿？”

就在这时，她听到楼上传来一声尖叫。

她一边冲进克洛伊的房间，一边喊：“怎么了？发生了什么事？”

“走开！”克洛伊拿枕头捂着脸抽泣。

“我不走开，除非你告诉我，刚才为什么尖叫。”洛蒂站在门口，打量着房间里散落一地的衣服。“发生了什么事？”她边说边捡起衣服，搭在胳膊上。她本以为是脏衣服，闻起来却是干净的，但似乎有一股气味，她无法确定是什么。泥土吗？灰尘？血？“我才离开一天，屋顶就塌了。”

克洛伊叫道：“看在老天的分上，别管我。你不是出门了吗？”

“你最好告诉我发生了什么事，小姐。你生病了吗？”

克洛伊干脆把脑袋塞到枕头下面。洛蒂把叠好的衣服放在床上，瞥见手机，抑制住拿起来看看的冲动。

“如果是你月经来了，我可以给你扑热息痛。你头痛吗？”她在床上坐下，一只手搭在克洛伊的肩膀上，但被甩开了。枕头下面传来一阵模糊不清的声音。洛蒂把枕头拽开，拍了拍姑娘湿漉漉的头发。“跟我说话，拜托了。”

克洛伊转过身来，勉强坐了起来，把毛衣的长袖拉下来，一直盖到手指。

“你出汗了，”洛蒂说，“把衣服脱了，穿件轻薄点的。”

“我找不到衣服穿。”克洛伊踢了一脚，把刚刚叠好的一堆衣服弄翻在地。

洛蒂没理会。她意识到事情可能有点严重。

“我很爱你，我愿意做任何事来帮助你。但你得跟我说啊！”她恳求道。

克洛伊闭上眼睛，好像在考虑她的行为会带来的后果。她拿起手机，点开屏幕，递了过去。

“要我看什么？”洛蒂皱起眉头。

“推特。”

“我知道，但你想让我看什么？……那个主题标签？生命之割？我的老天啊。”

洛蒂低头看了看手机，又抬头看了看女儿：“天哪，克洛伊。你不会是在割自己吧？自我伤害？怎么回事？”

“有点像论……论坛，”克洛伊强忍着眼泪说，“都是生……生活中遇到困……困难的人。可以在上面发牢骚。”

“你也在上面吗？”洛蒂惊恐地问。除了推特，还有很多方式可以寻求帮助啊。她无助地盯着女儿，看着那张光滑、年轻的脸，那双蓝色的大眼睛，那是她爸爸的模样。她一想到女儿正遭受严重的精神创伤，便心疼不已。“克洛伊，到底是怎么回事？”

“梅芙。她经常在上面贴东西。自从她失踪后就没有任何消息了。但两分钟前，出现了这个。”

洛蒂看了看那个主题下最新的帖子：你是下一个，克洛伊 @亚当 99。“@ 亚当 99 是谁？”她问。

“我。我用爸爸的名字设的账号，其实只为了匿名。但似乎有人猜出了我是谁。据我所知，只有两个人知道 @ 亚当 99 是谁。”

“谁？”

“梅芙和这个家伙。我觉得这个主题就是他创建的。”

“什么家伙？”洛蒂一把抓住克洛伊的肩膀，紧盯着她的眼睛，“他是谁？”

“别跟我要侦探那套。”

“这事很严重啊。”她想知道女儿到底闯了什么祸。

克洛伊犹豫了：“我……我觉得不能告诉你。”

“这是在公然威胁你，”洛蒂说，“他在威胁你的人身安全啊。尤其是现在我们还不知道梅芙在哪儿。快告诉我这家伙是谁。”

“他在推特上自称利普连。我不知道他的真名……”

“说吧。”洛蒂哄她继续说。

“我想他可能知道梅芙在哪儿。他可能是梅芙的男朋友。我给他发过一条信息，他让我去见他。”

“你不会……”

“对不起。”

“唉，克洛伊。他到底是谁？住哪儿？”洛蒂赶紧摸出手机，准备打电话给她的团队。

“你能不能好好听？”

她放下电话，抓住克洛伊的手："我在听。"

"我不知道他的真名。他在网上很好，但在现实中很可怕。"克洛伊厌恶地皱起了眉头。

"他碰过你吗？老天啊，要是他碰过你，我就杀了他。"

"他非要吻我，我逃掉了，没受到伤害。"克洛伊一只手在胳膊上摩挲着。

"这是什么时候的事？他知道梅芙在哪儿？你确定你没事？"

"行啦！"克洛伊哭了起来，"几天前的事了。太可怕了，但我没事。"

"你是在哪儿见的他？"

"在镇上的公园里。妈，要是梅芙就是他绑架的呢？"

克洛伊又呜咽了起来。洛蒂把女儿抱在胸前，抚摩着她，用手指梳理着她的长发。她还想多问一些细节，但她知道这孩子此刻已经够可怜了。

第七十章

洛蒂坐在床边看着克洛伊，直到女儿睡着。她想起就在两天前她还看了第二名受害者的尸体，身上有自残的痕迹。她当时说什么来着？“身边的人肯定会知道情况的。才怪。”

她女儿需要帮助，这孩子很痛苦。克洛伊在过去几年太坚强了，而讽刺的是，偏偏是肖恩上回遭的罪把她压垮了。

她疲倦地叹了口气，吻了吻女儿的额头，回到自己的房间。她脱下衣服，迅速洗了个澡，但无法洗去最近一个小时、一天、一周所承受的精神压力。她穿上一件亚当的旧T恤和一条打底裤，光着脚来到厨房，找到iPad，打开。她坐在桌边，在谷歌中输入了“利普连”这个词，点开文章，开始阅读。

利普连——科索沃的一个小镇。她坐直身子，捏着iPad的手不停颤抖。几分钟后，她跳了起来。

鸡场？她去军营时，丹·罗素说过这个地方，他说老鼠让他想起了鸡场。现在她在网上的一篇文章中又读到这个地方，这个鸡场就在一个叫利普连的小镇的边上。

“这下逮住你了，罗素。”她拍着手喊道。

“再说一遍，”博伊德说，“什么主题？”

洛蒂倒了两杯茶。博伊德接到她电话后十分钟后便赶到了。她耐心地解释克洛伊跟她说的话。

“梅芙也在上面吗？”他问。

“克洛伊说是的。我们需要查出上面的每个人，给他们发出警告。”

“这可是件大事。”

“也许能救人一命。”

“这个利普连，你认为是谁？”

“这是科索沃的一个地方，所以我认为要么是在那儿服过役的罗素，要么是老家在那里的彼得罗夫齐。”

“他俩会有什么动机呢？”

“引诱脆弱女孩。”

“我希望你家克洛伊不是其中之一。”

洛蒂感到眼泪就快要冲出来了。虽然她的肩膀累得挺不起来，但她的头脑却清醒得很。

“对不起，刚才走神了。克洛伊会没事的。”博伊德伸手去摸她的手，她缩回了手，紧紧抓住杯子。

“她最好没事，博伊德。破案之前，我是绝不会让她离开这所房子的。”

“这是明智之举。那我们现在怎么办？”

“我们必须弄清楚丹·罗素的角色。”

“他发给你的那封邮件，说了什么？”

洛蒂摆弄着杯子的把手，心里掂量着该给他兜多少底。空气中一片寂静。她抬起头，发现他在盯着自己看。

她从地板上捡起包，拿出在母亲阁楼里找到的照片，还有米默莎给她的徽章。

“罗素说，那个小女孩，小小的那个，就是米默莎。这是亚当的军徽，罗素暗示说亚当跟科索沃的非法器官采集有牵连。”

博伊德的眼珠都快掉出来了：“等等，你不会真相信了吧？”

“我也不知道该相信什么。”

“洛蒂，你比谁都了解亚当。这肯定不是真的。”

“如果这不是真的，罗素为什么威胁要揭露？”

“他在耍你，故意扭曲真相。”

洛蒂站起身来，四处走动。她看着墙上积满了灰尘的结婚照。

“你说得对，我太蠢了。罗素想用谎言来欺骗我，转移我的注意力，掩饰真相。”

“而彼得罗夫齐在这里面绝对有事。”

“我想不明白，太可怕了。”

“你知道你需要什么吗？”

“睡个好觉？”

“没错。”

“我不知道我能不能睡好，博伊德，但我会努力的。谢谢你！”她紧紧拥抱了他一下。

博伊德走后，洛蒂知道自己无法入睡，便打开手提电脑。经过几个小时的研究，她发现了一些令她目瞪口呆的事情。她赶紧发了一封邮件，希望回复不会太久。这可能会助她破案。

米默莎抬头看向天空，浑身一颤。星星彼此交融在一起，形成一束耀眼的亮光。她想护住自己的眼睛，但她的胳膊被粗绳拴在身体两侧。然后她意识到那亮光根本不是星星，而是手电筒，在黑暗中直射着她的眼睛。

她想说话，但她的嘴被一块粗布缠住了。光线从她身上挪开，她的眼睛也跟着转，那光又照在另一堆无声的包袱上。

她不知道米洛在哪里。她希望孩子没有遭罪。

浅浅的浪花拍打着远处的湖岸，在星光灿烂的天空下，她流下无声的泪。

她真希望自己从未离开过祖国。

科索沃 1999 年

他闭着的眼帘上闪过一连串影像。灯，颜色，形状，然后声音。他尖叫了一声："妈妈！"

没人回答他。他慢慢睁开眼睛。妈妈已经死了。

爸爸和蕾亚也死了。他真希望自己也死了。痛，灼热的疼痛从他的腹部、背部和腿上袭来。他试着用手指抚摸自己的皮肤。一根透明的塑料管从他的手背上伸出来。他找到了痛苦的来源。在他身体一侧往下一些，有几圈绷带缠在他屁股上。医生对他干了什么？

他努力回想。

他记得一个灯光明亮的房间。推车，他被迫躺在上面。医生在他手上插了一根针。他忆起的最后一件事是他在走廊里看见的那个男孩拿着手术刀向他走来。

就这些。现在他在这里。这是哪里？他转头看看。房间很小，天花板角落里的油漆卷翘着。一段记忆在拼命吞噬他的大脑，像鸡场的老鼠一样不停地抓挠。妈妈和蕾亚在痛苦地尖叫，她们的身体被切开了，器官被轻而易举地扯出来。他用颤抖的手指轻轻解开绷带，往下面摸了摸，一起一伏的，是缝线。他抽出手指，举到空中看，一片血迹。

门开了。他紧紧地闭上眼睛。

"醒来。"是医生的声音。

男孩睁开眼，抬头看着那个灰脸男人的眼睛。

他吞了吞喉咙深处的口水，一口喷了出来。

医生用外衣袖子擦掉口水："你不应该那样做，相信我。"

"你从我身上拿了什么？"

"一个肾。看你的反应，我真后悔没把你两个肾都摘掉。"

男孩大笑起来。笑比哭容易多了："你会为此付出代价的。"

"你能怎么样，小子，你很快就会忘记我的。你什么都不是，听见没？你和其他那些经过我手的人一样。我用你们来救那些值得救的人。你屁用都没有。"

听到门口有动静，男孩转过身来。那个年轻人就站在那里，手里拿着一个钢制的箱子，和他家人被杀那天他看到的箱子很相似。

"爸爸，"小伙子说，"你准备好了吗？我们得快点，不然冰会融化的。"

医生用一根瘦骨嶙峋的长手指滑过男孩的脸。

"我等下再来处理你。"

"放我走！"

"我准备好了会放你走的。"

医生将注射器插入针管，男孩感到手背的皮肤刺痛，液体慢慢流入他的身体。他无法控制自己。沉重的负担压在他的眼皮上，他看见站在门口的男孩那双毫无感情的黑眼睛，脸上露出一丝邪恶的假笑。

他陷入了黑暗。

第八天

2015 年 5 月 18 日 星期一

第七十一章

“克洛伊，我觉得你今天待在家里不去上学会更安全，我会安排一辆警车来这片儿巡逻。”

洛蒂把咖啡放在储物柜上，在床边坐下。克洛伊的眼睛哭肿了。

“睡足了吗？”

“没。谢谢你的理解，妈妈。”

“亲爱的，我会尽我所能帮你的。我现在得去上班了，有什么事给我打电话。”

克洛伊笑了，洛蒂感到自己的心抽了一下。她紧紧握住女儿的手，轻吻她的脸颊：“我爱你。”

“我也爱你。”

“凭什么她能待在家里，而我要去上学啊？这不公平。”肖恩站在楼梯平台上，把背包往脚边一扔，双手插进口袋，“我也病了。”

洛蒂拨弄着他的头发，打量着她高大的儿子：“真像你爸爸。”

“我还得去上学吗？”

“不去怎么行。快点。我迟到了，我不想你也迟到。”

“哼！”

“肖恩！怎么说话呢？”洛蒂说。

凯蒂站在楼梯底下，背着米洛。

“哼！”小家伙有样学样。

“我的老天。”洛蒂叹了口气，“要让那社工知道了，他会怎么看我们家啊？”

“他叫埃蒙。”凯蒂说。

“是吗？”洛蒂抱起双臂。

凯蒂脸腾地红了。

第七十二章

洛蒂把弗兰克·菲利普卧室那个女孩的事向科里根警司做了汇报，他立即拿起电话与西班牙同行取得联系。她走进自己的办公室时，如释重负。

“好，现在有三个凶杀案受害者，两个失踪女孩，一个是梅芙·菲利普，一个是米默莎·巴巴托维奇。她们之间的唯一联系是直接救济中心，丹·罗素，还有安德列·彼得罗夫齐。我们把第一天到现在的所有线索都过一遍。”

柯比和林奇慌里慌张的，博伊德端着两个塑料咖啡杯信步走进来，递给洛蒂一杯，洛蒂把杯子随手放在一堆文件上面。

“我们今天要解决这个烂摊子。今天！”她说着从包里拿出一张纸，展开。她昨天熬了好几个小时的夜，列出了他们必须做的事情。

“直接救济中心的搜查令有了吗？”她问。

“今天上午向法官呈交申请了。”博伊德说。

洛蒂把克洛伊对自称利普连的男人的揭露向大伙儿介绍了一通。

“我昨晚对科索沃做了点研究。二十世纪九十年代的战争期间，那地方盛行非法摘取人体器官，从被俘士兵和平民的尸体上取器官。科索沃解放军，还有其他人，把人带去普里什蒂纳城里一名医生那里。很赚钱的生意。这位可耻的医生，琼恩·贾沙里，几年前因反人类罪被送上法庭受审，但心脏病发作，证人证据都没来得及出场呢，他就去世了。”

“这不公平啊！”博伊德说。

“我已经给检察官发了电子邮件，询问了相关人员的详细情况，虽然机会渺茫，但值得一试，毕竟有两个女孩的器官被切除，并且跟科索沃有关联。”

柯比说：“确实渺茫。”

“把迄今我们掌握的所有线索都拿出来，好好梳理一下。来吧，伙计们。今天就搞定！”

他们花了一个小时整理报告、笔录和证据。洛蒂坐了下来。

“查那个隐什么虫，还有湖上非法射击，有消息了吗？”她问林奇。

“我正在仔细整理报告，一会儿给你一份清单。”

“尽快。湖岸可能是主要犯罪现场。柯比，查了杰克·德莫迪手机上的联系人了没？没查赶紧查。”洛蒂在她昨晚列出的单子上画了一下，“看看还会不会有潜在的嫌疑人员冒出来。”

“得令，头儿。彼得罗夫齐的也要查吗？”

“我们第一天就查了他手机，所以现在我想让你把他的联系人和德莫迪的联系人对照一下。还有通话记录和短信。”

“没问题，头儿。”

“再联系一下负责有组织犯罪或人口贩卖的机构，问问他们知不知道弗兰克·菲利普提到的法洪。”

“哎，老大，我手上事好多，而且——”

“我不想听。”柯比翻着眼走出办公室，洛蒂看在眼里，“我得去找一趟丹·罗素。”她在单子上又勾了一项。

“我和你一起去。”博伊德站了起来。

“好。”

“演好警察坏警察？”

“这次我当坏人。”洛蒂拿起提包，朝门口走去。

“你一直就是个坏警察啊。”

“谁是坏警察？”科里根警司庞大的身躯把门口塞得满满的，眼镜后面的一只眼上蒙着一块黑眼罩。

洛蒂赶紧从他的腋下逃走，差点脱口说他像海盗。

第七十三章

“这么说你还没有找到米默莎？”丹·罗素说。

两人拒绝坐下。博伊德靠在罗素左手边的墙上，洛蒂则立在右侧，背对着他，细看挂在墙上的那一排照片。她转过身来：“我想知道真相。”

“我不知道你在说什么。”罗素用手指摩挲着衣领内侧。

洛蒂脊梁骨一阵发凉：“你们非法贩卖女孩做皮肉生意吗？”

“我要控告你诽谤！”罗素反击道。

“尽管告。我只是问了个问题而已。”洛蒂顿了顿，整理了一下思绪，“我在跟弗兰克·菲利普联系。你认识他吗？”

“我听说过这个人，不过与我无关。”

“认识一个叫法洪的人吗？”她目不转睛地看着他。

他眨了眨眼，没有其他反应。

“不认识。为什么这么问？”

“他参与贩卖妇女，组织卖淫。我想这里也有你们公司的事。你可以轻而易举地把她们藏在这里，和真正的避难人士掺在一起，这样她们就不会成为非法移民。她们的姓名从未出现在任何官方登记册上，我不明白的是为什么。你为什么要这么做？这么做可是有高风险的。为了钱吗？你能赚多少？是按人头算，还是按时间算？”

罗素拿起桌子上的电话。

“你不用劳心给我上司打电话了，他知道我在这儿。”洛蒂说。

罗素的手指在键盘上徘徊。

“利普连。”洛蒂猛然出击，“这个名字你有印象吧？”

罗素往后一靠，双手托在脑后。

他的肚子撑开了衬衫，露出灰白的汗毛，洛蒂看在眼里。他大笑起来，稀疏的胡子在嘴唇上颤动。

“什么事这么好笑，罗素先生？”

“你啊。你已经研究过了，所以你知道利普连是科索沃的一个镇，那里驻扎着北约维和部队，营地建在一个旧养鸡场旁边。你丈夫当年就在那里，离普里什蒂纳不远。”

“你说得没错。我是已经研究过了。普里什蒂纳不是有个医生非法获取人体器官吗？”她想起自己深夜趴在电脑前看资料的情景，“简直就是野蛮屠杀。我告诉你，罗素先生，这与亚当·帕克无关。”她意味深长地看了他一眼，“但你却暗示这里头有他的事，这反而使我相信这里头有你的事。”她并没有证据，但她需要看看他的反应。

“你是怎么得出这个结论的？靠你的侦探技巧吗？别再逗我笑了。”他脸上毫无表情。

洛蒂踱了一会儿步，然后在他身后停下，她真想把他的椅子掀翻。她靠近他的耳朵，近到几乎能看见他耳中的汗毛。她低声说：“琼恩·贾沙里。”

这话立竿见影。罗素立刻从脑后收回双手，蹦了起来，几乎打到了她。洛蒂向后一个跳步，靠到墙上。

他转过身来，把脸凑近她的脸：“我根本不知道你在说什么。”

唾沫落在她脸上。洛蒂侧过身去，瞥了博伊德一眼，叫他待在原地，又转过脸面对罗素。

“琼恩·贾沙里，”她重复了一遍，“战争期间以及结束后，他都在普里什蒂纳工作、生活，而你正好也在那里执行任务。有意思啊，你不觉得吗？”

罗素的嘴巴张开又闭上，博伊德的嘴巴也张开又闭上。洛蒂勉强微微一笑。她希望之前发的邮件能尽早得到答复，但在那之前，一切都是猜测。

“出去！滚出我的办公室！”罗素指着门命令道。他的胡子沾着汗水和唾沫，耷拉了下来，光亮的头发伏在额上，一副精神错乱的样子。

“弗兰克·菲利普告诉我他认识你。”乘胜追击，洛蒂想。

“那个杂种。”

“这么说你还真认识他？”

“知道有这个人罢了。”罗素有点认㞞，“我看到过他女儿失踪的报道，但这事与我无关，你不要又无端指责我。”

“有意思。”洛蒂走开了几步，没有理会博伊德疑惑的目光。她又一次凝视那一排排照片，“他在这上面吗？”

“菲利普没有服役过。”罗素抱起胳膊。

“不是菲利普。你的朋友，那个歪牙男。”

“你疯了。你这是在搞非法调查。”

说到点子上了，但他是不会承认的。继续攻其不备，希望他犯错。

“受害人身上有严重咬痕，而这个法洪是歪牙，我们可以把咬痕和法医鉴定做匹配。跟我说说这个人吧。”

“你给我出去，现在就出去。”他拿起电话，拨了一个号码。

“我们走吧，博伊德探长。我已经获得了我想要的信息。”

“我什么信息都没给你。”罗素冷笑着说。

洛蒂把包挂在肩上，走到门口：“那是你这么想。不要离开拉格穆林，我会回来找你的。”

那人用手捂住狗的嘴，不让它叫出声来。他慢慢地缩进厨房边的阴影里，看着两名侦探快步走出 A 栋，沿着小路，出了大门。

他抬头看了看二楼的窗户。丹·罗素站在那里，眼望窗外，手里拿着电话。他告诉侦探什么了？得弄清楚。

他俯身看着狗。

“对不住了。”他说着，一抖手，把狗的脖子拧断了。他大笑起来。这条狗一直是他的道具，让他假装正常人那样生活。现在该跟正常人的生活说再见了。

他松开那小小的毛茸茸的躯体，解开狗绳，缠在手上。他一脚将狗踢进沟里一个捕虫器旁，穿过广场朝 A 栋走去。

“我得抽根烟。”洛蒂在人行天桥上停了下来。太阳照耀着早晨的天空。樱花树光秃秃的，花瓣没在混浊的运河水中。她的头脑终于开始清晰了。

博伊德点了两支烟，默默递给她一支。

她使劲抽了一口，喷出一缕烟：“我得跟安德列·彼得罗夫齐谈谈。”

博伊德什么也没说。

“我必须弄清楚他跟这一切到底有什么关联。还有，我们得找到梅芙·菲利普。”

“说实在的，我觉得她已经死了。”

“永不放弃。永远不要失去希望，博伊德。否则你还不如把你的徽章交上去。”

“我只是说说而已。”

“说说也不行。我要和彼得罗夫齐谈谈，刚才跟罗素对质之后，我现在怀疑彼得罗夫齐就是推特上的利普连，所以他一定知道梅芙的事。”

“科里根要是知道了，又得啰唆了。你是认为彼得罗夫齐也参与了人体器官走私吧？”

“科索沃爆发战争时，他还只是个孩子，不可能卷入其中，对吧？但现在我就不知道了。”她把香烟弹到桥下的河水中，“你要来吗？”

“去吧。”他叹了口气。

“我就知道你靠谱。”

两个人沿着运河的纤道抄近路来到缅因街。大街上温暖的空气中飘扬着尘土和挖掘机的噪声，车流像个小老太太似的慢慢往前挪。

博伊德说：“周六晚上放了彼得罗夫齐后，我派了个盯梢的跟着他。”

“我知道。问问他现在是不是在干活。”

洛蒂绕过马略卡咖啡馆的拐角，沿着库伦街往前走。犯罪现场残留的警戒带还拴在灯柱上，现场调查组已经转战去了旧泵房。鲍勃·威尔废车场的大门敞开着，生意似乎正在恢复正常。挖出第二具尸体的土坑上盖着一块金属板，避开拥堵的主街，绕行此处的车辆从旁边驶过，浑然不觉。

博伊德边走边兴致勃勃地讲着电话。他挂了电话，洛蒂望着他，脚下一点都没慢下来。

“他们把他跟丢了吗？”她说。

“你怎么……”他说。

洛蒂摇摇头：“怎么会跟丢呢？他只是一个人，又不是一整支军队。这下科里根真会发飙了。”

“我不知道。警车星期六晚上停在他的公寓外面，星期天一整天一整夜都守着，说他从没离开过，甚至今天早上也没去上班。但他们刚刚敲他的门，没人应。”他停下来喘口气。

“我们赶紧过去。”她转过身，顺着来的路大步往回走，“他可能已经死了。”她突然跑起来。

“慢点。他要是真死了，人还能跑了不成。”博伊德气喘吁吁地说。洛蒂一路不停地跑。

第七十四章

丹·罗素听到门开了，从窗边转过身去。他看见那人走进办公室，一条皮质狗绳一圈一圈往手上缠，手里的电话不觉滑落在地。

罗素一动不动地说:“你……”

法洪随即跟在那人身后走进办公室，他哑然失声。

“什么……什么情况？”罗素往墙上靠，碰掉了他珍爱的两张照片。

手里拿着狗绳的人说话了:“我希望你能告诉我，丹。”他又往里走了几步，站在一动不动的吊扇下面，“你怎么不坐下来，这样舒服些啊？”他展开皮绳，拍在大腿上，“不会很久的，对吧？”

“我什么也没告诉警察，你听见没？什么都没有。没有必要威胁我。”

“我本还以为可以信任你，”那人说，“没想到你却把那些嗅来嗅去、哼哼唧唧的猪招惹来，搅和我们的生意。你知道我不喜欢猪。”

“我对天发誓，我什么也没说。那个叫米默莎的女孩，人是她招来的，都是她的错。”

“得了吧。你答应过我你会照吩咐做的。你唯一要做的——”那人用皮绳拍打着手掌——“你唯一要做的就是看好那个女孩和她儿子。你做到了吗？”他又转身问法洪，“他做到了吗？”

罗素不喜欢这种嘲笑的语气。他吞咽着唾沫，想说话，却说不出来。

“这是他的错。”他指着法洪说，“法洪就是个性变态，屁大点的正事都能搞砸了。”

罗素从不求人，但这次得求一回饶。

“我会找到那个男孩的。我保证。给我今天一天的时间，我就能把他还给你。”

“太晚了，朋友。我已经知道他在哪儿了，我要亲自去办这事。既然你违背了我们的协议，我就得像对付其他捣乱分子一样对付你。”

“你不能这么做，我们说好了——”

“现在咱们之间的交易已经失效了，因为你把孩子弄丢了。”

“我替你找到他母亲了啊，还有另外那个小婊子。我找那个侦探只是让她去替你找小男孩，她不知道孩子的母亲在你手上。”

“现在说这些都没用了，也太晚了，朋友。”

“但是你答应过我，如果我让你带走你想要的人，你永远不会告诉任何人我在普里什蒂纳干的事。我现在除了名誉，什么都没了。”

“名誉？当年你抹黑维和部队的名誉，怎么没见你担心呢？你满眼只有绿油油的美钞。我可不在乎你的名誉，上尉，我要的是你的命。”那人大笑起来，那不祥的声音穿透了空气。

罗素只听一声噼啪，皮绳结结实实地抽在脸上，绳上的铜钩钩住了他的眼睛。噼啪又一下，他瘫倒在地，双腿像冻住的鳗鱼。他举手护住脸，摸了摸自己的眼睛，眼珠从眼窝落了出来，像一个破乒乓球。

第七十五章

“开门！快点，彼得罗夫齐。我知道你在里面。”

洛蒂使劲敲门，旁边邻居们都在盯着看。博伊德在一旁晃来晃去。两名制服警察站在最下面的台阶上，把看热闹的人轰走。

“给你最后一次机会。我数到三，然后就把门砸开。”

“你可不能砸啊。”博伊德说。

“我是不砸，你来砸，聪明鬼。去巡逻车后备箱把锤子拿过来。快点。”洛蒂继续在门上使劲捶打，但门依旧紧闭不开。希望他没死，倒不是因为她对这个眼神痛苦的外国人有什么怜悯，她需要活口，好获得线索。当然也可能会指控他三次谋杀，两次绑架，还有袭击她女儿。浑蛋！

博伊德拖着一只攻城锤回来了。

洛蒂又冲着门喊：“安德列·彼得罗夫齐，我最后一次警告你。我们数到三就冲进来！”她大声数着，退到一边，示意博伊德砸门。

一锤下去，门裂开了。洛蒂戴上手套，将手塞进破裂的木板，拉开门。博伊德放下锤子，戴上手套，跟着她走进这间毫无声响的一居室公寓。

凯蒂打开门。

“嗨，埃蒙，”她说，“你是接米洛的吗？”

“是的。”

“不过我妈妈不在家，得等她下班回家，现在不能让你进来。抱歉。”

他紧张地环顾四周：“我有文件，可以带走孩子。我们为他找了一个好人家。他可以住在那里，直至找到他母亲。”

凯蒂露出了最甜美的微笑：“尽管如此，我还是不能让你进来，等我妈回来再来。外面有警车在巡逻，所以你还是走吧。”

社工回头看了看。凯蒂顺着他的目光扫了一眼，但并未看到警车，也没见有车停在屋外。

“你是走着来的吗？”她惊奇地问。

“呃，不是。是的。”

“到底是不是啊？你不能带米洛走。他只是个孩子，走不远，太热了，会中暑的。”她开始推门，但他用脚把门顶住了。

“你干什么？”凯蒂惊得皮肤一阵刺痒。

“我得把他带走。现在。”

“对不起，但是——”

埃蒙·卡特使劲一推门，凯蒂跌进了门厅。她侧身摔倒在地，尖叫起来：“妈妈——”

他用手捂住她的嘴：“嘘。我不想伤害你。”凯蒂的眼睛鼓了起来。

他说："我现在把手拿开，去关门。不要尖叫。明白了吗？"

她做出点头的样子。

"好姑娘。"

他拿开手，凯蒂喘了口气，撕心裂肺地尖叫起来。他一拳砸在她脑袋一侧，凯蒂眼前星星一片乱闪。

他砰的一声把门关上，拉上了安全链条。

"我叫你安静。"他跪在她身旁，"我不该打你，但这不怪我。我得去找那个男孩。我扶你起来，给你解释一下。"

"你到底是谁？"克洛伊站在楼梯口喊道。她挥舞着肖恩的曲棍球棒，就像挥舞着一把剑，"别碰我姐姐，否则我就杀了你！"

克洛伊几个大步跳了下来，埃蒙忙举手护住脸，克洛伊照着对方膝盖就一下，棍子咔吧一声折了。

"克洛伊！住手，你会杀了他的！"凯蒂喊道。

埃蒙·卡特踉踉跄跄地靠在墙上："疯婊子。"

"你还没尝到厉害呢！"克洛伊说，"快说，你是干什么的？不说我还揍你！"

房间干净整洁，两把木椅靠在桌边，地板上也拖得干干净净，沥水板上放着一个杯子、一个碗和一把勺子。沙发上的罩子折叠得整整齐齐，咖啡桌上没有任何杂物。

没人在家。没有挣扎的迹象，也没什么格格不入的东西。洛蒂看了看垃圾箱，几个空可乐罐，一张面包包装纸，还有一大块用保鲜膜包着的硬奶酪。她打开冰箱。没过期的牛奶、西红柿、火腿和黄油。她又砰的一声关上，走进卧室。

单人床。床单上没有一点褶皱。军人作风。衣柜开着，里边是空的。梳妆台的抽屉开着，都是空的。

“连个樟脑丸都没有。”洛蒂说。

博伊德把头伸进一间小浴室。一样，空的。

“他去哪儿了？”

“他至少是自己走的。”博伊德说。

“反正不是从前门出去的，除非那两个笨蛋盯梢儿时睡着了。”

洛蒂拉开博伊德，走进小浴室。“看，”她往上指着洞开的窗户，“大约两英尺长，三英尺宽，有足够的空间挤出去。”

“这可是二楼。他怎么下去？插了翅膀飞出去？”博伊德一只手摸着头发，另一只手摸着下巴。

洛蒂放下马桶座圈，站上去往外瞧：“他不一定非得是超人，外面就有防火梯。”

博伊德也跳上去看了一眼：“你说得对。”

“他们就没想到大楼后面也要守着吗？”洛蒂摇摇头，不小心把博伊德从马桶上挤了下来。

博伊德胳膊肘撞在墙上：“他们可能觉得没有出口。”

“觉得？应该检查一下啊。”洛蒂下了马桶，跟博伊德两人挤在狭窄的空间里，“真是一团糟！”

博伊德说：“他现在可能早就跑远了。”

洛蒂从他身边擦过，又走进起居室兼厨房：“他没走远，他得达成他来这里的目的。”她从书架上拿起一本书，翻了几页。

“什么目的呢？”

“如果我知道，我不就是上帝了？叫现场调查组来好好搜一下这地方。他可能在这儿关过姑娘。”她把书塞回原处，“得问问柯比有没有在电话记录里发现什么，还有林奇是否找到了犯罪现场。”

凯蒂跑上楼去看米洛，留下克洛伊守着埃蒙·卡特。她刚才去开门的时候，把孩子留在肖恩的房间里玩电脑游戏，肖恩放学回家会不高兴了。凯蒂往里看，发现米洛已经熟练掌握了键盘，正在聚精会神地玩沙盒游戏。

她轻轻把门关上，跑回厨房。埃蒙正坐在桌旁，克洛伊在他面前放了一杯水，球棒横在胸前，像一个站岗的士兵。

“我说的是实话，”他说，“我估计你把我膝盖骨敲裂了。”

“你给妈妈打电话了吗？”凯蒂问克洛伊。

“她没接。”

“可能在忙工作。他说了什么？”

“我人就在这里啊。”埃蒙·卡特边说边愤怒地揉着膝盖。

“那又怎样？你为什么打我？”

“我已经说了抱歉，不是故意的。我接到通知来接那个男孩。”

“你说什么？”克洛伊用球棒在桌腿上猛敲一下。

卡特跳了起来，另一只膝盖重重地撞在桌子下面：“哎哟。你消停点行不行？”

凯蒂说：“克洛伊，没事。”

“他说谎。我不知道他到底要干什么，可能想把米洛卖给一帮恋童癖。”

“什么恋童癖？”凯蒂和卡特异口同声地说。

“只是说说。”克洛伊说。

埃蒙·卡特站起身来。凯蒂把手放在他的肩上，他又坐了下来。

“我很抱歉。说实在的，我做这份工作时间不长，怎么碰上这么一摊子事。”

“哪摊子事？”凯蒂拉出一把椅子坐在他对面。

他四下看了看。

“这里只有我们三个人，说吧。”克洛伊怂恿道。

他还是不放心，但还是决定说：“那好吧。我觉得肯定有人在监视你家房子或者跟踪我。因为在星期六，我大半夜接到了一个电话，威胁我和我妈妈。”

“什么？”克洛伊说，“谁？”

“我不知道。”他双手紧紧绞在一起，“自从我爸爸去世后，我妈妈就一直和我住在一起。我们住在乐瑟法恩汉，我每天通勤来拉格穆林上班。我不知道他们是怎么知道我家电话号码的，还有我家地址。”

“这个神秘人物对你说了什么？”克洛伊一动不动地站着，双手紧握球棒。

“他叫我今天趁你妈妈上班的时候来你家，接走米洛。”

克洛伊说：“信你的鬼话，还不如信圣诞老人呢。”

“闭嘴，听着。”凯蒂瞪了妹妹一眼。

“我叫他滚开，他非常生气，对我破口大骂。我听不懂他的话，但后来他说……他说他会伤害我妈妈，让我知道知道厉害。我吓坏了，直接撂了电话。”

“你报警了吗？”凯蒂问。

他摇摇头：“报警说什么呢？”

“拉格穆林发生了三起凶杀案，两名女孩失踪，其中包括米洛的母亲。你竟然还不报警，你个猪脑子。”克洛伊又用球棒重重地拍了一下桌子。

“我得把孩子带走，我没有选择。请听我说。”

“我洗耳恭听。”克洛伊说。

“昨天下午，我和我妈妈坐在电视机前看足球比赛，有两个家伙冲了进来。”

“什么两个家伙？”

“我不知道他们是谁，两人都穿着黑色牛仔裤和T恤衫。他们从后门进来，穿过厨房，闯到客厅。我可怜的妈妈差点心脏病发作。他们把我拖出房间，叫我来把男孩带走。说我不会引起怀疑，因为这是我的工作，而且我不能告诉任何人。否则……”

“否则怎样？”

“他们会回来杀了我妈妈。”

“天啊！”凯蒂脸色惨白，“但你还是没报警？”

“不。他们说不能报警，报警就杀了我妈妈。”

克洛伊问：“之后发生了什么？”

“就这些。他们又从后门出去，翻墙走了。”

“你接到米洛后要怎样？”

“他们给了我一个号码，等我接到孩子，就发短信，然后我会得到进一步指示。”

“他们难道以为你是超人？”克洛伊看着神情坚定的埃蒙说，“我真不敢相信你会这么对付一个无辜的孩子，你还是个社工呢。”

“我没有选择啊。”

凯蒂走到门口，听了听。米洛在对着游戏大喊大叫，跟肖恩一样。

卡特恳求道："你们让我把他带走吧。"

克洛伊胳膊下夹着球棒，绕着桌子走了一圈。她试着再给她妈妈打电话，占线。还说随时打电话给她呢。

"我不明白他们怎么知道你是谁，他们甚至一路跟踪你到都柏林？我觉得你在编瞎话。"

"你得相信我。这个人给我打电话的时候，好像什么都知道，肯定有点手腕。"

"就算是真的，也不能把米洛交给你。你就假装你接到了，发短信给他们，看看他们给你什么指示。"

"你疯了吗？我不想我妈妈死。"他把手插进头发里使劲扯。

"我们也不想米洛死啊。怕归怕，但我们总得想个办法。"克洛伊说。她心想肯定已经有了个什么办法。

"打电话给博伊德。"凯蒂说。

克洛伊用颤抖的手指轻敲手机，调出联系人，找到博伊德的号码，按了拨打键。这一次电话通了。

"博伊德，谢天谢地。我是克洛伊，我联系不上妈妈，告诉她快点回家，情况非常紧急。卡特在这里，我很害怕。"她能听见博伊德在和她母亲争什么。她说着挂了电话。这时她手机响了一下。

"什么？"凯蒂问。

克洛伊看了一眼："我还以为我删了这个应用呢。是推特通知。"她把球棒递给凯蒂，"来，你拿着这个，别让他离开你的视线，我去看一眼米洛。"她把手机塞进牛仔裤口袋，冲上楼去。

第七十六章

洛蒂站在安德列·彼得罗夫齐家外面的台阶上等现场调查组。她从包里掏出手机给柯比打电话，手机上显示有两个克洛伊打来的未接电话。她还没来得及给女儿回电话，手机就响了，是柯比。

“有什么事吗？”洛蒂抬起一只手挡太阳。博伊德跑下台阶去训斥那两个制服警察。

柯比说：“打给彼得罗夫齐老板德莫迪让他去泵房的号码，是现付现用的卡。”

“无法跟踪啊。那有什么好消息吗？”

“我把彼得罗夫齐和德莫迪的联系方式比对了一下，没有匹配。”

“这算什么好消息？”

“不是，但后来我又比对了一下两人的通话记录，拨打和接听都查了。”

“洛蒂！”博伊德举着手机，冲台阶上喊道。

“博伊德，等会儿。”她又转身回到门口，“抱歉，柯比，继续说。”

“现在我该怎么做？”柯比问。

“你得重复一遍，刚才有个没礼貌的人冲我大喊大叫。”

博伊德走上台阶，把手机塞到她手里：“是克洛伊，说很紧急。”

洛蒂接过电话。发生什么事了吗？孩子们为防万一才存了博伊德的号码。天哪，她想。她还没在家门口安排巡逻呢。

“克洛伊，呃，怎么回事？”她看着博伊德说，“她挂了。断了。”

博伊德说：“她说话火烧火燎的。你认识一个叫卡特的吗？”

“是那个社工。我希望他还没来接米洛，我跟凯蒂说了叫她不要放米洛走。”

“她说她很害怕，我现在就去你家看看。”

“不，我去。你问问柯比刚才说了什么，然后你就开车跟上来。”

“你没车啊。”

“我叫马特或杰夫送我，他俩留一个人看守这个破门就够了，等现场调查组来。你让柯比查一下彼得罗夫齐的上网记录，屋里没有笔记本电脑。”她指着公寓说，“他可能随身带着电脑，也可能用手机上网。”

“什么？推特吗？”

“对，还有飞往国外的航班。我们得弄清楚他到底在哪儿。”洛蒂坐进警车，冲着穿制服警察大声喊着指令。

博伊德喊道：“记得给克洛伊看一下彼得罗夫齐的照片，你要是有的话。”

她关上车门。为什么她以前没有想到呢？

洛蒂从车里跳出来，奔上屋前的小路。她拼命把钥匙往锁孔里插，不料凯蒂开了门。

“怎么了，凯蒂？米洛在吗？克洛伊在哪儿？天哪，你拿着肖恩的球棒干什么？”

“妈，别着急，进屋再说。”

“你的脸怎么了？”洛蒂跟着她进了厨房，一眼瞧见卡特，“你在这儿干什么？”

埃蒙·卡特站起身，伸出手来，又改变了主意，把手塞进牛仔裤口袋。

“对不起，帕克夫人，督察。”

“坐下，告诉我发生了什么事。我现在很忙，所以你最好麻利点儿。”

博伊德和柯比通完电话，就跑回警局的停车场。他坐进车里时，看见林奇正绕过大楼一侧跑过来。

“你跟头儿，你们俩也太难找了！”她弯下腰，隔着敞开的车窗气喘吁吁地说。

“你现在找到我啦。”博伊德说。

“湖泊周围的异常活动报告。”她把一页纸扔给他，“看这里，卡莲湖。”她用手指了指。

“我自己能读，林奇，你要我看什么？”

“首先，这个湖是为镇上供水的，镇政厅说最近的取水样本中发现过隐孢子虫，如果情况恶化，他们将发通知，告知居民煮沸水。”

“好。还有呢？”

“现在还没到射击季节，但已经有过三起夜间枪声的报告，还有两份灯光报告。在僧侣岛上。”

“从没听说过。”

“没有多少人知道，这岛是湖上两座岛屿之一。教堂岛经常有人光顾，是因为有一个供渔船停泊的小港湾。但僧侣岛离得更远，交通不便，中世纪时用来监禁人的——”

“好了，好了，林奇。还有什么需要我知道的吗？”

“柯比想和头儿谈谈通话记录的事。哦，还有，你前妻刚才来过，说要找你。”

“她还不是我前妻。她想要谈什么？”

“杰米·麦克纳利的事。她打不通你电话，你得给她回个电话，听起来很急。”

“好吧。我马上就回来，告诉柯比继续挖。”

“我该怎么办？”

“尽你所能找出僧侣岛的一切资料。”

洛蒂结束了与乐瑟法恩汉警局的通话，看着卡特。

“埃蒙，现在你妈妈安全了，我乐瑟法恩汉的同事派了一名警察去陪她。”

“但是如果他们看见警车，他们就会知道我告诉了你！”他叫道。

“放心好了，车没有标记。不管怎样，你母亲安全了，米洛也安全了。现在我要以你企图绑架和袭击我女儿的罪名逮捕你。”

凯蒂说：“没关系，妈妈，这只是误会。我不想指控他。”

“你们现在去外婆家，这次我要确保有警察陪着。现在有人盯着咱们，等着看这个蠢货带米洛出去呢。”

“肖恩呢？”凯蒂问。

“博伊德可以去学校接他。”

博伊德走进屋子：“我现在去接他？”

“等等，”洛蒂说，“凯蒂，快去把克洛伊和米洛找来。”

“那我呢？”埃蒙·卡特靠在后门上。他想找个跑路的捷径吗？

“你跟我们去警局，我们需要追踪联系你的人的号码。”洛蒂说着把他往门口推，“你得做个笔录，详细描述下这两个人。然后我们再考虑是否让你回家找你妈妈。”

凯蒂冲进厨房：“我找不到他们！”

“什么？”

“他俩不在，我到处都找不到。”

洛蒂从她女儿身边冲进门厅：“这又不是什么豪宅大院。克洛伊！马上下来！”

“妈，”凯蒂说，双手上下搓着胳膊：“我觉得克洛伊有点精神错乱。她拿个球棒像个疯子似的，我差点以为她会杀了埃蒙。”

“那是她以为他会杀了你。”洛蒂一步两级冲上楼梯，“克洛伊？”

沙盘游戏还在肖恩的电脑上闪烁着，米洛却没了踪影。她瞥了一眼克洛伊的房间，空的。凯蒂的房间也是，她自己的也是。她又跑回克洛伊的房间，发现床被推到敞开的窗户边。没有风，窗帘松松垮垮地挂着。

她探出身子，歇斯底里地大叫：“克洛伊？克洛伊，你在哪儿？”

“嘘，米洛。我不会让坏人带走你的。”

克洛伊不信任埃蒙·卡特，他说的话她一个字都不信。几个月前肖恩差点在一个疯子手里丧了命，她记忆犹新。她也清楚凯蒂的男朋友杰森遭遇了什么。她不能让小米洛出任何岔子。她近来一直沉溺在自己的悲惨境遇之中，不停伤害自己，刻意给自己造成痛苦，以至于米洛来家里之后，她对小男孩视若无睹。现在是她勇敢起来保护好小家伙的时候了。她妈妈太忙了，她得自己上阵。

她最害怕的是那个叫利普连的人。当他把她摁在树上时，她感到非常无助。她相信他知道梅芙在哪里。他可能绑架了她，也许已经杀了她。她咽下一声哭喊。不，她不能让米洛冒险。刚才她手机上收到的信息也证实了这一点。

肾上腺素激发起强烈的恐惧，她急切想逃出去，但不能从前门走。她跑进肖恩的房间，把米洛抱进自己的房间，又把床拖到窗前。她让男孩搂住自己的脖子，腿缠在腰上，站到床上，慢慢爬出窗户，两人跌落在花园棚屋的屋顶上。她的脚踝震得生疼，但至少没有跌穿棚顶。她顾不上轻微的疼痛，慢慢挪至屋檐，一翻身，滑到地上。她缩进油箱后面的狭小空间，蹲下来，米洛紧紧地依偎在她的身上。她听到头顶上火车的隆隆声，知道有一列火车正在减速进站。

米洛呜呜咽咽哭了起来。克洛伊把他抱得更紧了。可怜的孩子，在他短暂的一生中，他到底经历了什么？太多不堪，她想。而她却只顾着自怜自艾。她使劲摇晃了一下身子，男孩发出了一声低低的哭声。

“没关系，小家伙。我不会让任何人带走你的。”

一个声音响彻傍晚的空气。“克洛伊？克洛伊，你在哪儿？”她抬起头来，看见母亲身子探出卧室窗外。她应该回去吗？她应该躲起来吗？怎样对米洛最好？

没有警报声，也没有警卫在她们的房子周围跑来跑去保护她们。她妈妈会怎么做呢？她哭了起来。米洛看着她，暗褐色的眼睛充满了泪水。

“没关系，孩子，我会照顾好你，没有人会再伤害你了。”她吸了吸鼻子，真希望身上还带着刀片。只要割一下，感觉血从她的肉体慢慢渗出，好让她从精神的痛苦中解脱出来。但小男孩需要她甚于她需要刀片。

克洛伊从牛仔裤口袋里掏出手机，又看了一遍那条信息，下定了决心。

“我们要去一个安全的地方，我需要你听话，照我说的做。”她背起男孩，把他的胳膊和腿紧紧绕在自己身上，爬上屋后的河岸，穿过荆棘篱笆。一踏上铁轨，她便奔跑起来。

第七十七章

“博伊德！博伊德！”洛蒂冲下楼梯，“他俩不在屋里，能去哪里啊？老天哪。克洛伊。我该怎么办？”

博伊德抓住她的胳膊使劲晃了晃：“深呼吸，洛蒂，看着我。来，慢慢地呼吸。”

洛蒂盯着博伊德深邃的淡褐色的眼睛，深深地呼吸，每呼吸一次数一个数。她感觉稍微平静了一些，便说：“我们必须找到他们，得赶紧。要到后面去找，她一定是从房间窗户跳到棚子上。不会很远吧？希望她没受伤，可别在哪儿躺着动弹不得。我的老天啊。”

“在这儿等着。”博伊德说着跑出了门，几分钟后又回来了，“没看见人。她说不定是沿着墙跑的，或者穿过邻居的花园。我已经联系警局了，我们要出动所有人手去搜。会找到他们的。”

“可她为什么要那样做呢？”

“也许她担心米洛的安全，没冷静下来好好想一想。”

“不止这些。我因为我哥哥所经历的事，还有肖恩，甚至梅芙的遭遇……我觉得这一切对克洛伊的影响都很大。”

“别那么想，洛蒂。现在不是自我剖析的时候，我们首先得找到他们。你还行吗？”

她窝起肩膀，深深地吸了一口气。“我可以，真的。”她想了一会儿，“我需要有人去学校接肖恩，把他和凯蒂一起带到我妈家去，找个人在她房子外面守着，至少我知道他们在那里是安全的。”

博伊德又打了一个电话。他挂上电话说：“林奇正在去学校的路上。洛蒂，我想你需要喝杯茶。”

“别扯了！博伊德。我不想喝茶。你疯了吧？”

她转过身来，看见吉莉安·奥多诺休站在卡特边上：“你怎么这么快就到了？”

“你在来的路上给我打的电话，叫我来看着米洛，你去处理克洛伊说的事。”

“确实。”她都不知道自己在干什么了。她需要出去找她女儿。“博伊德，你开车。我的车在警局。我得想想克洛伊会去哪里。”

“也许凯蒂知道。”博伊德说。

凯蒂趴在桌上，脑袋支在胳膊上。

“凯蒂，你没事吧？”洛蒂冲到女儿跟前。

“我没事。”她抬起头来，“快去找米洛和克洛伊。”

“你知道她可能在哪儿吗？”洛蒂拉出一把椅子，在凯蒂身旁坐下，拿起她的手握住，女儿的手被汗水弄得湿漉漉的。

“你知道克洛伊不和我说话的，妈妈。她大多数时候都是大喊大叫的。”

洛蒂注意到女儿眼里的疲惫：“凯蒂，我很抱歉，把米洛扔给了你，而且——”

“别为我难过，”凯蒂打断了她，“我喜欢照顾这个小家伙，甚至连肖恩都开始喜欢他了。他对我们来说犹如一剂良药，帮我们暂时忘记自己。妈妈，他在哪儿？克洛伊肯定不会伤害他吧？”

“克洛伊是个好姑娘，她认为自己是在保护这孩子。我得弄清楚她去哪儿了。”

“帕克太太，”卡特说，“上楼之前，克洛伊说了什么推特的事。”

凯蒂站起身来，一把抓住洛蒂的胳膊：“对，我忘了，她手机响了，我问她是什么，她说是推特上的通知。”

“你有推特吗？”洛蒂问。

凯蒂打开应用程序：“找什么？”

“看看有没有 @ 利普连或 @ 亚当 99 这两个账号的帖子。搜下 # 生命之割这个主题。”

凯蒂敲了几下：“今天没有。是什么？”

“我不知道。你能看克洛伊的账户吗？”

“她什么都没贴。”

洛蒂踱来踱去，两手在头发上乱挠。她无法正常思考。她在吉莉安·奥多诺休身旁站定。

“带卡特回警局，查一下跟他联系的那个人的电话号码。”她在奥多诺休的笔记本上草草画了几笔，“这是克洛伊的电话号码，我需要一份她在推特、脸书还有其他社交媒体上的所有活动记录。”

她催促着奥多诺休和卡特赶紧走了。

“来杯茶，”博伊德说着，把两杯热气腾腾的茶放在桌上，“我不想喝茶。”洛蒂说。她听到奥多诺休在门厅里说话的声音，紧接着科里根警司便大步流星地闯了进来。

“我听说有个不应该在你家的男孩从你家里失踪了，这是怎么回事？”

“真倒霉！”洛蒂说。

“你要喝杯茶吗，长官？”博伊德问。

那人让法洪留下来收拾残局。

在楼下的浴室里，他脱下衬衫，打开热水。没有肥皂。他从口袋里掏出一块酒店里的免费肥皂，打开包装，在流水里泡了一会儿。他开始擦手，一直擦到胳膊肘，足足擦了两分钟，然后用放在马桶上的卷纸擦干。他检查衬衫上有没有血迹，发现溅了几滴。他把衬衫翻过来，平铺在白色背心上，让水龙头开着，大步走了出去。他瞥了一眼手机，发现那个社工卡特还是没发消息。幸好他已经采取了额外的预防措施，防止那个小王八蛋坏他的事。

他走出大门，自顾自笑了笑。太阳开始下山了。天空中交织着紫色和橘色，像一幅印象派的画作，地平线上也被涂上了色彩，但白日的酷热依然弥漫在空气中。在运河边上，他看见傍晚的雾把碧绿的水面变得朦胧。

他得赶快去取他的货车。再过几个小时，天就要黑了，他可以开始收尾工作了。

第七十八章

博伊德带凯蒂去了她外婆家。

洛蒂一边走到碗柜前数杯子，一边听科里根训斥。

“我告诉过你啊。我不是告诉你把那小孩交给福利机构吗？你干了什么？你还是想怎么着就怎么着，一如往常。我行我素，说的就是你。我真是对你绝望了。”他停下来喘口气，“有你女儿的消息了吗？”

科里根把手搭在她的胳膊上，把她拉到一张椅子边上。

“你为什么会来？”洛蒂坐下来，抬头望着她的上司。

“我现在确实只有一只眼睛好使，但我不是瞎子，也不是聋子。警局乱成一团，我想找你谈谈。”他擦了擦眼睛，疼得直咧嘴，“你女儿和那小孩是怎么回事，告诉我。”

洛蒂解释了事情的经过。

“这个埃蒙·卡特，是我们要找的凶手吗？”

“不是，长官。我想有人在监视我家房子。他们知道米洛，就是那个小男孩，住在这里。我认为是米默莎的朋友把他带到这里来的，他们便折磨她，想知道真相。”

“在泵房发现的那个遇害女孩？”

“是的，长官。然后他们就把目标对准了卡特，这样他们就能在不引起怀疑的情况下带走米洛。”

“那么‘他们’是谁呢？”

“我不知道。”她站了起来。她这会儿该去找她的女儿，怎么能坐在这里如此云淡风轻地浪费口舌呢？她必须得出去。

“坐下，洛蒂。”

“听着，长官，恕我冒昧，我女儿和这些人要找的那个小男孩现在正在外面。有人在推特上跟踪她，我想这和那些失踪女孩有关。我女儿受了精神创伤，心里很恐惧。现在我能去忙了吗？”

科里根说：“我动员了本区所有警察，他们会把这个小镇翻个底朝天，找你女儿和那个小男孩。但你得和我回警局，等我们找到他俩后，我再决定怎么处置你。”

“长官——”

“别跟我长官这长官那的，没用。我不会再让你离开我的视线。把调查工作留给别人吧。我得监视着你，你别想耍花招。”

洛蒂没有选择。她叹了口气，抓起包，跟着他走了出去，随手把门关上。

警局很嘈杂。科里根警司急匆匆地穿行在人群中，一边打响指，一边给每个人下达命令。洛蒂逃回了自己的办公室。

博伊德正从橱柜里取文件。他砰的一声关上抽屉，身子靠在上面，目不转睛地盯着洛蒂。

洛蒂也盯着他：“怎么着？”

“别人都在外面找克洛伊和米洛，我却被派来看着你。所以你要么坐下来，咱们一起解决这个问题，要么你就继续站在那里哼哼唧唧。”

“我要是想听人训话——”

“你就去找你妈了。没错，我知道。我送凯蒂去的时候也被说了一通。”

“肖恩也在那儿，对吧？”

“对，他们都很安全，有两个探员在保护他们。”

“好。谢谢你。”

“坐。”

“我不能坐，博伊德。我得找到——”

“你得服从命令。”

洛蒂叹了口气，在桌边坐下。他说的当然没错，但她不知道克洛伊的下落，怎么能集中精神呢？

博伊德说：“克洛伊是个聪明姑娘，她在做她认为对米洛最好的事。她——”

“被吓到了，她吓坏了。她到底在哪儿啊，博伊德？”洛蒂咽下一声抽泣。

“我们问了她朋友艾米莉·科因，说没见过她。”

“那梅芙的母亲呢？翠西·菲利普。克洛伊可能去找她了。”

“也问了，不在。那女人那么乱，克洛伊怎么会去找她呢？”博伊德叹了口气，“她不会有事的，你得不停这么告诉自己。好不好？”他紧紧握住她的手指。

洛蒂点点头，抽出手来。她不敢说话，怕一开口就哭出声来。

“对了，你听说过僧侣岛吗？”博伊德问。

“克洛伊在那里？”她跳了起来。他又轻轻地把她按了下去。

博伊德在她桌沿上坐下说：“除非她是奥运会游泳选手，或者会划船。林奇查了湖泊周围异常活动的报告，有几份提到了僧侣岛。”

“哪个湖？”

“卡莲湖。有人投诉说现在不是射击季节，却听见枪声。”

“有人跟进这件事吗？”

“我们当时人手很不够用，而且也没觉得这事紧急。”

“现在局里还有人吗？”

“所有人都被派出去找你女儿了。”

洛蒂想了一会儿：“克洛伊的手机！我们有追踪她的手机吗？”她把桌上的电话拽过来，拿起听筒。

博伊德阻止了她：“正在追踪。另外，一有人手，我们就会去查僧侣岛。”

“但现在就得查啊。”

“我们得先找到克洛伊和米洛。”

“为什么还没拿到克洛伊的电话记录？他们在楼上搞什么？”

“需要时间的。”

“那社工的电话呢？他准备接到米洛后发短信的那个号码查到了什么吗？”

“技术人员正在查。”

“我得出去，不能在这里闲坐着。”

电子邮件提示音响了一声，她眨了眨眼，扫了一眼收件箱：“我现在不需要这个。”

“什么？”

“我昨晚发给贝西姆·迈赫迈迪的邮件有了回复。”

“谁？”

“大约五年前普里什蒂纳人体器官非法采集案的检察官。我告诉过你。”

“跟我们的案子有关吗？”

“可能有。”

“打开看看。”

她刚点开邮件，吉莉安·奥多诺休的脑袋探进门来。

“督察？埃蒙·卡特在问询室闹呢，他非要给那个逼他绑架小男孩的人发短信，他不相信他妈妈会安全。”

洛蒂抬头看着博伊德：“你怎么想？引蛇出洞？”

博伊德站了起来：“没错。”

洛蒂不再理会普里什蒂纳检察官的邮件，敲了一下屏保键。

“回头再看。”她对着电脑说。

一号问询室里热得令人压抑，今晚尤其闷热。汗水把卡特的衬衫染成了深灰色，从肩胛骨到腋下湿了一大片。博伊德看上去很冷静，但洛蒂知道他和自己一样焦虑。她必须找到克洛伊和米洛，唯一的办法可能就是诱捕那个联系卡特的人。

她扯开塑料证据袋，拿出手机，口述了一条信息，但让卡特用自己的话来说。不能打草惊蛇。她捏着手机等回复，手机在汗手里直打滑。

短信来了：圣德克兰。十分钟。门房后等。

“走。”洛蒂说着便往门口跑。

博伊德说:“没时间组建行动队。”

“你和我,够了。”

“我呢?”卡特说。

洛蒂想了想要不要带他一起去抓绑匪,但她不能拿他的生命冒险。

“待在这里,别再惹麻烦了。”她转过头来说。

“看着他。”博伊德对奥多诺休说。

洛蒂跑过接待区,冲出警局大门:“你的车在哪儿?”

“在后面。”

“快点。”她沿着大楼的侧面跑得飞快。

“这么堵,十分钟就要赶到,太疯狂了。”博伊德咔嗒一声打开车门,两人跳了进去。“开蓝灯,拉警笛?”

‘行。”博伊德一个急转弯把车甩出了院子。洛蒂双手紧抓住仪表盘说,“不行!我们不知道他在哪儿,他有可能在监视我们,最好不要惊动他。”

他把面包车停在大教堂的停车场,就在马路对面警察的眼皮底下。他这一生都在铤而走险,没必要现在改变。

他脱下柔软的皮鞋,把脚塞进钢头靴里,转动钥匙发动车子,这时听见手机振动,收到了一条信息。

他瞥了一眼屏幕,猛拍一下方向盘。“好!”

他又看了一遍短信:孩子到手。我现在该怎么办?别伤害我妈妈。他想了一会儿才回复。

他驶出教堂大门,瞥了一眼警局。为什么洛蒂·帕克和她手下跑那么快?

他一边沿街开车，一边疑惑，心里一直拿不准。他们知道了什么吗？肯定不是。

他拼命思考如果对方盯上了自己，该怎么应对。他一直很小心，会有考虑不周的地方吗？罗素跟警察泄露什么没有？不过他现在是彻底回答不了这些问题了。糟糕啊。

看来他得边做边想了，展现一名优秀外科医生的本色。

交通不是问题，雾才是麻烦。大雾从天而降，像一层厚厚的面纱笼罩着这个镇子。巨网掩住一切，遮蔽了太阳，黑暗降临了。

"真像世界末日。"博伊德驾车上了都柏林大桥。

"柯比和林奇到底在哪儿？"洛蒂紧张地问。

"两个都没消息。"

洛蒂轻点了一下柯比的快速拨号："快点，胖伙计，快接电话。"

"头儿？"

"谢天谢地。你在哪里？找到克洛伊了吗？"

"我们从你家房子后面一路沿着铁轨搜过了。我想她是爬上了铁轨，然后沿着铁轨离开的。还没找到她，小男孩也没找到。"

"她为什么爬上那里？"洛蒂睁大了眼睛，"你怎么会找过去的？"

"跟踪了她的手机，她手机就掉在火车站外面一点。"

"具体在哪儿？"

"小人行桥。穿过运河到顶山的那个。我们正在搜这一片。"

"那是彼得罗夫齐的住处。"洛蒂摇了摇头，拼命捋思路，"为什么她的手机会在那里？"

"不知道。也许在她跑的时候从口袋里掉了出来。我会尽快告诉你。不过，大雾在拖我们的后腿啊。”

“林奇跟你在一起吗？”

“对，头儿。”

洛蒂长叹了一口气：“继续找。”她挂了电话。

“我什么也看不见。”博伊德说。

“跟着前面那辆面包车的尾灯走。”

“我就是这么做的。”

“快，博伊德。你不能开快点吗？”

“我又没长翅膀。”

他能看见后面的警察。他把车停在离圣德克兰半英里的一家街角小店的门口，让他们先过去。

他们这是去哪儿？肯定不是圣德克兰医院，那里以前是一家精神病院。他们没有理由去那里，不是吗？那家医院已经关门十年，快墙倒屋塌了，直到一年前，被他偶然发现，把手术室重又投入使用。他不能让他们找到手术室，现在还不能，得等他结束。他有任务要完成。

他重又把面包车挤回到车流，继续前行。他必须全神贯注地干手头的工作。他得和埃蒙·卡特打交道，把孩子弄到手，不能出岔子。

他四下查看，没见到那辆警车，便穿过圣德克兰锈迹斑斑的大门。他把车停在门房后面，关掉引擎，坐等大礼——米默莎的儿子米洛。

第七十九章

博伊德绕过通往高速公路的环形交叉路口，又回到马路的另一边。

“停！”洛蒂叫道，“在那里。”

“雾这么大，会被人追尾的！”他抗议道。

“你给我停车，博伊德！”

他猛地一转方向盘，把车斜到草地边上。

“把灯关掉。你有夹克可以让我穿下吗？”

博伊德探身在后座上找到一件黑色羊毛衫：“这个可以吗？”

“可以。”洛蒂解开安全带，拉上羊毛衫拉链。

“你不能一个人去。”

“你留在这里，你需要和柯比保持联系。”

“我和你一起去。”他说着打开车门。

洛蒂抓住他的胳膊，往身前一拽：“听着，博伊德，我需要你监控手机和无线电。我身上有枪。”

“就是怕这个，我可不想看见《龙虎双侠》里的枪战场景。”

“我没那么蠢。”

他哼了一声："听你的。"

"这家伙手上可能有克洛伊，或者知道她在哪里。"

"他可能就是那个杀了三个女孩：又绑架了两个女孩的凶手。"

"你以为我不知道吗？"

博伊德握着她的手："小心。"

洛蒂打开门，走进潮湿的雾里。

"我来了，你个杂种！"她对着雾小声说。

洛蒂感到窒息，大雾令她难以呼吸，天很黑，也看不清东西。她展开双臂，像一个软垫病房里的疯女人。这地方还真就是关疯子的，她心里说。她的手只能触到空气，摸不到墙壁，她唯一能感觉到的是脚下的地。

洛蒂小步慢慢往前挪，走了四步，什么都没感觉到。为什么这么黑？停电了吗？远处街灯的黄光完全迷失在大雾中。她知道，正常情况下，那灯光五公里开外都能看到。但现在，这座镇子仿佛被人从地基上拔起，在一片虚无缥缈的薄雾中被偷偷搬走了。她的双手扫过一张蜘蛛网，蜘蛛网的蛛丝悬在她右手边的大垃圾桶上。她用指尖摸着数了数，有三个垃圾桶。

她感到身后有个影子，便停下脚步，屏住呼吸，竖起耳朵听。N4 号公路上传来车流缓慢前进的嗡嗡声，没有别的声音。我真是要疯了，她对自己说。

她又慢慢向前挪，但总觉得有人就在她身后似的。

他在哪儿？

他透过雾看见那个侦探，她离得很近。他该怎么办？他不能让她找到任何东西，不然游戏就结束了。他小心翼翼地沿着大楼一侧跟着她。不能让她阻止他完成任务。他必须信守承诺，虽然这承诺是他许给自己的。他既然开始了，就要干到底。

他现在离她很近，几乎能闻到她的气味。他蹑手蹑脚地靠近，听到她轻微却急促的呼吸声。她是在害怕吗？他不信，她可是个好对手。但现在不是考验她毅力的时候。他不得不采取行动。

他悄悄地靠近，屏住呼吸，免得被她察觉。他准确无误地用胳膊勒住了她的喉咙，用胸口顶住她，开始发力。

她胳膊不停乱挥，拼命要把他胳膊扯开，却找不到目标，终于垂了下来。

他感到她的脑袋靠在了他的肩膀上，便松了手，她倒在了他的脚下。他迅速从垃圾箱边走开，回到面包车上。

卡特那个杂种果真告了密。

洛蒂不知道自己昏迷了多久，她睁开眼睛，揉搓着喉咙，又紧又疼。她抓住腋下的枪套，摸了摸枪。他没有拿走她的武器。他偷走了她的自尊，却给了她一份非抓住他不可的决心。

她从牛仔裤后面的口袋里抽出手机，发现屏幕虽有裂纹，但仍然可以打电话。

第八十章

“拜托，博伊德，再快点。”洛蒂跺脚，仿佛油门在她这一侧似的。

“别吵吵了，我得注意看路，什么都看不见。”博伊德打开雨刷，清除挡风玻璃上的薄雾。

她艰难地咽了一口唾沫，喉咙里好像被人塞了碎玻璃。博伊德看见那辆面包车从医院呼啸而出，上了双向车道，他挂上挡，冲了进去，发现她在垃圾桶边上摸摸索索摁手机。她坚持要去追面包车。

“我不知道怎么追，”他说，“我不知道他往哪个方向跑了。”

雾很浓，道路也弯弯曲曲，她也不能怪他：“如果他左转上了N4号公路，可能会去卡莲湖和僧侣岛，也许他带克洛伊去了那里。”

“你根本不知道僧侣岛跟整件事情有没有关系。”

“他还能去哪儿？”洛蒂说，“肯定是彼得罗夫齐。”

“任何人都有可能。”

她想了一会儿。她记起了令她窒息的那只孔武有力的手臂。

“我不知道是谁。”她承认。但她知道不能让他跑掉。

车子从主路上打着滑上了引路。

“转错弯了，博伊德。”洛蒂尖声叫道，“哎哟。”她的喉咙痛得发烫。

他继续往前开：“不能回头。我等下从连接路上过去。”

蓝灯闪烁，警笛嘶鸣，博伊德飞快地穿过环路。洛蒂把脚牢牢地踩在踏板上，抓住仪表盘。车子绕过一个街角，经过墓地，沿着一条狭窄的路往前行驶。他把车子扶正，灯光被雾反射回来，十分耀眼。前面的车尾灯亮了。

“他在那儿！”洛蒂说。

灯光又消失了。

“任何人都有可能，”博伊德说。车子突然一个急转，溜到了马路中间，“抱歉。”

“靠边走。”洛蒂喊道。

他什么也没说，双手紧握着方向盘，攥得双手发白。

“万福马利亚！”洛蒂低声嘀咕了一句。

博伊德朝她瞥了一眼，不料车子突然上了草地，又滑回了路面，洛蒂尖叫一声。

“天啊，博伊德，看着路行不行。”

“他要跑掉了。”

车子就要转过下一个拐弯处，洛蒂知道前面就是铁路交叉路口：“亲爱的上帝，虽然我不是什么信徒，但拜托了千万别来火车。”

灯光在雾中闪烁，黄灯，黄灯，红灯。

博伊德猛踩刹车，安全带勒进洛蒂的肩膀和胸膛。随着夜空中一声巨响，栅栏落了下来。

洛蒂跳出车子，眼见面包车的尾灯上了山顶，然后消失了。

“我们现在怎么办？”

“五分钟，要等五分钟。”她眼泪止不住地流了下来，“火车通过得五分钟。”

洛蒂感到博伊德的胳膊搂在她肩上。他把她带回车里。

“希望在这个当口，他不会乱来。”博伊德把头靠在方向盘上说。

“希望是件奢侈品，”洛蒂说，“他手上可能有米洛，还有克洛伊，是吗？”

“他还没抓到他俩，洛蒂。他是来见卡特接手米洛的。”相比此时心思狂乱的洛蒂，博伊德还能冷静地思考。

她转过身来看着他：“那他们在哪儿呢？”

他调整双手，抓紧双桨，开始划船。他从来没有冒险用过马达，但他此时真希望能有一个。轻柔的涟漪从小船边荡开，哗哗的水声跟着船尾。他缓慢前行，手臂上的肌肉因发力而抖动。雾开始消散，他看到夕阳橙色的微光照在细小的波浪上。他看到湖边树木的黑影，还有隐在芦苇河中的码头。他对准正前方用力划。

他刚和警察打了一场惊险的遭遇战，是火车救了他，这次算他走运。现在他确信他们知道了他的杀人地点。船里溅进来一汪水，在他穿着靴子的脚下打旋，他眯起眼睛透过逐渐散去的雾往前看。僧侣岛。他满心期待，浑身激动得发抖。也许这次他能成功地完成使命。但没弄到那孩子。遗憾。

几分钟后，他靠了岸。他想起那清澈的湖水，他曾用那水清洗尸体。还有两具尸体需要他清洗。他希望那两个还没饿死。他已经离开好几天了，要是还没等他把她们送上救赎之路，两人就死了，那就太可惜了。他放声大笑。救赎？只有他能做到。

他跳上隐在野草中的一截短短的木栈桥，用粗绳把船向后拖。他小心翼翼地把绳子拴在桥板边伸出的一根木棍上，打了个双结。他开始深呼吸，把肺里灌满新鲜空气，再呼出，如此重复三次。

他猫腰钻进枝繁叶茂的树下，沿着一条杂草丛生的小路前行。这条路他走过很多次，那路上的草也只被他践踏过。没有人敢到这个岛上来，他是下了功夫做过侦察工作的。他右手两公里外是教堂岛，那些乱七八糟的事是在那里发生的，而这座岛上只有鸟和獾。这里是一个天然野生动物保护区，他是唯一的闯入者，当然，还有他的猎物。

快到了，他无法抑制血管里的兴奋，那感觉从头皮上的毛囊一路蹿到脚趾尖。这一次，他裤子里的肿胀令他感到安慰。

最后，他面前豁然出现一片空地，一轮冉冉升起的月亮照亮大地。四周笼罩着一层蓝色的薄雾，一只鸟扑扇着翅膀从树上飞下来。他跪倒在地。那两包东西还在。没动静了。不，不对。他查看了一个，又查看了另一个。还在微弱而困难地呼吸。人还活着。他仰面感谢上苍。他慢慢解开第一个包上的胶带，拨开羊毛织物的褶子，终于，她躺在了他的眼前。

她额头被他踢过一脚，现在起了一块青肿。他用手指摩挲着她的脸，摸到脸颊上凹陷的伤口，停住手。

“受伤的鸟儿，你的翅膀断了，但我可以让你自由，让你再次飞翔。”他低声呢喃道。

他解开她身上的衣物，看着她的胴体，惊叹不已。他的手指停留在她最深的伤疤上，咸咸的泪水从他眼中流出，静静地滴在伤口上。这伤口由他而起，现在他要医治她。永远医好她。他会把她从痛苦中解放出来，给她安宁，以及永恒的救赎。可惜她不能感谢他。他虽然牺牲了她们去拯救那些对他出手大方的人，但这并不是他的初衷。不是吗？他是在追随心中的榜样。这一切都是命中注定的。只有她死了，那个恶人才算是为了他父亲的死付出了代价。

他站起身来，穿过灌木丛，拖出钢质工具箱。他从夹克衫内侧的口袋里掏出一把钥匙，打开锁，掀开箱子。他从一块软布下取出包在皮套里的半自动手枪。他检查了一下弹匣，发现里面是空的。他从纸板箱里数了几发子弹，一颗一颗仔细地填好，把弹匣咔嗒一声扣上枪身，又把第一颗子弹推上膛。他只需要一颗，但他喜欢那种全副武装的感觉。权力与控制。

云朵迅速划过天空，温暖的薄雾轻抚着他的皮肤。

他一手拿着枪，一手拿着消音器，转过身来。

第八十一章

火车终于过去了，路障也解除了，博伊德挂上挡，继续赶路。

“他去哪儿了？”洛蒂问，“他是一直往前开的吗，还是去了僧侣岛？”

“我怎么知道。”博伊德恼怒地呼了口气。

“停！”洛蒂喊道。

汽车发出尖锐的声音，博伊德把车斜到路边：“又怎么了？”

“那儿！”她指着铁轨旁一条狭窄的引路。随着雾消散开去，路那边的湖面像熔化了的玻璃一样闪闪发光。她跳下车，消失在草木丛中。

“等等！”博伊德砰的一声关上车门，在她身后叫喊。

“他的面包车。”洛蒂站在一辆白色的小车旁。她试着打开门，“锁上了。”

博伊德走到她身边，双手叉腰站定，朝湖面眺望。

“僧侣岛就在那边！”他说。

“我们怎么过去？”她问。手机的嗡嗡声划破了空气，“柯比，你找到她了吗？”

“还没有，头儿。但你得回一趟警局。”

“我正在追捕一名嫌疑犯，我觉得是安德列·彼得罗夫齐。”

“不可能。”

“为什么？”

“我们刚刚发现彼得罗夫奇试图进入他的公寓。”

洛蒂转过头去看了一眼博伊德，目光又越过湖面。

“那边到底是谁？”

米默莎听到弹夹卡入枪膛的咔嗒声。她知道这意味着什么。她感觉到他在动，感觉到他俯下身来，抚摸着她。

“啊，小米默莎，我一直在等待这一刻的到来，让你重获自由。”

“米洛呢？”她喘息着，微弱地问。

“我本想带他来和你相聚，但机缘不巧，或者应该说一个叫洛蒂·帕克的女警察坏了事。我这里处理完了你，下一个就是她。”

那位女侦探原来并没有忘记她。米默莎想笑一下。她的嘴唇裂了，喉咙哽住了。别让我死，她心里说。让我最后看一眼我的孩子。她闻到了米洛身上的苹果香波气味吗？那人在撒谎。他真是太残忍了。米洛也在这里。

“米洛在吗？求求你了！”她恳求道。

“闭嘴。我已经告诉过你，我没弄到他。”

她必须做点什么。米洛需要她。她也需要米洛。

她凭借意志力，往四肢注入一股力量。现在的她连睁开眼睛都是一种折磨，但她别无选择。她不得不强迫自己行动起来，否则她就要死了。

她把胳膊肘移到身下，想坐起来："求求你……"

"你能不能给我闭嘴？"

她半眯缝着眼睛看。他就在眼前，单膝跪在地上，低头看着自己，手里拿着枪。在她短暂的一生中，她见过很多枪，但这并没有吓倒她，真正使她害怕的是再也见不到儿子了。

这个念头往她的身体里注入了一股超人的能量。她终于半坐起来，用胳膊肘支着身子。他似乎觉得很有趣，大笑起来。为什么他会觉得好笑？因为他是个疯子，一个声音在她的脑海里说。疯子。该如何对抗疯狂？只有同样的疯狂，她想。

"我……我认识你……"米默莎开口道。

"你当然认识。"他又一阵狂笑。

好吧，她想。现在我要行动了。为了米洛。她最后看了一眼天上的星星，看到的只是儿子脸上的笑容和眼中的光芒，她抬起腿，用尽最后一点力气使劲踢了出去。她面前闪现出儿子咯咯笑的样子，犹如一幅神奇的画像。

"妈妈爱你，米洛。"

枪声打破了夜晚的寂静。

"什么……"洛蒂一猫腰，不假思索地伸手拿枪。她头顶上的树枝在惊飞的鸟儿的翅膀下颤动。博伊德把她拖了起来。

"在那边，"他说，"岛上。"

她无助地举起双臂："他在那儿，我们却在这儿。拉响警笛。快。越大声越好。我们的后援呢？"

博伊德跑到车边，拉响了警笛。她凝视着水面。

雾消失得快，回来得也快，在他们周围降下一幕柔和的光泽。只有那闪烁的灯光告诉她车在哪里。她竖起耳朵听那刺耳的噪声。不再有枪声了。他被吓跑了吗？

“我们需要一条船！”她高声喊道。

“什么？”

“船。我们到哪儿能搞到一条船？岸边。我要沿着岸边试试。”

她不等博伊德，径自翻过铁轨，下到另一边。她趔趔趄趄往下滑，最后落在乱石纵横的湖岸边。在浓雾中，她只能看到自己的手。她拿出手机打开手电筒，意识到还在和柯比通电话。

“柯比。我们需要一条船。快！”

他们关掉发动机，船滑行到小岛岸边。他们已经半个小时没听到枪声了。就在两辆警车停下来的时候，住在附近的一名男子从家里跑出来看警车。洛蒂告诉他自己需要一条船，他便立即跑回家搬来一台发动机，迅速地装到岸上停着的一条船上。

现在他跳了出来，拴好船。“这码头很隐蔽，”他说，“没有几个人知道。这样也好。跑来瞎闹的浑蛋已经够多了——”

“谢谢！”洛蒂打断了他，“在这儿等着。”

她拽着博伊德的手上了岸。两人拿着枪，在低垂的树枝下猫着身子，沿着长满青草的小路前进。

“这背心真沉。”洛蒂讨厌穿博伊德从后备箱里拿出来的防弹衣，但她清楚自己不能冒险。

“他是怎么找到这个地方的？”博伊德说。

“嘘。我不知道。”

“为什么只开了一枪？”

“你安静点行不行？听。”她伸出手，拽着他的裤带把他拉了回来，“你听到了吗？”

“只是些该死的鸟叫声。”

“不是，停下。好像有人在哭。老天啊，难道是克洛伊？”

“等等。”博伊德说。

洛蒂从他身边冲过去，跌倒在矮树丛里。“克洛伊！”她大声喊着。此刻，她把受过的训练忘了个一干二净，“克洛伊？”

她冲进一片空地，突然停了下来，博伊德撞在她身上。

“我的老天！”他说。

他打开手电筒，扫了一下现场。灯光被雾反射回来，但洛蒂能看见三个人躺在面前。她的手和腿不由自主地颤抖着。“求求你，老天爷，不要！不要！”

她转过身。不敢看。

“博伊德，告诉我。是克洛伊吗？”她觉得博伊德太久没有说话。最后他说：“不是克洛伊。没有一个是克洛伊。但我都认识。”

洛蒂鼻孔呼了一口气，努力镇静下来。她手脚并用地爬过去。

“是谁？还活着吗？我听见有人哭。”她拉开一条破毯子，凝视着一张年轻的脸。“是梅芙·菲利普，她还活着，博伊德，但已经失去知觉了。我们需要帮助。那人可能还在这里。”

“确实还在，”博伊德指了指，“被子弹打穿了肚子。”

洛蒂把梅芙搂在怀里：“死了吗？另外一个呢？”

博伊德从那男的身边挪开，去看另一个：“看不见枪伤。”

洛蒂把梅芙轻轻放下，望着博伊德脚边的裸体姑娘，失去了生命的手中握着一支半自动手枪。

“是米默莎，”她低声说。她摸了摸脉搏：“天哪，博伊德，她死了。这勇敢的女孩杀了他。”

躺在地上的那人发出一声呻吟，博伊德转过身去看。

“他还活着。”他又检查了一下，然后啪的一声给他戴上了手铐，“你这杂种，哪儿也别想去了，下半辈子就在监狱里度过吧！”

“我认得他！”洛蒂说。

“你认得？这是谁？”

“乔治·奥哈拉，直接救济中心的辅导教师。”

她扭开脸，脱下厚重的背心和博伊德的羊毛衫，用暖和的衣服裹在梅芙的身上，紧紧抱住她。

“你现在安全了，”她流着眼泪安慰道，“可我的克洛伊呢？”

第八十二章

“麦格林的现场调查组赶到僧侣岛还需要一段时间。”洛蒂说。

她看着救护车上的蓝色灯光在雾中旋转。梅芙·菲利普正在被送去医院的路上，洛蒂知道这姑娘身体上的伤终会痊愈，但精神上的伤就不好说了。第二辆救护车里是乔治·奥哈拉，车里跟着两名武装警察。只剩下米默莎的遗体被留在岛上，孤零零的一个人。

博伊德靠在汽车的引擎盖上，点上两根香烟，递给洛蒂一根。

她深深地吸了一口说：“我们需要回警局，看看彼得罗夫齐到底是什么情况。再问问他们有没有查到克洛伊和米洛的下落。”

“先抽完烟。”

“但是——”

“别但是了，”他把她往身边一拉，“休息三十秒，这是我的命令。”洛蒂把头靠在他的胸前，她的身体在和极度的疲乏做斗争。

博伊德的电话响了。

“是杰姬，我忘了她一直在联系我。”

“最好接一下。”洛蒂扔下烟头，用靴子后跟踱碎。

博伊德转过头去：“杰姬，你一直打电话给我，有什么事吗？”

洛蒂坐进车里，发动引擎，她不想听博伊德说什么。她必须找到她的女儿。

回到警局，她飞奔上楼。这会儿快半夜了，她觉得如果再没有克洛伊的消息，她会吐的。博伊德正在停车。在回镇子的路上，一片寂静。杰姬的电话断了，他不知道她想要干什么。

“你上哪儿去了？”科里根怒气冲冲地穿过走廊，“我不是命令你留在局里吗？”

她没工夫跟他啰唆，什么也没说，径自从他身边冲进专案室。屋子里静得像太平间一样。科里根跟着她。

“天啊！”洛蒂一声叹息。她抬头看了看案情分析板，目光落在了米默莎抱着米洛的照片上。这孩子现在没妈妈了，以后该怎么办啊？

“你在看什么，帕克？”

洛蒂指了指案情板：“长官，除了真凶乔治·奥哈拉，我们把所有其他人的照片都钉在这上面了，我们压根就没考虑过他会是凶手。”

“真是聪明啊你。”

她打电话给柯比：“把乔治·奥哈拉的背景彻底调查一番，我想知道关于他的一切，哪怕是五分钟前的资料都要。”

她感到一阵肾上腺素涌上来，转身面对科里根：“我想还有人和他一起干的，他需要有人帮他找姑娘。”她指了指丹·罗素的照片，又指了指彼得罗夫齐的照片，“这两个人，克洛伊和米洛在他俩或者其中一个人的手上。”

“彼得罗夫齐在看守室里。”科里根说。

“我要见他，长官。马上。他可能知道克洛伊在哪儿。”

她一边等，一边在心里数数。她数到五，科里根才挪到一边。她赶紧冲出去，生怕他改变主意。

“帕克督察！照规矩来。听见没，照规矩来！”

“是，长官。”洛蒂十指交叉，回了一句。

洛蒂身后三英寸厚的钢门哐当一声关上了。

彼得罗夫齐作势要从石床上起来。

“待在那儿别动。”洛蒂靠着墙，交叉着双脚。没有椅子。

“我很抱歉。我什么都没做。”他坐直了身子。

洛蒂把柯比给她的那几页纸翻了一遍，头也不抬地说：“给你老板杰克·德莫迪打电话叫他去泵房的那个人，他的电话号码也在你的通话记录里。解释一下。”

“我不明白你的意思。”

“他名叫乔治·奥哈拉。熟悉吗？”

彼得罗夫齐摇了摇头：“我不认识他。”

她把那几页纸折起来塞进牛仔裤后的口袋：“你以为我会相信你吗？”

“我不知道。”

“你的朋友乔治·奥哈拉住院了，枪击。”

他扬起眉毛，用一只手在光头上揉了揉。

“我不认识叫这个名字的人。”

“行了。我们发现他身上有两部手机，其中一部手机星期六晚上给你打过电话。他为什么联系你？”

彼得罗夫齐显得迷惑不解，闭着嘴不说话。

洛蒂说："我来给你解释解释吧。你和这个人——乔治·奥哈拉，是一伙儿的。从科索沃、非洲还有什么别的地方弄来女孩，让他取器官，然后扔到妓院。是你培训的她们吗？"

"我不知道什么……培训。"

洛蒂往前紧走两步，抓住他的胳膊肘，把他拉了起来。他轻松地把手抽出来，挪到墙边。

"你生气，为什么？"他问。

"我没有时间跟你扯这个。我女儿失踪了，我相信你知道她在哪里，赶紧交代。"她用手狠狠拍了一下他脑袋旁边的墙壁。

他没有退缩。"女儿？"他转头看她。

洛蒂在床上坐下："行了，你现在也没什么可失去的了。总之你会进监狱，因为你是帮凶。不管你们俩是怎么做的，我会查出来。但你现在还能帮一帮自己，你只要说出来，我看看还能帮你做什么。请告诉我她在哪儿。"

"我没杀人。我没带走你女儿。"

洛蒂恼怒地叹了口气，心里清楚从他这儿什么也得不到。她站起来示意警卫开门。

"真是浪费时间。但至少梅芙活了下来，她会告诉我一切的。"

"梅芙？我有点糊涂。"

"你之前认出了她的照片。"

他摇摇头："我不知道这个名字。"

"你反正什么都说不知道。"

"谁……梅芙？"

她知道她不该跟他玩游戏，但还是拿出手机，手指在屏幕上滑动，找出照片给他看："这就是梅芙。"

他盯着看了一会儿，然后抬起头来看着她的眼睛。

"我记得你给我看过。她看起来像我曾经认识的一个女孩。好吓人，真为她担心。我还以为她是其中一个呢，埋在地下的。"

"我没有时间听你扯谎。"洛蒂猛地把手机拿开。

他伸出一只手抓住她的胳膊，粗壮的手指还沾着他干活时留下的污垢，陷进她的皮肉。"我没说谎。我从不说谎。我没杀那些女孩。我来到拉格穆林，干活，找我的女人。每一天都在找，但没找到。"

洛蒂耸了耸肩说："什么女人？你为什么离开公寓，还把东西都带走？"她需要赶紧出去，去找克洛伊和米洛。

"我小时候经历过战争。"他拉起T恤衫，"战争就是这样对待我的。"洛蒂深吸一口气。一道整齐的伤疤从他的腹部向上蜿蜒，爬上臀部和背部，类似于前两个受害者身上的伤疤。"谁？谁干的？"

"许多年前。当时还在打仗。现在没关系了。但伤了我的大脑。我的头。"他用拳头敲他的脑壳，使劲敲了三次，"发生了很多事情，我不记得了。你明白。就是你们说的……失忆。不记得了。"

她把手插进头发里："但这仍然不能解释你为什么离开公寓又回来。"

他在那间小牢房里踱来踱去，不停地敲打、揉搓他的脑袋，留下一道道泥印和汗渍。在狭窄的空间里，他像一个孤独、悲伤的巨人。洛蒂晃了晃身子。她不应该为他感到难过，天知道他都干了什么。

他对着墙说："我在河边发现那个小女孩，你们把我锁起来。你的探员，他问了我很多问题，放我走了。我害怕。不想再被关起来了。我接到电话。是个男的，他说我女朋友在镇上。他说要杀了我俩。他就说了这些。我收拾行李就走了。我得去找她。"

"那你去哪儿了？"

彼得罗夫齐耸了耸肩："我四处跑，睡在铁轨旁。但我没有地方可去。就回到公寓，只认识那个地方。我找不到她。"他用指关节猛敲墙壁，"我回来了。我只知道这些。"他开始抽泣起来，"她就在附近。"

"谁就在附近？你在说什么？"

"他告诉我她就在附近，所以我才去找她。打电话的那个人，但他没有告诉我她在哪里。"

天啊，赐予我力量吧，洛蒂暗自叫道："等你准备好说话不打哑谜的时候，我再回来。"她打开了门。

她走进灯火通明的走廊，只听到安德列·彼得罗夫齐大喊一声。

"总有一天，总有一天我会再见到我的米默莎！"

博伊德把电话贴在耳边，在警局的院子里走来走去。

"从头再说一遍，听不懂你说的。"

"我好几个小时没见到杰米了，他接到一个电话就匆匆离开了，他走后，我在沙发上发现了这个手机，不是他平常用的苹果手机，是一款笨重的诺基亚，没锁屏。我还以为他是用来联系别的女人的，你知道的……"

"所以你检查过了，对吧？"

"对，这手机上只有一条发送短信，说：'孩子在你身边不安全，离开。运河人行桥见。’就这些。”

“你确定。没有名字吗？什么都没有吗？”

“只有号码。”杰姬念给他听。

博伊德认得这个号码：“我派人去你家取手机。别离开。”

“好吧。还有一件事……”

“什么？”

“联系人名单上只有两个名字。一个是翠西·菲利普，另一个是乔治·奥哈拉。你知道怎么回事吗？”

“我需要那部手机。”博伊德说。

第八十三章

“博伊德！博伊德！”洛蒂跑上楼，进了专案室，“你看见博伊德了吗？”

林奇和柯比在，眼圈黑得跟煤块儿似的。

“克洛伊？”洛蒂深吸一口气。

“没找到头儿，”柯比说，“我们到处都找过了。”

“她手机，查到什么没有？”

“查到个号码，但也是那种一次性的卡。”

“预付卡。”林奇说。

“是的。”柯比打了个哈欠说，“不是联系德莫迪或卡特的那个号码。”

“伙计们，很抱歉，”洛蒂说，“搞得你们夜以继日地干活。我要找博伊德。”

“我在这里。”博伊德走了进来。

洛蒂觉得博伊德看上去比另两位更糟。她说：“那个彼得罗夫齐，他刚才对我说的话打死你都想不到。”

“能等一下吗？我有重要的事情要告诉你们。”

“你这么严肃，是要说克洛伊吧。告诉我！”洛蒂深吸了一口空气，强作镇静。她用眼睛恳求，“我能行。”

博伊德瘫坐进离他最近的椅子里，扯着下巴上正往外冒的胡楂儿。“杰姬——”他开始说。

“博伊德！我女儿和一个小孩失踪了，你还要说杰姬。你饶了我吧。”

“你冷静点行不行！”

“别叫我冷静，”洛蒂一脚踢翻旁边的一把椅子，她几乎要哭出来。她又扶起椅子，坐了下来，“抱歉，继续。”

“原来那个扎着油腻小马尾的杰米·麦克纳利，在整个案子中一直都有事。”

“什么？”洛蒂又跳了起来。

“那假惺惺的浑蛋！”柯比说着，把一支雪茄塞进嘴里。

博伊德把杰姬发现手机的事说了一遍。

洛蒂默不作声地数着数，试图减轻闷在胸中的紧张：“克洛伊和米洛在麦克纳利手上！”她说。

“他怎么知道克洛伊的号码的？”柯比问。

“孩子们的电话号码脸书和推特上都有。”

“这么做太危险！”林奇说着，将一颗大头针猛地插在案情板上麦克纳利的脸上。

“本该更小心的。我就怀疑有人在监视我，监视我家房子，”洛蒂说，“如果克洛伊不知道是谁发的短信，她为什么会回复呢？”

“除非他就是利普连。”博伊德说。

“麦克纳利现在在哪儿？”林奇说。

“杰姬和他在一起吗？”洛蒂说，“那我们还待着不动干吗？快点，赶紧行动。”

博伊德在门口拦住她：“我不知道麦克纳利在哪儿，杰姬现在一个人。我已经派人去取电话，然后在那儿守着她。”

“麦克纳利会和罗素在一起吗？在直接救济中心？”林奇问。

“我不是让人去把罗素带回警局吗？”洛蒂说。

柯比说：“我们拿着搜查令去了，我留下一队人马在那里搜查，这会儿还在搜。但是罗素不在，最后一次有人见着他是下午早些时候。”

“去他家看看。”

“去过了，也不在。他的车还在救济中心。”

洛蒂沉默了一会儿，用指关节敲打着额头。

“他会在圣德克兰吗？那是奥哈拉想从卡特手里接走孩子的地方。杰姬说麦克纳利的手机里有奥哈拉的名字。”

“你说得对。”博伊德出了门，“开两辆车，不拉警报。迅速行动。”

“好。”洛蒂也不知道自己的精力是从哪里来的。她一整天没吃东西了，还在到处跑。

是恐惧，她想。

因她女儿和米洛而起的恐惧。

这座三层楼高的维多利亚时期的精神病院像怪物似的从雾中浮现在他们面前。他们把车停在门口，整栋大楼漆黑一片。

洛蒂挤在一群人当中，强压着揪住心头的焦虑。

“这地方真吓人。”她说。

“后面有一栋附属建筑，建于二十世纪初。”林奇说。

洛蒂、博伊德和柯比三个人都盯着她看。

“几年前，我读过一个本地历史专业的文凭，”林奇解释道，“据我所知，附属楼里有一个手术室。”

他们绕着大楼的一侧走，紧靠着墙。

“你没事吧？”博伊德问洛蒂。

“不舒服。”

他们转过墙角，她突然停住了。从医院主楼伸出一幢平房建筑，尽头的窗户里射出耀眼的光芒。

柯比说：“这光看着像是透过塑料之类的东西发出来的。”

“是雾。”林奇说。

“不，我认为柯比说得对。”博伊德说。

“安静！”洛蒂警告说，“准备好枪。”她小心翼翼地把枪拿在手里。

门静悄悄地开了，没有吱吱作响。

“一点声音也没有。”洛蒂低声说，“没有手电筒。跟我来。”

“我们不该拿防弹衣吗？”柯比问。

“别发出声音。”她走进一条狭窄的走廊。

高高的天花板，几根粗管子沿着她脚边的墙蜿蜒而行。

混凝土楼板。她停在一扇似乎把大厅切成两半的大门前，抬头看了看顶上的彩色玻璃条。在她左手边，地板倾斜往下通向一个黑暗的洞穴。她没有理会，伸手去推硬木门，门向内打开，没有阻力。

她走了进去，摸着墙前行，感觉到另外三人跟在她身后。她边走边用手摸，摸到一处凹痕。是一扇门。继续往前走。走了二十七步。又一扇顶上有玻璃的高门。他们在外面看到的光就是从这里发出的。这扇门会是锁上的吗？她希望没有。

“数到三。”她低声说。

“去他的，”博伊德说着一脚踹开了门，“警察！”他吼了一嗓子，冲了进去，却马上怔住了，其他三人也都停住脚步。

“天哪！”柯比说。

“什么——”林奇放下胳膊，手里的枪垂在身体一侧。

洛蒂瞪大了眼睛，嘴巴张大又闭上，一句话也说不出来。她转身迷惑地看着博伊德。

窗户的有机玻璃上涂抹着凝固的血液，像杰克逊·波洛克的作品。白色的瓷砖浸在血里，天花板上也染了一团一团的形状，像红色的鹅卵石。她把脚从蒙着塑料的地板上抬起来，靴子上沾着黑色的东西。血，全是血。

这间L形房间的尽头有两张铁病床。一张是空的，连床垫都没有，弹簧床板生了锈，在荧光灯下发出绿色的光。另一张床上有床单，浸透了血，还在往地板上滴。床下是一摊一摊的鲜血。

为了不滑倒，洛蒂慢慢往前走。慢一点，慢一点，再慢一点。她终于走到床边，倒抽一口凉气，胃里一股胆汁直往上涌。

丹·罗素。

一丝不挂，只有脚上还穿着有金色标志的海军蓝袜子。他平躺在床上，胸前系着一条宽大的帆布带。他已经不需要捆着了。他的一只眼窝松垮地陷在脑袋里。洛蒂的眼睛顺着血滴一路往源头溯。罗素的腹部被切开，内脏和肠子全被拽了出来，搭在一身肥肉上。

她听见林奇在她身后呕吐。

“不要污染证据！”她的声音听起来完全不像她自己的。

“就像……就像……”柯比结结巴巴地说。

“屠宰场！”博伊德说。

呼吸，洛蒂，呼吸，她命令自己。房间里臭气熏天，呛得她喉咙都哽住了。她差点以为自己也要吐，但她的胃里是空的。

她手里拿着枪，沿着床边走，小心翼翼地避开内脏，转过房间尽头的拐角。

“博伊德！”她喊道，“快，来这里！”

博伊德赶了过去，洛蒂伸出胳膊拉住他。两人盯着瞧。“麦克纳利？”洛蒂说。

杰米·麦克纳利瘫坐在地板上，膝盖抵着胸口。

黑色的头发油乎乎地绕在脖子上，满脸是血，手里挥着一把手术刀。

“滚开，婊子！”他吼道。

洛蒂在安全范围内尽可能往前探着身：“我女儿在哪儿？你对她做了什么？你这坨臭狗屎，快说，马上！”

“谁？”

“克洛伊。”

“她？我没碰那个小贱人。”

“我知道你给她发短信了，你要她带米洛来见你。”

“是那个小浑蛋的名字吗？”他大笑起来，“我有过一只猫就叫这名字。我把那个小东西的内脏都掏了。”

“就像你对罗素那样？”

“不是我干的，”他窃笑着说，“你这个侦探也太蠢了。”

洛蒂一只手拿着枪，另一只手的指甲掐进手掌的肉里。她想猛击麦克纳利，把枪往他喉咙里一塞，然后扣动扳机。但她表面上保持镇静。职业素养。

“他俩在哪儿？安全吗？我只想知道这个，我只想知道我女儿是安全的。”

“我不知道她去哪儿了。我把她带进来的时候她吓坏了。法洪也吓到她了。”

“法洪？”洛蒂回头看了看博伊德。

“罗素和奥哈拉的得力助手。大个子，满嘴歪牙。那个浑蛋先是掏了罗素，然后又袭击了我。”

慢慢来。别激动。“法洪现在在哪儿？”亲爱的上帝，她祈祷道，千万别让他抓到克洛伊。

“非要刨根问底，是吗？”麦克纳利用手术刀在下巴上拉了一下，割了一个口子，然后邪邪地一笑，“我一直在监视你家房子，没看见卡特带那小孩出来，就知道你家孩子们可能报了警。我当然不能告诉奥哈拉我把事情搞砸了，我替他弄到孩子的最后机会就是通过你女儿。”

“我还是不明白奥哈拉要米洛干什么。”

麦克纳利径自继续说：“法洪没等到奥哈拉出现，便开始对那个丹动刀子。法洪说，奥哈拉在动刀子时总会说，及时最重要。”麦克纳利竟然呜咽着哭了起来，“他递给我一把手术刀，但我下不了手。他说他不能白白浪费一对好肾。”

“所以法洪就杀了罗素。”洛蒂说。保持冷静。真想把他的心掏出来。

“他把肾取出来，放在一个冰箱一样的东西里，锁起来等那位医生来，可是他没来，法洪又有了别的主意。”

“什么主意？”

“把我揍了一顿，拿着货就走了。”

“他把……货带到哪儿去了？”

“都柏林。用私人飞机送去希腊或意大利，哪儿出价高就送去哪儿。”

“我想你该和我们一起走了，”博伊德说，他的声音甚至比洛蒂的还要平静。“你不再需要那把手术刀了。”他伸手从麦克纳利手里把刀夺走，扭着他胳膊，把他拖起来，重重地往墙上一撞，“你就是个渣滓，你知道吗？”

“你老婆真爽，你知道吗？”麦克纳利大笑道。

“闭上你的臭嘴！”博伊德把麦克纳利的脸往墙上狠狠一推。

“博伊德，住手，住手！”洛蒂把他拖开。

麦克纳利倒在地上，血从撞破的鼻子里喷了出来。

他像婴儿一样蜷曲着，双手抱头，护着自己。

“懦夫！”博伊德踢了他一脚。

“等等，博伊德。看。”洛蒂弯下腰来，拿起麦克纳利刚坐在上面的一块布料。

“梅芙·菲利普的蓝裙子，这裙子是干什么用的？”

“为了讨好她。”

“你又从她家里拿走，为什么？”

“我怕你们会追查到我。”

“翠西为什么让你进她家？”

“这个你就要和翠西聊了，是不是？”

洛蒂疑惑地看着他：“你这话是什么意思？”

麦克纳利摇了摇头：“你没弄明白吧，英明的侦探。”

这时她注意到了他的手臂，布满细长的口子。刀口。

“我知道你就是利普连。”她平静地说。

“奥哈拉的主意，他让我取这名字。我得跟这群小窝囊废表示团结。翠西是这么说的。她为了钱，想骗她丈夫一把。她都能把自己的灵魂出卖给魔鬼，更别提她自己的女儿了。”

洛蒂和博伊德交换了一下眼色。

麦克纳利笑了：“啊，你不知道，是吗？梅芙跟她那酒鬼妈讲她自残的事，求她关心。也把你宝贝女儿的事告诉了她。然后——”

“头儿，快过来！我找到他们了。克洛伊和米洛！”林奇的声音响彻房间。

洛蒂一下子呆住了。蓝色的丝绸在她手中颤抖。

“还活着吗？”她低声问。

“活着，”林奇喊道，“两人都活着。”

洛蒂感到膝盖一软，身子如释重负地往下沉，博伊德一把抓住了她。

第八十四章

“我很好，让我自己走。”洛蒂转身便跑，在潮湿的地板上一溜一滑，“逮捕麦克纳利那个浑蛋，上手铐！”

她跟着林奇回到走廊，高高的天花板上垂着链子，挂在上面的荧光管照亮了走廊。洛蒂沿着她先前注意到的倾斜的地板往下走，穿过一条低矮狭窄的通道，进入一个房间。

椅子倒扣在桌子上，若干张床靠着墙层层叠叠摞得高高的。盒子和箱子。沿着最远端的墙立着一排橱柜。克洛伊坐在地板上，米洛趴在她胸口上睡着了。

蓝眼睛。亚当的眼睛。她悲伤地笑了笑：“妈妈。抱歉我惹了这么大麻烦。”

“我要宰了你。”洛蒂扑了过去，一把将女儿抱在怀里，大声地问，“你受伤了吗？他对你做了什么吗？你还好吗？”

“我很好，米洛也很好。我们只是被吓到了。”

“以后再也不要做这种事了，听见没？”

“听见了。”

林奇在他们头上俯下身：“我叫了救护车，几分钟就到。”

“我不需要去医院。”克洛伊抬头看着洛蒂的眼睛，“我想回家。”

“你得让医生检查一下，米洛也是。”

“我救了他，妈妈，我救了米洛。我努力想解决问题，我喜欢解决问题的，但如果我搞砸了，我很抱歉。我——”

“没关系，亲爱的。你做了你认为对的事。”洛蒂知道克洛伊其实是在闷着头往死神怀里钻，而不是逃开。现在重要的是两人都还活着，身上也没受伤。她无心去想克洛伊要如何面对以后的日子，现在没有这个心力。而米洛又将如何？她有太多的问题要去想。

“该走了，”柯比说，“救护车来了。”他又在洛蒂耳边低声说了一句，“晚饭也来了。”

“讨厌！”洛蒂说。

科索沃 2010

他心里永远装着母亲和妹妹的样子，她们被残杀的血腥画面。但他从未想过要为她们报仇雪恨。

他不会忘记那天疯狂医生乔·贾沙里和他儿子吉吉对他干的事。他醒来后，在诊所里见什么砸什么，能移动的和不能移动的，全砸了。他徒手把诊所翻了个底朝天。之后他找到衣服，穿好后，走出门去。形单影只。

他军人朋友的徽章还在口袋里。他不知道已经过去了多久，但他觉得那位士兵已经回家了。

多年来，他努力工作，重建他美丽的祖国。然后，在一个夏日，他看到她站在普里什蒂纳的一家妓院外。长长的黑发，在阳光下闪闪发光。还有那双棕色的大眼睛。他想起了她。他以前见过她。那天晚上，当士兵请他给那家人拍照的时候，那个小女孩就坐在地板上。

他和她攀谈，他们成了朋友，最后成了恋人。

他爱她胜过一切。她就是他的全世界。他把她从妓院救出来后，工作更加努力了。她就是一盏明灯，照亮他辛苦工作的每一天。

直到有一天。“我回来了。”他说着走进他们的公寓。

屋里空空的。他到处找。

他奔到楼梯口，三步并作一步跑下四层楼梯，出了前门。

“你们看见她了吗？”他对着外面台阶上的姑娘们喊道。

“你的小情人？”

“跑了是吗？”

他不理会她们的调侃，跑到了街上。路上的车大声地鸣着喇叭，紧急转弯避让。他疯狂地环顾四周。她可能去了哪里？

他转过街角，跑进一条黑暗的小巷，看到路尽头有几个人影，他飞奔过去。他一心要找到她，早已把谨慎抛诸脑后。

第一拳就把他打倒在地。下一拳打中他的头。一只靴子重重踩在他脸上。一把细刀在他眼中闪过。

他昏过去之前，耳边隐约听他们说："她走了，去赚大钱。还有，不许上法庭做证。"

他不知道自己躺了多久。他呻吟着，撑着站起身，靠在墙上。夜的寂静攫住了他的心，路上的车流似乎也消失了。他沿着原路摸了回去。

他吃力地爬上四层楼梯，门摇摇晃晃地开着。

空虚从房间的角落爬了出来，侵占他的心房。

他不会再被利用了。

他要做证。

他要去找她。

第九天

2015年5月19日 星期二

第八十五章

克洛伊和米洛在医院接受了检查。洛蒂向科里根警司汇报了情况，然后开车去她母亲家。凯蒂在她自己以前的床上熟睡，洛蒂把米洛放在她身旁。肖恩裹着羽绒被睡在地板上。克洛伊径直走进客房，几秒钟后便睡着了。

“我回头再来，妈妈，”洛蒂说，“我先留点人手在这里守一夜，等事情解决之后再撤。”

“洛蒂，我要跟你谈谈。”她母亲站在门厅里，挡住了她的去路。

“不能等等吗？”

“是凯蒂的事，她今晚和我聊了聊，说她最近几个月身体状况不太好。”

“我注意到了，”洛蒂说，“她还在为杰森的事难过。”

“不止这些。”罗斯拉了拉胸前的睡袍。

“我会带她去看医生，给她检查一下。”洛蒂不安地摆弄着钥匙。

“她已经看过医生了。”

“什么？”洛蒂瞪着母亲。

“凯蒂怀孕了，是杰森的。已经怀了四个多月了，不敢告诉你。她——”

“我的老天！”洛蒂叫道，钥匙掉落在地。她弯下腰去捡，却被她母亲一把拽住胳膊。

“她要我转告你。你现在去做你的工作，孩子们我来照看，你和凯蒂明天再好好谈谈。好吧？”

“我……我……好吧。我走了。我现在处理不了这件事。”

“你需要好好睡一觉。”罗斯说。

“我会的，等这一切都结束了。谢谢你照顾孩子们和米洛。真不知道没有你我该怎么办。”洛蒂俯身吻了吻罗斯的前额。罗斯伸手要去拥抱女儿，但洛蒂已经出门了。

他们砰砰地敲了几下芳醇街 251 号的门，接着又敲了几下。门厅里亮着灯光，其他地方全笼罩在黑暗中。

“再敲！”洛蒂说着往回走，柯比和两名制服警察在车边站着，“拿执法锤来！”她说。

博伊德把锤子拖到门口。

“菲利普太太？翠西？如果你不应，我们就把门砸开。”

“我来了。行了行了，干吗这么吵吵？”

“啊，你终于出来了。”洛蒂说，“我们能进来吗？你为什么不在医院照看你女儿啊？”

“我打电话问了，她还没醒。我在那儿也没用，所以就待在家里。”

“你是离不开酒吧？”洛蒂靠在门框上问，柯比把锤子搬回车上。博伊德看上去简直站不稳，随时会倒的样子。洛蒂却突然肾上腺素激增，她想用拳头猛击翠西·菲利普那张醉醺醺的脸。

“没必要这样，谢谢你找到她。我现在可以回去睡觉了吗？”

“去拿你的外套，我想问你几个问题。去警局。”

“滚开，你这个倒霉的瘦子！”翠西啐了一口。

洛蒂一把擒住她肩膀，将她胳膊扭到背上。

“翠西·菲利普，我以绑架嫌疑逮捕你。你什么也不必说——”

“滚开，臭婊子！”翠西嚷道，“你在说什么啊？放开我！”

洛蒂讲完套话，博伊德给翠西戴上了手铐，把她领到车边。洛蒂在一旁看着，摇了摇头。柯比打开车门，把翠西推到后座上。

汽车疾驰而去。洛蒂关上房子的前门，博伊德走了过来。

“她怎么会想出那招儿的？”他问。

“瞅到机会了，想让她丈夫为她多年的‘苦难’付出代价。”

“我还是不明白她是怎么做到的。”

“我们明天早上再问她。”洛蒂沿着小路走，路灯亮了，圆锥形的黄光一路领着她。

“现在已是早晨了。”博伊德说。

“我是说真的早晨，先睡几小个时。有烟吗？”

罗丝要把床让给洛蒂，但她谢绝了，坚持在沙发上睡。她断断续续地做噩梦，直到被一碗粥和一杯咖啡叫醒，还有她母亲一脸的愁容。两人都绝口不提凯蒂怀孕的事。

只休息了三个小时，洛蒂就去上班了。她虽然恢复了一些体力，但还是疲倦不堪。她走到办公桌前，把电脑从睡眠模式中唤醒，科索沃检察官贝西姆·迈赫迈迪的电子邮件仍旧打开着。她开始读。

博伊德把一瓶健怡可乐放在她桌上："你今天早上一副半死不活的样子啊。"

"没有咖啡吗？"

"有这个就不错了，而且我能来上班就算你走运了。"

"为什么啊？"洛蒂往椅背上一靠，并没有认真听博伊德说话。她看了电子邮件，脑子正在超负荷运转。她拼命想让自己忙碌起来，把精力集中在工作上，这样她就不用想她怀孕的女儿了。

博伊德说："我刚把麦克纳利带回来。医生一个小时前把他交到我手上。我真想把那浑蛋的脸踩在脚下，然后跳上跳下，直到——"

"够了够了，懂你意思了。他现在在哪儿？"

"二号看守室，你朋友的隔壁。"

"彼得罗夫齐？该死，博伊德，得把他放了。"

"你是怎么得出这个结论的？"

洛蒂站起来招呼他坐下："你看看。"

博伊德坐下来看着屏幕："吉吉·贾沙里是谁？"

"一个叫乔·贾沙里的医生的儿子。他父亲在科索沃非法采集走私器官，臭名昭著，在普里什蒂纳开了一家诊所当幌子，暗地里搞器官采集。战争期间和战争之后都干过。看附件里的照片。"

她轻轻地敲了敲鼠标，等着照片跳出来。博伊德一见照片便从椅子上跳了起来。

"乔治·奥哈拉？原来他就是吉吉！我不明白。"

"动动脑子好好想想。"洛蒂打开易拉罐喝了起来。

“告诉我吧，我脑袋累得不想思考了。”博伊德说着卷起衬衫袖子，一直卷到胳膊肘。

洛蒂坐在桌沿上，交叉着两脚：“贾沙里和他的父亲一样，都是有资质的外科医生。那封电子邮件讲得很明白，安德列·彼得罗夫齐小时候被摘过一个肾。在审判前的几年里发生了什么我不知道，但是他是该国指控老贾沙里的关键证人——可能是唯一活着的证人——但老家伙在审判开庭当天倒地死了。”

博伊德说：“可他儿子到拉格穆林来干什么呢？”

“我相信丹·罗素在科索沃战争后的几年里和老贾沙里有勾结，那浑蛋竟然企图用自己的卑鄙行径玷污亚当的名声。”一想到罗素之前的含沙射影，洛蒂便一阵发怯。“吉吉很可能一直和罗素有联系，当罗素接管直接救济中心的时候，他看到了子承父业的机会。我相信等他从米默莎那一枪中缓过来后，这一切会得到证实的。”

“我不明白罗素这样的人为什么会愿意再次卷入这种事。”

“黑市上有成百上千万美元的钱，只要你愿意卖，就有人买。所以他要么是因为钱，要么是出于恐惧。也许吉吉威胁要揭露他之前在科索沃的恶行，或者他只是个贪婪的浑蛋。反正他也算是遭了报应。乔治·奥哈拉能说话了吗？”

“应该还在重症监护室。那你再说说，弗兰克·菲利普和这一切有什么关系？”

“科里根警司告诉我，西班牙警方有证据表明菲利普在配合这几个人。菲利普提供女孩，先卖淫，之后再摘器官。其中一些女孩从梅丽拉港运出来，再由马拉加过，其他的从巴尔干和东欧陆上走。那些女孩到了爱尔兰，罗素就把她们混在那些避难人士中间。

绝佳的幌子。”

“但吉吉·奥哈拉为什么来——”

“吉吉·贾沙里。”洛蒂纠正他道。

“那杀人不眨眼的浑蛋为什么来拉格穆林呢？”

“复仇。”

“针对罗素？”

“翠西想得很周密，只是没料到麦克纳利变得贪婪起来，把梅芙卖给了医生，这样既报复了弗兰克·菲利普，又能讨好吉吉。”

“这就是她来警局催你去找梅芙的原因。”

“她知道麦克纳利出卖了她，但她不敢说，因为不管说什么，都难免会把自己搭进去。”

“麦克纳利摇身一变成了推特上的利普连，”博伊德说，“诱捕梅芙。”

“是的。我认为麦克纳利的行为促使吉吉开始杀害被他摘了器官的女孩，这是诬陷安德列·彼得罗夫齐的理想方式。他想到的妙招是让彼得罗夫齐发现米默莎和米洛死在街面下的土沟里。”

“那个疯子。”

“克洛伊也上了钩。她向梅芙吐露自己自残的事，在梅芙被绑架后也成了目标。我觉得吉吉心理一定很扭曲，说不定会认为他是在拯救那些被他杀害的女孩，但他做这一切其实都是出于报复心理。”

“报复彼得罗夫齐！”

“对。他还在局里吗？”

“我们事情太忙了，一直没能腾出手把他放出来。”

“我们需要再跟他谈谈。”她说。

“对！”博伊德同意。

第八十六章

“我现在记起来了。有时是这样的，先失忆，之后又恢复了。”

“你记得什么，安德列？”

洛蒂呷了一口博伊德端来的咖啡。他们问安德列·彼得罗夫齐要点什么喝的，他谢绝了。在问询室令人窒息的热浪中，三人坐在钢桌旁。

安德列说：“我头疼。我离开公寓是因为有人打电话给我。你们之前问我他说了什么。”

“是的。我们查了所有电话记录，你接到的电话号码和联系杰克·德莫迪以及埃蒙·卡特的号码一样。”

“他说我再也见不到我的米默莎了。”

“安德列，我很抱歉地告诉你，米默莎已经死了。她在与一个非常邪恶的人搏斗时遇害的。”

他开始发抖。他双手战栗，不停摇晃脑袋：“不！这不是真的。”

“恐怕是真的。”

“为什么？为什么会这样？”过了一会儿，他又说，“那个人，他说……我再也见不到我儿子了。”痛苦的泪水在他眼角聚集，他急忙擦去，抽了抽鼻子。“我没有儿子。”他举起双手，近乎恳求地问，“他为什么撒谎？为什么？”

洛蒂看着博伊德。

“可是安德列——”她开口道。

博伊德摇摇头，做了个口型：“出去。”两人出门进入走廊。

“我得告诉他米洛的事。”洛蒂抱着胳膊，靠在墙上。

“至少要等到DNA确认之后。”博伊德在她面前踱步。

“但他是男孩的父亲，他得知道。”

“他精神崩溃了，洛蒂。他要怎么照顾一个小孩呢？这是现实啊。”

“我们不能不告诉他。”

回到问询室，洛蒂拿起提包，取出在亚当的遗物中找到的那张照片，放在桌上。

安德列拿起照片：“你从哪儿弄来的？这照片是我拍的，当时我还是个孩子。我记得。为什么我以前从没见过？”

“我不确定，安德列。”洛蒂轻声说。她把一个多星期前米默莎带给她的胸牌递了过去。

安德列一遍又一遍翻来覆去地看，摩挲着帆布上绿色针脚拼出的名字。他抬头看着洛蒂，痛苦中露出了微笑。

“我的朋友，士兵朋友，是个好人。”

洛蒂的泪水夺眶而出：“你认识亚当？”

“士兵朋友，他给我的。他告诉我，有困难找他。我把它给了我的米默莎，我告诉她如果我出了什么事就去找他。有一天我下班，她走了。现在她却真的走了。”他苦笑着说，“士兵朋友，我没有忘记他。”

“亚当差不多四年前去世了，”洛蒂低声说，“他如果还在，肯定会帮你的。”

“你帮了我。我说女孩不是我杀的，你相信了我。你也帮了米默莎吗？”

洛蒂摇了摇头。眼泪从鼻尖流到下巴，又流到胸前。

“我尽力了，安德列，但还不够。我没救得了她。”她瞥了博伊德一眼，他点了点头。

“安德列，我有件事要告诉你，一件会让你非常高兴的事。”

“没有什么能让我高兴了。我的米默莎没了。”

洛蒂强忍住哽咽：“听我说，安德列，你确实有个儿子，是个漂亮的小男孩，名字叫米洛。”

安德列伸出手擦去洛蒂脸上的泪水：“你说的是真吗？我真有个儿子吗？”

洛蒂望着他：“真的，安德列，你有个儿子。”

“我有个儿子。”那双因极度痛苦而发黑的眼睛舒展开来，他笑了。

科索沃，2011 年 5 月

安德列租到了一套朴素的黑西装，衬衫的领子直扎脖子。虽然他的头发几乎剃光，在灯光下闪闪发亮，但他的眼睛却因痛苦而发黑。他在椅子上动来动去，不停地搓着手。他能感觉到有人在监视他。他没有回头，知道吉吉·贾沙里就在挤满了人的法庭后面，死死地盯着他。

被告被带进法庭，人群寂静了下来，法官们随后就座。大家按指示起立，又坐好。

安德列知道那痛苦的往事将会在他眼前一幕幕重现。他闭上眼睛，却想起了她的眼睛。那个他深爱的女孩，被人从他身边夺走的女孩。等审判一结束，他便要走遍世界寻找她。

但还没等诉讼开始，被告席上起了一阵骚动。安德列抬眼望去，老迈的乔·贾沙里瘫倒在地，一头撞上地板，他的两只手使劲挠着胸口，口中发出长长的、嘶哑的呻吟，很快便一命呜呼。这个为了肮脏的美元草菅人命的恶人，还没有为自己的恶行付出代价，便离开了这个世界。

人们慌张地奔上去，手底下又拽又抬，口中大喊大叫。安德列一动不动，毫无表情地坐在那里。他不必再做证了。也许现在他可以去寻找他心爱的米默莎了。

他坐在那里，在一片吵闹声中听到门砰的一声关上了。他转过身来。

吉吉不见了。他没有等着看父亲是死是活。

安德列很清楚，吉吉这一辈子就只有两个目标。一个是子承父业，非法采集人体器官赚钱；另一个就是让安德列·彼得罗夫齐痛苦。

尾声

2015 年 5 月 31 日

在拉格穆林大教堂祭坛的铜门后，陈设着四具白色棺材。这里将要举行祈祷仪式。

其中三具棺材的铜牌上分别刻了三个名字：卡崔娜。莎拉。米默莎。

第四具棺材里是那个无名女性还有她那未出生的孩子。在本该刻着名字的铜牌上，有一个银色天使，怀里抱着一只白鸽，端坐在树林的上方。

安德列·彼得罗夫齐坐在前排的座位上，膝上坐着米洛。小男孩抱着一只耳朵耷拉着的崭新的小白兔，他用手一遍又一遍地摩挲玩具上的标签，一双黑色的眼睛不停地在身后的人群中寻找他的母亲。

洛蒂和孩子们坐在第二排。凯蒂向米洛伸出手，他朝她微笑。洛蒂为女儿伤心欲绝，但凯蒂因为自己怀孕的事情公开了，反而很高兴。克洛伊低着头。米洛伸出手去揉她的头发，直到克洛伊抬起头来看着他。米洛对父亲说了些什么，安德列转过身来，点头向克洛伊致意。

至少，米洛现在和他爸爸在一起，洛蒂想。凯蒂的孩子却不会有爸爸。她自己的孩子们也失去了父亲。但当她听安德列讲述他和亚当在鸡场的故事时，她的内心充满了骄傲。

这时有拐杖的嗒嗒声沿着大理石地板传来，人群中回荡起窃窃的低语。

梅芙·菲利普站在洛蒂的长凳旁。

“谢谢你，督察，”她说，“谢谢你救了我的命。”

洛蒂站起身来，伸手在姑娘的胳膊上搭了一下，便又坐了下去。

“我不知道你以后会做什么，梅芙，”她低声说，“但你爸爸出狱后，不要和他一起生活。相信我，不管有多少钱，他都不是一个好人。”

梅芙说：“我还以为那件昂贵的衣服是他送给我的呢，看我错得有多离谱啊。”她虚弱地沿着长凳往里挪。

洛蒂感到博伊德把手伸进了她的手里。

她扫了一眼过道，见杰姬正盯着他们。她紧紧握住博伊德的手。

她这会儿感觉很好。

只是明天，可能又会不同。

帕特里夏来信

亲爱的读者，

你们好：

衷心感谢您阅读我的第二本小说《被偷走的女孩》。

非常感谢您抽出宝贵的时间一路陪伴洛蒂·帕克。我真心希望你们喜欢，并希望你们能读完整个系列的小说。我想对那些已经读过洛蒂·帕克侦探系列第一本书《回不去的我们》的读者说，感谢你们的支持和评论。

虽然生活中的事件对我的写作有深刻的影响，但这个故事中的人物皆属虚构，拉格穆林镇也是虚构的。

我有个不情之请。如果你喜欢《被偷走的女孩》这部小说，希望你能在亚马逊或 Goodreads 上发表评论。这是对我极大的鼓励。

正是你们对《回不去的我们》的精彩评论激励了我倾尽所能写下这本《被偷走的女孩》。

你可以通过我的博客 (我一直在努力更新)、脸书或推特与我联系。如果你想加入我的邮件列表，随时了解我的新书动态，请点击这里：

www.bookouture.com/patricia-gibney。

再次感谢你们，希望你们能继续关注本系列的第三本小说。

爱你们！

帕特里夏

www.patriciagibney.com

patricia.gibney1

@trisha460

致谢

对我而言，《被偷走的女孩》的创作过程和我写处女作《回不去的我们》时相比，是一次完全不同的体验。没有许多人一路上的支持和鼓励，我是不可能走到底的。

首先，我想感谢你们，我的读者，感谢你们花费宝贵的时间来阅读《被偷走的女孩》。没有你们，我的写作便是徒劳无益的。我想对每一位为《回不去的我们》发表过评论的读者说，你们的鼓励让我对自己的写作能力有了更大的信心。

感谢 Bookouture 团队，特别是我的编辑莉迪亚、珍妮和海伦，感谢你们的辛勤工作，是你们帮助我完成了《被偷走的女孩》的构思。还有 Bookouture 团队的所有其他人，也感谢你们一路相助。

特别感谢 Bookouture 的金·纳什，她在推销和宣传我的作品时展现了惊人的能力，感谢她回复了我那些傻乎乎的电子邮件。你富有感染力的幽默感明亮了我那些最沉闷的日子。你真是一位了不起的女人！

还有 Bookouture 的同行作者们，你们是一群不可思议的人，彼此相互支持。我很荣幸能和你们在一起写作。

感谢每一位阅读和评论《回不去的我们》的博主和评论者。

我的经纪人，书局的葛·妮可，感谢你签下我，并给了我这么多鼓励。

感谢我的作家朋友杰姬·沃尔什、妮娅姆·布伦南和我的妹妹玛丽阅读了《被偷走的女孩》的最初几稿，并提出了宝贵的评论和建议。

感谢格拉妮·戴利，塔拉·斯帕林，露易丝·菲利普，贾克斯·米勒和卡罗兰·科普兰一直以来对我的鼓励和支持。

感谢肖恩·林奇和马林加艺术中心的工作人员。

感谢宝拉和韦斯特米斯郡议会的工作人员。

感谢我在韦斯特米斯郡议会的所有朋友。

感谢《韦斯特米斯话题》（*Westmeath Topic*）和《韦斯特米斯观察家报》（*Westmeath Examiner*）的采访和报道。

感谢《米德兰 103》（*Midlands 103*）节目的克莱尔·奥布莱恩对我的采访与报道。感谢马丁·麦凯布、阿兰·穆雷和约翰·奎恩在警察事务方面给了我诸多建议；若有任何错误，皆由我本人负责。为了故事的流畅性，我在不少警方程序上做了自作主张的发挥。

感谢大卫·奥马利把我带去射击场，让我体验了一次真枪实弹的射击！我必须尽快再去一次。这可是完全为了写作的生活体验。

感谢安托万内特和乔，你们都是我最好的朋友。

感谢我的母亲凯瑟琳和我的父亲威廉·沃德，以及我的兄弟姐妹对我的坚定支持和信任。

感谢我的婆婆莉莉·吉布尼和她的家人，一直支持我。感谢我的三个孩子，艾丝琳、奥拉和卡舍尔，你们让我感到无比骄傲。现在我有了两个可爱的孙女，戴西和谢伊，每当我看到她们灿烂的笑容，就会感到无比踏实。

感谢艾登，我亲爱的丈夫，他从未怀疑过我会成为一名作家。我想念你的智慧和忠告。我仍常常莫名地觉得，你就在我身边，指引着我，保护着我。我知道你在为我骄傲。感谢你成为我生命的一部分。我想你，你将一直在我心中。